Der russische Geliebte

Maria Nurowska

Der russische Geliebte

Roman

Aus dem Polnischen
von Karin Wolff

Scherz

Die Originalausgabe erschien 1996 unter dem Titel «Rosyjski kochanek» bei
Wydawnictwo W.A.B., Warschau

Dritte Auflage 1998

Der russische Geliebte

Ich darf so nicht denken. Daß ich gegen ihren Körper verloren habe. Daß mich ihre jungen Brüste, ihr flacher Bauch besiegt haben. Nein, es handelte sich um eine eng begrenzte Zeit . . . Und warum habe ich dann die Flucht ergriffen? Warum bin ich ausgerechnet hierher gefahren, auf den Flughafen, obwohl das Flugzeug nach Warschau erst in zwölf Stunden fliegt? Ich hätte den Koffer in der Gepäckaufgabe lassen und durch Paris schlendern können, wie ich das früher so oft getan habe. Oder Notre-Dame besuchen, dort mein Gewissen erforschen und dahinterkommen können, wer in dieser Geschichte der Verlierer ist. Ich hätte auch den Jardin du Luxembourg wählen können, der Tag soll sonnig werden, von herbstlichen Bäumen umgeben, wäre das Warten bedeutend angenehmer. Aber ich bin hier . . . vielleicht aus dem Grund, weil dies der unpersönlichste Ort ist; alle ähneln sich hier irgendwie, alle sind Reisende und haben Gepäck. Daher kann ich mir vorstellen, daß ich mich in der Menge verliere. Vielleicht bin ich aber auch hier, weil ich mich genau vor einem Jahr an diesem Ort tatsächlich gesehen habe . . .

Orly, sechs Uhr morgens

Ich sitze an der Flughafenbar und trinke Kaffee. Die meisten Tische sind nicht besetzt, leere Tischflächen, in einer Ecke liest ein junger unrasierter Mann Zeitung. Er sieht wie ein Südländer aus und ist mit Sicherheit Ausländer so wie ich; er scheint nicht auf jemanden zu warten. Ich warte ja auch auf niemanden. Meine Reise geht gerade zu Ende, ich muß nur noch das Flugzeug besteigen und es auf dem Warschauer Flughafen verlassen. Falls das Flugzeug keine Verspätung hat, wird das in vierzehn Stunden sein . . .

Ich hatte Angst vor dieser Reise, so als ahnte ich, daß sich selbst die winzigste Verletzung der Struktur meines bisherigen Lebens in seinen Folgen als unabsehbar erweisen könnte. Und dennoch nahm ich das Angebot, Vorlesungen an der Sorbonne zu halten, an; trotz meiner Furcht, Warschau zu verlassen, und meiner Abneigung gegen das Reisen konnte ich keinen Rückzieher machen. Diese Gastdozentur war Teil meiner Lebensplanung, aufs engste mit ihr verbunden, und der Verzicht darauf wäre die Vergeudung einer Chance gewesen.

Schon hier, auf dem Pariser Flughafen, begannen die Überraschungen. Ich sah mich unvermutet in der Scheibe der Pendeltür, eine Frau in schlecht sitzendem Mantel, die Haare zu einem altmodischen Dutt frisiert . . . Die Frau trug einen Koffer. Für den Bruchteil einer Sekunde glaubte ich, ein fremdes Spiegelbild zu sehen, doch es war mein eigenes. Ich hatte mich niemals so betrachtet. Die Jahre, die ins Land gingen, nahmen einen anderen Verlauf als bei den meisten Frauen. Ich dachte nicht: Schaffe ich es, Frau und Mutter zu werden? Ich dachte: Schaffe ich rechtzeitig meinen Doktor, verfasse ich in der vorgeschriebenen Zeit meine Habilitationsschrift . . . Bei dieser Konkurrenz war das Aussehen zu gar nichts nütze, zählte die Farbe des Lippenstiftes nicht, den ich daher auch nicht benutzte.

Die Konfrontation mit der Frau in der Scheibe war ein Schock für mich. Ich bedauerte, daß ich mir trotz Ewas, meiner Tochter, Zureden nichts Neues für diese Reise angeschafft hatte. Den Studenten ist es einerlei, wie ich aussehe, tröstete ich mich in Gedanken, als ich ins Taxi stieg.

Habe ich damals gemutmaßt, als ich dem Taxichauffeur die Adresse eines kleinen Hotels auf dem linken Ufer der Seine nannte, daß ich da dem erstaunlichsten Abenteuer meines Lebens entgegenzog? Eine enge Treppe, ein strapazierter Läufer, eine Empfangsdame wie aus den Romanen der Colette. Das waren Elemente der neuen Realität, in der ich mich zurechtzufinden imstande sein sollte. Das Zimmer. Tapete an den Wänden, das Bett mit hohem Kopf- und Fußende, eine Bettdecke. Ein Interieur wie aus einer anderen Epoche, neunzehntes Jahrhundert. Ein Mädchenpensionat ... Und in dieses Interieur brachte ich mein Leben ein. Wie absurd! Und das um so mehr, als sich jenseits der Wand irgendein Paar leidenschaftlich zankte, man verstand beinah jedes Wort, nur daß es auf russisch geschrien wurde. Die junge Frau, sie hörte sich jung an, redete weinerlich, die Männerstimme klang schneidend.

Wie soll ich das hier aushalten? dachte ich und sank schwer aufs Bett.

Mir kamen die Zeilen eines Gedichts in den Sinn, die sich die mittelalterlichen Herrscher der weiträumigen Burg Coucy bei Paris zum Wahlspruch erkoren hatten:

Roi ne suis
Ne prince ne duc ne comte aussi;
Je suis le sire de Coucy.

Die Verwaltung der Sorbonne hatte angeboten, mir ein Jahr lang eine Wohnung zu mieten, doch ich hatte sie wissen lassen, daß ich ein Hotel vorzöge. Nun, ich bin der Herr von Coucy. Ich hatte das Hotel gewählt, weil mir der Gedanke, in ein Haus einziehen zu sollen, in dem sich zuvor ein Familienleben abgespielt hatte, äußerst unangenehm war. Ein Hotel ist ein vorläufiger Ort, vorläufig wie mein Aufenthalt in dieser Stadt. Ich wollte jeden Tag daran erinnert sein. Darum also das Hotel.

«Ich brauche nicht vierundzwanzig Stunden eine fürs Bett! Kapiert! Die brauch ich von Zeit zu Zeit, und dann hast du zur Hand zu sein. Andernfalls verschwindest du! Entweder du gehst auf der Stelle, oder ich helfe nach!»

«Saschenka, no, warum?! Warum?!» schluchzte die Gefährtin des ergrimmten Mannes.

Wie gut, daß ich das alles längst hinter mir habe, dachte ich. Männer, junge Männer, das war eine andere, mir unbekannte, menschliche Rasse. Wenn ich mit ihnen zu tun hatte, empfand ich instinktiv Furcht. Mein Schwiegersohn, der dem Aussehen nach an einen Indianer erinnerte, die Haare hinten zu einem kleinen Schwanz zusammengebunden, ein schiefer Blick, hatte in mir von Anfang an Widerwillen erweckt. Den ich bis zur Stunde nicht losgeworden war, obgleich er es geschafft hatte, der Vater meiner vier Enkel zu werden. Das war auch etwas, das mich erschreckte, dieses Kindergebären von Ewa, beinah Jahr für Jahr.

Anderntags begab ich mich gleich früh am Morgen zur Universität. Das akademische Jahr beginnt hier gegen Ende August, doch ich sollte mich mit meinen Studenten in der zweiten Septemberhälfte treffen, also fast einen Monat später. Das war gut. Bei meiner krankhaften Schüchternheit war es unerhört wichtig, daß ich mich an die Orte gewöhnte, an denen ich mich würde aufhalten müssen. Die Sekretärin zeigte mir die Säle, nicht groß zum Glück und denen sehr ähnlich, an die ich zu Hause gewöhnt war. Es stand noch nicht fest, in welchem von ihnen ich meine Vorlesungen halten würde, doch es erleichterte mich, daß ich sie mir angesehen hatte. Mich freute auch, daß es hier war und nicht irgendwo in der Stadt. Die Sorbonne ist ja über ihre alten Mauern hinausgewachsen. Diese Innenräume, Korridore, die wunderschönen Treppengeländer, sogar die Bänke aus dunklem Holz . . . all das bewirkte, daß ich Ergriffenheit empfand. Immerhin sollte ich ein Teil dieser Welt werden, deren Kontinuität nur noch an solchen Orten wie diesem gewahrt wird.

Später entschied ich mich für einen Stadtbummel, obwohl es sehr warm, beinah stickig war. Ich spazierte am Seine-Ufer entlang, machte alle Augenblicke bei den Ständen der Bouquinisten halt, um zu stöbern, ein paar der Bücher kaufte ich sogar. Meine alte Krankheit, Bücher zu kaufen, auch wenn es in meiner Wohnung kaum mehr Platz für sie gab. Ich hatte mir schon so oft vorgenommen, die Regale durchzusehen und alles, was nicht dringend notwendig war, wegzuwerfen. Doch wie kann man Bücher wegwerfen?! Diese Wohnung erwarb ich, als sich herausstellte, daß ich ein Kind erwartete. Ich konnte nicht länger im Studentenheim kampieren. Bis zu diesem Zeitpunkt hatte ich für irdische Güter überhaupt keinen Sinn, mir war ganz egal, wo ich wohnte und was ich aß. Die Nase ins Buch stecken konnte ich überall. Von dem Verkauf des großväterlichen Hauses in Wilki hatte ich ein ziemliches Kapital auf der Bank. Ich hätte mir eine viel komfortablere Wohnung leisten können, doch auf die Idee kam ich gar nicht. Einer der Männer, mit dem mich eine flüchtige Bekanntschaft verband, nannte mich einmal ärgerlich eine liederliche Selbstverleugnerin. Da war etwas Wahres dran. Ich hatte gelernt, immer wieder umzuziehen und meine ganze, nicht eben große Habe mit mir herumzuschleppen. Es waren hauptsächlich Bücher. Dann wurde ich in dieser nicht allzu bequemen Wohnung seßhaft und hielt in ihr jahrelang aus. Vielleicht deshalb, weil sie einen Kontrast zu dem Haus darstellte, in dem ich meine Kindheit verbracht hatte . . .

Ein Schindeldach und weiße Fensterrahmen, eine verglaste Veranda, die man über ein paar Stufen betrat. Ich lebte dort mit Großvater und mit meiner Mutter, Vater hatte sich einige Monate nach Kriegsende in den Westen abgesetzt, weil ihm die Verhaftung durch die Sicherheitskräfte drohte. Er schlug sich bis England durch und blieb dort hängen, gründete eine neue Familie. Großvater hatte im Haus das Sagen. Vor neunzehnhundertneununddreißig war er, eine vielgerühmte Kapazität auf dem Gebiet des Römischen Rechts, Professor an der Jagiellonen-Universität in Krakau gewesen; nach dem Systemwandel verweigerte er sich dem neuen Regime, obgleich man sogar eine Abordnung zu ihm schickte. Er kehrte nicht mehr an die Universität zurück, beschäftigte sich mit der Rosenzucht in Wilki, dem Anwesen seiner verstorbenen Frau. Die neuen Machthaber beschlagnahmten Grund und Boden, überließen jedoch den bisherigen Nutznießern Haus und Garten.

Das Haus stand auf einer Anhöhe, von hohen Pappeln umringt. Bei Wind knarrten die Bäume, und ich hatte Angst, daß bei einem heftigeren Sturm einer von ihnen auf unser Haus niederstürzen könnte. Ich höre heute noch das beunruhigende Knarren der Stämme, sehe vor mir, wie sie sich unheilvoll wiegen. Ich brauche nur die Augen zu schließen, um sturmzerzauste Wipfel vor einem hohen Himmel zu erblicken; so weit schien es mir von der Erde bis zu den konisch geformten Ästen. Großvater teilte meine Ängste nicht, sagte, daß das Haus solide gebaut sei und Bäume an dieser Stelle seit über hundert Jahren wüchsen; während all der Jahre mußte so mancher Sturm, so manches Ungewitter über die Anhöhe hinweggefegt sein, doch die Bäume standen, wie sie standen. Ich jedoch fürchtete, daß der Tag käme, an dem der Wind einen dieser Bäume besiegen und der, wie von einer Axt gefällt, mitten in der Nacht auf das Schieferdach unseres Hauses niederstürzen würde. In meinem Dachstübchen horchte ich auf das beunruhigende Knarren, zusammengekauert, die Bettdecke über den Kopf gezogen. Manchmal versuchte ich zu beten und Gott zu bitten, er möge seine Hand schützend über dieses unglückselige Haus halten und über mich, die ich als erste dem Tod geweiht war, denn Großvater und Mutter hatten ja ihre Schlafzimmer unten und nur ich schlief direkt unter dem dünnen Schieferdach. Bei Tag würde ich noch mit dem Leben davonkommen können, konnte ich wegrennen, wenn ich den stürzenden Baum knarren hörte, aber nachts . . . Nachts war ich ausgeliefert. So war es immer, alle schwereren Stürme setzten nach Einbruch der Dunkelheit ein und beruhigten sich erst in den Morgenstunden. Der Wind lag dann breit und schwer auf den Fensterscheiben und polterte wütend gegen die Rahmen. Oft konnte ich es nicht aushalten und lief im Hemd in Mutters Schlafzimmer hinunter, wo ich schluchzend bettelte, bis zum Morgen bei ihr bleiben zu dürfen.

«Schlaf du nur, ich bleibe hier auf dem Stuhl sitzen», sagte ich und wischte mit dem Handrücken die Tränen weg.

Doch dann erschien stets Großvater in der Tür, in seiner bordeauxroten Hausjacke mit dem Pikeekragen, und sagte mit zorniger Stimme: «Beherrsche dich, sonst wird die Angst nur noch größer in dir!»

Ihn ärgerte meine Wehleidigkeit. Er hatte sich einen Enkel gewünscht, und den Umstand, daß statt dessen ich geboren wurde, nahm er mit großer Enttäuschung auf.

Einen Teil der Möbel nahm ich aus Wilki mit und stattete damit die kleine Wohnung aus, die aus Zimmer, Kammer und einer dunklen Küche bestand. Die Wohnung befand sich im 13. Stock eines Hochhauses, das auf den Trümmern des Gettos errichtet worden war. An das andere Leben, das sich hier einst abgespielt hatte, erinnerte eine alte Gaslaterne, die seit Ewigkeiten nicht mehr brannte, doch jedesmal, wenn ich ans Fenster trat, meinen Blick anzog. Bis ich eines Tages statt der Laterne eine Baugrube bemerkte, die

Fundamente für das nächste Hochhaus wurden gelegt. Der letzte stumme Zeuge jener Tragödie war dahingegangen.

Orly, sechs Uhr fünfzehn

Ich habe mich doch getäuscht, dieser nicht besonders adrette junge Mann am Tisch in der Ecke hat auf jemand gewartet. Sein Mädchen ist aufgetaucht, sie haben sich geküßt. Und dann sind sie eng umschlungen gegangen. Meine Einsamkeit ist dadurch noch schmerzhafter geworden. Ich hege und pflege sie geradezu mit Hingabe, ergötze mich an ihr. Mein Narkotikum, ohne das ich nicht mehr existieren könnte. Sehr früh war ich mir klar darüber, daß ich nicht wie meine Kameradinnen war, daß mir der weibliche Instinkt fehlte, der so vieles erleichtert. Ich kam mit den einfachsten Dingen nicht zurecht, die Pubertät war ein einziger Alptraum für mich. Ich fühlte mich schmutzig. Es lag etwas Demütigendes darin; ich wurde mit der Physiologie nicht fertig, vielleicht weil mir in der Kindheit die Mutter gefehlt hatte. Obwohl sie körperlich anwesend war, spielte sie keine größere Rolle, so kam es mir wenigstens vor. Die Gestalt meiner Kindheit war der Großvater. Er sprach mit weithin vernehmbarer Stimme, man hörte ihn im ganzen Haus, selbst dann, wenn die Türen fest verschlossen waren. Seine schnarrende Greisenstimme drang bis in alle Winkel des Hauses auf der Anhöhe, man konnte sich nirgends vor ihr verstecken. Oftmals hielt ich mir die Ohren zu und versuchte zu vergessen, daß er eben jetzt der Mutter zusetzte wegen irgendeiner nichtigen Kleinigkeit, einer Lappalie. Doch beide waren wir auf ihn angewiesen, deshalb mußten wir uns demütig seine Rügen anhören: «Ich weiß nicht, wie oft ich schon darum gebeten habe, daß die Schere an ihren Platz zurückgelegt wird, und sie ist wieder nicht da, wo sie sein soll. In einem Haus, in dem Unordnung herrscht, entstehen schlechtweg unerwünschte Sitten, die ein Kind nicht annehmen sollte.» «Ich bitte dich, Maria, daß sich meine Enkelin an meine Anordnungen hält, häufig höre ich sie noch nach der festgesetzten Zeit im Parterre. Sie muß wissen, was sie zu tun und zu lassen hat, und sich schon jetzt darüber klarwerden, was Pflicht heißt.» Über das Thema Pflichten konnte sich Großvater endlos verbreiten. Zweites Thema seines ewigen Genörgels war mein Mangel an Verantwortungsgefühl. In allem, was ich tat, machte er Leichtsinn und Gedankenlosigkeit aus. Nie zog er mein Alter in Betracht, niemals konnte er begreifen, daß ich ein Kind war und spontan reagierte, den ersten Reflexen nachgab.

Paris . . . Was hieß es für mich, in dieser Stadt zu sein? Obschon mit eigenen Angelegenheiten befaßt, konnte ich nicht umhin zu bemerken, daß ich durch mein Aussehen von der Mehrzahl der Passanten abstach. Es war nicht einmal so, daß ich schlechter gekleidet war. Vielmehr sah ich aus wie jemand aus einer anderen Epoche. Wie aus einem in den Sechzigern gedrehten Dokumentarfilm. Ich mußte irgend etwas mit mir anstellen. Nun, da kaufte ich mir eben einen neuen Mantel! Kaum im Hotel zurück, rief ich Ewa an, um es ihr zu erzählen. Ewa und ich sahen uns ziemlich selten, doch wir führten täglich lange Telefongespräche, die wir natürlich jetzt aus offensichtlichen Gründen einschränkten.

«Was für eine Farbe?» fragte sie.

«Eine ziemlich zögerliche», lachte ich. «Ein sehr blasses Seladongrün. Doch eine Person hat mir schon ein Kompliment gemacht.»

Diese Person war Nadja gewesen . . . Mit Einkäufen beladen, wie ich war, wollte ich den Fahrstuhl nehmen. Sie wartete ebenfalls, ein Bündel Briefe in der Hand; ich warf einen verstohlenen Blick auf sie, und nachdem ich den Namen des Adressaten, Aleksander Razumski, entziffert hatte, konnte ich mir sofort denken, wer die junge Frau war. Sie war zierlich, hatte dunkles kurzgeschnittenes Haar und ein mandelförmiges Gesicht.

Wie kann man ein so zauberhaftes Geschöpf nur so behandeln, dachte ich und lächelte ihr zu. Ein Ausdruck von Besorgnis trat in ihr Gesicht.

«Ich bin Ihre Nachbarin», sagte ich auf russisch, «ich wohne nebenan.»

«Hoj», ein Seufzer der Erleichterung. «Ich verstehe nämlich kein Französisch . . .»

Schon im Fahrstuhl sagte mir Nadja, daß ich einen hübschen Mantel hätte.

«Ich habe ihn gerade heute gekauft», gab ich zu.

Beim Aussteigen lud ich sie unverbindlich zu einem Kaffee bei mir ein. Irgendwann einmal. Sie dankte bereitwillig.

«Ich heiße Nadja . . .» Alles weitere übertönte die Fahrstuhltür.

Sie kam noch am selben Nachmittag zu mir, brachte selbstgebackenen Kuchen mit, den ihr die Mutter aus Moskau geschickt hatte.

«Sascha kann es nicht leiden, wenn ich mich im Zimmer bewege, während er arbeitet. Aber was soll ich machen? Er sagt, geh ins Kino. Bloß, was versteh ich schon in so 'nem Kino?»

«Sind Sie für länger hier?» Ich wußte schon, daß diese Einladung ein fataler Einfall von mir gewesen war. Nun würde ich die Kleine jedesmal auf dem Hals haben, wenn Sascha der Schreckliche arbeitete.

«Wir wissen nicht, er unterhält sich mit den Romanows . . . Er schreibt ein Buch über den letzten Zaren.»

«Er ist Schriftsteller?»

Nadja schüttelte das Köpfchen, schob verächtlich die Unterlippe vor. «Doch kein Schriftsteller! Sascha, der ist ein Doktor der Geschichtswissenschaften; gerade erst dreißig geworden und schon Doktor.» Stolz schwang in ihren Worten mit.

Ich dachte bei mir, daß in der modernen Welt selbst dreißigjährige Professoren nicht zur Seltenheit gehören, aber ich sagte es nicht laut.

«Und Sie sind Touristin?»

«Eher nicht, nein. Ich werde Studenten an der Sorbonne unterrichten. Ich bin etwas früher gekommen . . .»

«Dann sind Sie vielleicht auch ein Doktor der Wissenschaften?»

«Ich bin Professor.»

Ich war diese Unterhaltung herzlich leid.

«Professor!» wiederholte Nadja andächtig. «Wenn eine Frau in jungen Jahren Professor ist – das nenn ich Karriere.»

«Na, so jung nun auch wieder nicht», entgegnete ich.

«Aber alt auch nicht. Nur die Haare würde ich abschneiden, die machen Sie viel älter.»

«Ich habe mich an meine Frisur gewöhnt, sie ist bequem für mich.»

Nadja hielt die Tasse mit drollig abgespreiztem kleinem Finger.

«Haben Sie einen Mann, Frau Julia?»

«Nein, habe ich nicht.»

«Und Kinder?»

«Eine Tochter.»

«Eine?»

«Eine.»

«Und wie heißt sie?»

«Ewa.»

«Schön . . .» Sie sah auf die Uhr. «Ich muß gehen, vielleicht mag es Sascha nicht, wenn ich mich fremden Leuten aufdränge. Ich habe es schon satt in diesem Paris, niemand, bei dem man mal den Mund aufmachen könnte. Bloß glotzen wie auf ein Wundertier.»

«Dann besuchen Sie mich doch.»

Ich brachte sie zur Tür.

«Ich schau mal wieder rein.»

Hoffentlich möglichst selten, huschte mir durch den Sinn. Aus reiner Höflichkeit hatte ich sie zum Besuch ermuntert und befürchtete nun, sie könnte die Einladung ernst nehmen. Sie tat mir ein bißchen leid, so verloren, wie sie aussah. Doch das war nicht der richtige Moment, um jemandem meine Zeit zu opfern. Ich hatte eigene Probleme.

Ich lief durch die Stadt, saß häufig im Jardin du Luxembourg. Für gewöhnlich holte ich meine Notizen hervor, ohne die ich mich unbehaglich fühlte. Ich habe schon manchmal gedacht, daß diese meine Krakelfüße die Rolle einer zum Leben notwendigen Prothese spielen.

Großvater hätte das verstanden. Er ist mit Sicherheit streng und anspruchsvoll gewesen, doch er allein hat wirklich an mich gedacht. Er widmete mir viel Zeit. Wir unterhielten uns überwiegend französisch, seine Mutter war Französin, und weil außer ihm nur meine Mutter im Haus war, die kaum mal ein Wort sagte, verlernte ich, polnisch zu sprechen. In der Schule hatte ich ernste Schwierigkeiten. Die Kinder lachten über mich, wenn ich ein Wort verdrehte. Das hatte der alte Herr nicht vorausgesehen. Er war bekümmert, als die Lehrerin vorwurfsvoll sagte, daß wir hier nicht in Frankreich, sondern in Polen seien und daher die Muttersprache verbindlich wäre. Aber was waren das auch für Zeiten! Bloß gut, daß sie uns nicht als Volksfeinde auf dem Scheiterhaufen verbrannt haben. Er war es, der wissenschaftliche Ambitionen in mir weckte, seine ständige Rede war, daß ein Mensch, der sein Wissen nicht vervollkommnet, sich dem Tier angleicht.

Ich saß also unter einem Baum auf der Bank und sah die Aufzeichnungen durch, die ich mir in winziger Schrift und mit vielen Streichungen und Korrekturen gemacht hatte. Das Konzept für meine Vorlesungen stand fest, doch ich mußte auf Überraschungen vorbereitet sein, darauf, daß die

Veranstaltungen – wie das oft zu sein pflegt – anders verlaufen als geplant. Ich durfte mich nicht überrumpeln lassen. Während dieses einen Jahres hatte ich den Studenten die polnische Literatur vom Mittelalter bis zur Gegenwart nahezubringen, die Wahl der Schriftsteller hing allein von mir ab. Die meisten Schwierigkeiten bereiteten mir die Zeitgenossen. Sollte man zum Beispiel das Schaffen Andrzejewskis berücksichtigen? Er wurde jetzt mit Schweigen übergangen. Dabei hatte er über viele Jahre hinweg im Bewußtsein der Leser existiert, und man mußte ihm wohl einen Platz unter den anderen Schriftstellern der Nachkriegszeit einräumen. Was lag schon daran, daß ihn die Kommunisten für *Asche und Diamant* mit einer Villa belohnt hatten? Das hatte längst keine Bedeutung mehr. Ein Roman, dessen einziger positiver Held ein alter Kommunist ist. Der Hauptheld Maciek Chełmicki hätte die Chance gehabt, ein vernünftig denkender Bürger des neuen Polen zu werden, wenigstens befand er sich auf dem rechten Weg dorthin, wären da nicht die rücksichtslosen und kurzsichtigen Führer des antikommunistischen Untergrundes gewesen. Andrzejewskis Roman war das Beispiel für eine ungewöhnliche Schriftstellerwerkstatt. Falsch von der Prämisse her, hätte er sich eigentlich als Niederlage des Autors erweisen müssen, doch das war nicht der Fall . . .

Während ich unter der mächtigen Platane saß – einer ihrer Äste erinnerte an den sich windenden Leib einer Python –, entledigte ich mich meiner Schuhe, die Füße taten mir weh, und schloß, nachdem ich mich bequem zurückgelehnt hatte, die Augen. Ich mochte diesen Platz, meistens stieg ich ein paar Haltestellen früher aus, um zu Fuß hierherzugelangen. Mich entzückten bei diesem langen Spaziergang die alten Tore, die Auslagen der Buchhandlungen; oft stattete ich ihnen einen Besuch ab, nicht um etwas zu kaufen, sondern um dort die Atmosphäre zu genießen. Und dann der Park, herbstlich schon, in den kleinen und großen Alleen lagen die heruntergefallenen Kastanien auf der Erde, wie mit Haut überzogen schimmerten sie braun und tiefrot in der Sonne. Etliche hatten ihre grünen Stachelhemdchen an, die meist an einer oder mehreren Stellen aufgeplatzt waren. Einmal traf mich, als ich unter den Bäumen spazierenging, ein solches Stachelgeschoß am Kopf; im ersten Augenblick war ich erschrocken, doch dann machte es mir irgendwie gute Laune.

Ich saß also mit geschlossenen Augen an den Baumstamm gelehnt, nicht weit entfernt von einer Clique schon älterer Männer, Pensionäre bestimmt, da sie die Zeit hatten, an einem Wochentag vormittags hierherzukommen, um *boules* zu spielen. Ich hörte ihre Stimmen, es war ein etwas anderes Französisch als das, mit dem ich an der Hochschule in Berührung kam. Wäre interessant, wie er spricht, mit was für einem Akzent, ging mir durch den Sinn. Er mußte ja doch wohl Französisch können, obwohl ich ihn bisher nur Russisch hatte reden hören. Die Stimme war kräftig und tief und hatte etwas Weiches, obwohl ich sie nur bei ihrem Gezanke zu hören bekam. Vielleicht lag das ganz einfach daran, daß seine Muttersprache von Natur aus weich war. Ich war auch neugierig, wie er aussah. Wie dieser Sascha aussah . . . Von dem Paar, das eine dünne Wand von mir trennte, wußte ich bereits eine Menge. Ich war unfreiwilliger Zuhörer bei ihren Streitigkeiten, aber auch ihren Versöhnungen, die meistens im Bett endeten. Ihre laute Liebe weckte mich auf. Ich weiß nicht, wieweit sie sich dessen bewußt waren, daß sie vor Zeugen stattfand. Ich war ein solcher Zeuge. Je nachdem, wie ich gelaunt war, irritierten mich die Geräusche von jenseits der Wand, oder sie brachten mich zum Lachen. Eines Nachts überkam mich ein überaus seltsames Gefühl, so als hätte ich teil an ihrem Liebesakt. Noch nicht richtig wach, spürte ich etwas, wonach ich mich nicht sehnte und woran ich mich eigentlich kaum noch erinnerte. Plötzlich war ich hellwach und der Ekstase nahe, die das Paar hinter der Wand gerade erlebte. Meine Reaktion verwirrte mich, doch das Gefühl der Anspannung verließ mich nicht. Mein Körper war mir auf einmal ganz fremd, er begehrte, was unmöglich war. Unwillkürlich schob ich die Hand zwischen die Schenkel und zog sie sofort wieder zurück; ich war entsetzt. Da ging etwas vor, über das ich keine Macht hatte. Nach Jahren der Enthaltsamkeit war in meinem Körper das Verlangen erwacht, dem ich nicht gerecht werden konnte und wollte. Ich war für keine neue Verbindung mehr zu haben, zumal die letzte ein nachgerade klägliches Finale gehabt hatte.

Die Tochter nannte ihn meine «Büroromanze». Sie hielt etliche Jahre an. Beide waren wir im selben Alter, allerdings stand ich, was das Dienstverhältnis anging, über Piotr. Selbstverständlich wäre es mir niemals in den Sinn gekommen, ihn zu animieren. Es kam von ganz allein. Wir fuhren zusammen zu einem Wissenschaftssymposion nach Griechenland. Im Hotel hatten wir angrenzende Zimmer. Er erschien mit einer Flasche Wein. Und dann blieb er. Als er sich mir näherte, wollte ich ihn zurückstoßen. Er berührte mich mit verschwitzten Händen, ich roch seinen sauren Atem, und mich überkam leichter Ekel. Er atmete immer schneller, in einem gewissen Augenblick schoben seine Hände mir geschickt den Schlüpfer herunter, er tauchte mit dem leicht kahl werdenden Kopf, mit Brille, unter meinen Rock. Reichlich verwundert stellte ich fest, daß dieser unscheinbare Mann in der Liebespraxis sehr geschickt war. Ich verlor rasch die Kontrolle über mich, begann laut zu stöhnen. Niemand hatte mich bis zur Stunde so liebkost. Ein Wonneschauer erfaßte meinen ganzen Körper, und ein paar Augenblicke lang weilte ich in einer Welt, von der ich bislang nicht gewußt hatte, daß sie existierte. Und das dank eines Mannes, den ich nicht liebte. Dennoch wurde ich abhängig von ihm. Ich brauchte diese wenigen Momente, die nur er mir bieten konnte. Er verließ mein Bett und eilte nach Hause, wo die Ehefrau auf ihn wartete. Doch das tat mir nicht weh, kam mir sogar zupaß.

Nur einmal, als ich wegen einer Wohnungsrenovierung Heiligabend im «Haus des Wissenschaftlers» bei Warschau zubrachte, allein, erschrak ich vor der Einsamkeit. Ewa verbrachte die Feiertage mit ihrer Familie, mein Geliebter mit der seinen. Und ich, in der Gesellschaft von Frauen, die älter waren als ich, sah eine Version meines Lebens zehn Jahre später. Ich war damals vierzig. Ich fiel in Panik und begann Piotr Bedingungen zu stellen: Wenn er mit mir leben wolle, habe er seine Frau zu verlassen. Seine Ehe sei doch ohnehin, wie er behaupte, eine Fiktion, und ihn verbinde nichts mit seiner Frau. Sie war älter als er, und weil sie keine Kinder haben konnte, bedachte sie ihn mit mütterlichen Gefühlen. Sie wartete mit dem Mittagessen auf ihn, und wenn er sich verspätete, stellte sie ihm das Essen warm ohne ein Wort der Klage. Es kam durchaus vor, daß sie im Laufe eines Tages mehrmals Kartoffeln kochte, damit sie frisch waren, wenn der Ehemann endlich heimkehrte. All das stellte eine Art Gefangenschaft dar, über die sich Piotr beschwerte, ohne jedoch im geringsten etwas dagegen zu unternehmen. Ich hatte ihn in Verdacht, daß es hier um seine Bequemlichkeit ging. Schließlich nahm seine Frau die Mühen des Alltags auf sich, damit er in aller Ruhe wissenschaftlich arbeiten konnte. Sie wußte von unserer Liebschaft oder erriet sie zumindest, einmal fragte sie ihn sogar direkt; er antwortete ihr ausweichend, daß man solche Fragen nicht stelle. Sie hätte nie in die Scheidung eingewilligt, doch mir war eine Hochzeit nicht vonnöten. Wichtig war die tägliche Anwesenheit eines Mannes. Er lehnte ab.

«Es geht hier nicht um meine Frau, sondern um dich», erläuterte er. «Du würdest mich nach zwei Wochen rauswerfen.»

Vielleicht hatte er recht, doch eine Zeitlang rebellierte

ich und forderte von ihm, daß er die andere verließ. Er lernte meine schlechten Launen abzuwarten. Er wußte genau, wann ich ihn wieder in mein Bett ließ. Doch dann passierte etwas, das unsere Beziehung für immer zerstörte.

Ich hatte Ewa zum Essen eingeladen.

«Mama», sagte meine Tochter, als wir uns an einem Tisch in einer Ecke des Restaurants niedergelassen hatten, «dreh dich mal diskret um und guck, wer da sitzt.»

Das war er nebst Gattin. Er tat, als erkenne er mich nicht, seine Stirn rötete sich, was bei ihm ein Zeichen von Nervosität war. Er winkte dem Kellner, bezahlte die Rechnung. Seine Frau, die mit dem Rücken zu mir saß, verstand nicht, was in ihn gefahren war.

«Warum hast du es denn plötzlich so eilig?»

Er zog ihr fast den Stuhl unter dem Po weg und schubste sie vor sich her Richtung Ausgang. Kein einziger Blick zu uns hinüber. Ich begriff ihn einfach nicht. Wenn er mich gegrüßt hätte, ja selbst wenn er zu uns an den Tisch gekommen wäre, hätte er doch nichts riskiert, schließlich arbeiteten wir zusammen. Ich kannte seine Frau, hätte mit ihr ein paar Worte wechseln können. Aber er hatte seine Wahl getroffen.

«Der hat nichts gewählt», sagte Ewa verächtlich. «Das ist ein Feigling, Mama.»

Zu Hause fand ich dann auf dem Anrufbeantworter mehrere Mitteilungen vor: «Julia, ich werde dir alles erklären, ruf mich an, ich bin im Institut!» – «Julia, das bin wieder ich, ich warte!» Ich rief nicht zurück, und als er noch einmal anrief und ich seine Stimme hörte, legte ich den Hörer auf. Anderntags in der Universität kam er zu mir, als wäre nichts gewesen, beugte sich herunter, um mich auf die Wange zu küssen. Ich schreckte zurück und warf ihm einen Blick zu, der ihm weitere Vertraulichkeit verbot. Ich hatte Verlangen nach ihm, doch meine Eitelkeit ließ nicht zu, daß ich mir das eingestand. Ich versuchte mir einzureden, daß ich niemand brauchte, daß ich ohne Sex auskam. Doch als wir uns bei Bekannten begegneten und er mich später nach Hause fuhr, nahm ich ihn mit nach oben. Ich hatte getrunken, und seine physische Nähe bewirkte, daß mir noch schwindliger wurde. Von der Tür trug er mich aufs Bett und begann mich fieberhaft zu entkleiden, ich spürte, wie mein Verlangen wuchs, doch zugleich stieg so etwas wie Empörung in mir auf. Irgendwann stieß ich ihn zurück und schloß mich im Bad ein. Er versuchte mich dort herauszulocken. «Sei doch kein Kind», hörte ich ihn sagen. Doch ich reagierte nicht.

Danach versuchte ich, mit meinem Zustand zu Rande zu kommen, einmal war ich sogar entschlossen, mit einem Mann ins Bett zu gehen, den ich erst kurz vorher kennengelernt hatte. Der Mann hatte mich interviewt, dann überraschend angerufen und ein Treffen vorgeschlagen. Ich willigte ein, er sah ziemlich gut aus, war wohl nicht besonders klug, was ohne größere Bedeutung war. Dachte ich zumindest. Aber es hatte Bedeutung, das, was er sagte, war irritierend, und der Satz: «Weißt du, die Puppen fliegen einfach auf mich» diskreditierte ihn in meinen Augen. Doch die Dinge waren schon zu weit gediehen, als daß ich ihn hätte ausladen können, aus meinem Haus sowohl wie aus meinem Bett. Er benahm sich ungeschickt, besaß kein Einfühlungsvermögen und wußte nicht auf die Wünsche meines Körpers einzugehen. Das war meine letzte Bettgeschichte . . . Mit der Zeit machte ich mich frei von der ärgerlichen Angelegenheit, ganz so, als sperrte ich meinen Körper in einen engen Koffer ein und schlösse den Koffer ab.

Das bedeutete nicht, daß ich mich von da an alt fühlte. Ich fühlte mich frei und wollte meine Freiheit nicht verlieren . . .

Orly, sechs Uhr dreissig

Es schien, als hätte ich die Situation voll und ganz unter Kontrolle, und da sank mir plötzlich der Kopf auf die Brust. Ich muß kurz eingeschlafen sein. Sicher, ich hatte nicht die beste Nacht, doch es geht nicht an, daß ich hier, in der Bar, ein Nickerchen mache.

Was für ein Tag war das gewesen, als Nadja aufgeregt mit der Nachricht zu mir hereinstürmte, daß Saschenka mich einlade, um mich kennenzulernen? Dienstag? Ja, Dienstag, der 15. September . . . ja, das war das Datum. Am Morgen dachte ich noch, daß ich das Schlimmste hinter mir hatte, die dritte Woche meines Pariser Aufenthalts begann. Ich war gerade von einem langen Spaziergang über die Champs-Élysées heimgekehrt und träumte nur noch davon, mich hinzulegen. Das Klopfen an der Tür nahm ich ziemlich unwillig auf. Noch ärgerlicher machte mich die Einladung selbst. Das ist die wahre sowjetische Eleganz, dachte ich. Wenn jener Saschenka mich kennenlernen will, könnte er sich wahrlich zu mir bemühen.

«Ich bin beschäftigt, vielleicht ein andermal», entgegnete ich.

«Aber wir haben ein Abendessen vorbereitet», zwitscherte Nadja.

Die beiden bewohnten ein Eckzimmer, um etliches größer als mein Zimmer, doch aus einem der Fenster blickten sie auf ein Haus, das gerade abgerissen wurde. Eine Höllenmaschine mit Stahlarm und einer Kugel an dessen Ende zermalmte eben eine Wand, die in Riesenstaubwolken ächzend in sich zusammensank. Im Zimmer herrschte ein unwahrscheinliches Durcheinander. Auf dem Schreibtisch, auf dem ein Computer stand, türmten sich Berge von Papier, ringsherum lagen Bücher auf dem Fußboden.

«Sascha erlaubt nicht, daß ich da irgendwas berühre», rechtfertigte sich Nadja, als sie meinen Blick sah.

Bücher häuften sich ebenfalls auf den beiden Betten an der gegenüberliegenden Wand. Im Zimmer befand sich jedoch kein Sascha und kein Abendessen, allerdings stand ein Tisch inmitten des Zimmers, wenn auch nur mit einem Tischtuch bedeckt.

«Stört Ihren Mann nicht der Lärm da draußen?»

«Schrecklich stört es ihn, wir wollten das Zimmer wechseln, doch die haben bloß kleinere . . . Er kommt gleich . . . Ist was zu trinken holen gegangen. Und ich bitte einen Moment um Entschuldigung, ich nehm bloß das Hühnchen aus der Backhaube. Ich schmurgele hier immer selber was, denn Sascha ißt nicht gern in der Stadt . . . Und teuer ist es auch . . .»

Ich nahm eines der Bücher zur Hand: *Die Dynastie der Romanows,* ein Sammelwerk, herausgegeben von Iksenderowa, und las den ersten Satz des Vorworts: «Die Geschichte der Romanow-Dynastie war während der letzten Jahrzehnte ein praktisch verbotenes Thema für die offizielle Lehre.» Das machen sie jetzt also wett, dachte ich und legte das Buch beiseite. Ich wurde von Minute zu Minute ungeduldiger.

«Nadja, vielleicht komme ich später wieder, wenn sich die Situation geklärt hat.»

«Hat sich schon geklärt!» hörte ich eine Männerstimme sagen.

Ich wandte den Kopf zur Tür und erblickte einen hochgewachsenen Mann beladen mit Einkaufsnetzen, in denen Flaschen klirrten. Er hatte blondes, auf die Schultern fallendes Haar und ein Gesicht, das die Aufmerksamkeit auf sich zog. Schwer zu sagen, ob es ein schönes Gesicht war. Ähnlich wie das Gesicht des russischen Schriftstellers Wladimir Majakowski schwer zu bestimmen war. War Majakowski schön gewesen? Wohl eher nicht, doch er hatte entschlossene, männliche Gesichtszüge gehabt. Dieser Sascha stellte eine andere Version Indianer dar als mein Schwiegersohn, der auf Katzenpfoten daherkam und für gewöhnlich im unpassendsten Augenblick auftauchte, zum Beispiel dann, wenn ich die Tochter fragte, wozu die vielen Kinder oder wie man unter einem Dach mit einem Menschen leben könne, dessen Hauptlektüre Bücher aus dem Bereich der Parapsychologie seien. Dieser Indianer hier hatte ein offenes Gesicht, von einer Art männlichem Stolz gezeichnet, der mir so fremd wie nur irgend etwas war. Ich wollte nichts darüber wissen, die Sache nicht vertiefen, denn das hätte bedeutet, sich auf ein unbekanntes, unsicheres Gelände zu begeben.

«Sie sind unsere Nachbarin, hoffentlich», ließ er sich vernehmen und übergab Nadja die Einkäufe.

«Julia Grudzińska», stellte ich mich vor.

«Eine Polin!»

«Ja.»

«Sie sind Professorin, hergekommen, um Vorlesungen an der Sorbonne zu halten.»

«Sie wissen eine Menge über mich.» Ich lächelte.

Er trat auf mich zu, ich reichte ihm die Hand. Ich spürte einen festen Händedruck.

«Aleksander Razumski.»

«Doktor der historischen Wissenschaften.»

«Stimmt.»

Nadja und er machten sich jetzt im Zimmer zu schaffen, und bald schon saßen wir am gedeckten Tisch. Das Hühnchen war sehr lecker, mit für mich unerfindlichen Gewürzen gebraten, dazu Salat und Wein. Ich hatte schon gefürchtet, sie würden Coca-Cola servieren, wovon Aleksander etliche Flaschen im Netz gehabt hatte.

«Und was für Vorlesungen werden Sie halten?» fragte er mich mit vollem Mund. Er benahm sich sehr leger, nagte an der Hühnerkeule, die er in der Faust hielt, und das Fett lief ihm übers Kinn.

«Polnische Literatur.»

Er zog eine Grimasse.

«Die Literatur ist zur Verdummung der Leute da.»

«Ich habe immer gedacht ganz im Gegenteil», entgegnete ich, von einer solchen Äußerung überrascht. Jetzt war klar, weshalb Nadja so wenig von Schriftstellern hielt, sie war sein Echo.

«Es gibt auf der Welt ohnehin schon zuviel Fiktion, wozu da noch etwas hinzufügen?»

«Die literarische Fiktion ist eigentlich die Wahrheit. Je größer die Literatur, je größer die Wahrheit.»

«Zu hochtrabend für mich.»

«Mich wundert, daß das jemand aus dem Vaterland Turgenjews, Gogols, Dostojewskis sagt . . .»

«Die waren es, die . . . unser Land zugrunde gerichtet haben!» fuhr er auf. «Sie haben Stalin die Aufgabe erleichtert.»

Ich sah mir den Mann genau an, um sicherzugehen, daß er sich nicht über mich lustig machte.

«Das ist mein Ernst, ich habe dem viel Zeit gewidmet. Alle diese Dummköpfe haben die russische Intelligenz in die Ohnmacht getrieben, ihr die Hände gebunden. Und der Generalissimus hat auf dem Wege der Selektion eine neue Gesellschaft von Neandertalern geschaffen.»

«Was erzählst du denn da, Sascha», mischte sich Nadja ein. «Du hast bestimmt zuviel getrunken.»

Er maß sie mit einem grimmigen Blick.

«Wer hat dir erlaubt, den Mund aufzumachen? Halt die Klappe, oder du landest auf dem Korridor.»

Nadjas riesengroße Augen füllten sich mit Tränen.

Ich wollte protestieren, doch er fuhr in ganz normalem Ton fort: «Von den Polen bewundere ich nur einen.»

Hauptsache nicht das Verräterschwein Dzierzyński, dachte ich.

«Roman Dmowski! Der einzige Staatsmann, den ihr hattet. Der einzige vorausschauende, kluge Politiker. Hättet ihr auf den gehört, die Landkarte Europas sähe heute vielleicht anders aus.»

«Überschätzen Sie ihn nicht?»

«Aber ganz und gar nicht.»

Mir fiel ein, daß ich eigentlich wenig über Dmowski wußte. Genausowenig wie über diesen Mann; er schien eine Mischung aus Flegelei und eigentümlichem Charme zu sein, die eine eindeutige Beurteilung nicht zuließ.

Er und Nadja waren wohl das unharmonischste Paar, das mir je begegnet war, und gleichzeitig nahm es nicht wunder, daß diese zwei zusammen waren.

«Hast du nicht gemerkt, Nadja, daß Frau Julia eine fatale Frisur hat?» vernahm ich, und in mir erstarrte alles.

«Ich hab's ihr sogar schon gesagt –» setzte sie an.

«Na, und vollziehen wir die feierliche Kopfschur?» unterbrach er sie, meine Person bei diesen Erwägungen außer acht lassend.

Er rückte den Tisch weg, und ehe ich es schaffte, mich zurechtzufinden, saß ich schon auf meinem Stuhl mitten im Zimmer, und Nadja zog mir die Haarnadeln heraus.

«Seid ihr verrückt geworden?» fragte ich wie benommen.

«Keine Sorge, Nadjeschda Iwanowna ist Friseuse von Beruf. Und das ist auch das einzige, was sie wirklich kann.»

«Na, Sascha, kann ich denn nicht auch noch etwas anderes?» entgegnete sie kokett.

«Aber ja doch, deinen Hintern rausstrecken.»

Nadja wurde feuerrot. Ein peinliches Schweigen trat ein.

«Was ist denn das für eine Stille? Als Historiker bin ich gewöhnt, die Wahrheit zu sagen. Die Wahrheit des Lebens und nicht der Literatur!»

«Ein Gentleman schweigt über bestimmte Dinge», behauptete ich streng.

Er lachte aus vollem Halse.

«Gentleman! Was für ein Wort! Hab ich schon jahrelang nicht mehr gehört.»

«Das merkt man.»

«Versuchen Sie nicht boshaft zu sein, Julia, das gelingt Ihnen nicht.»

«Es gehört sich einfach nicht, gewisse Dinge über die Ehefrau zu sagen.»

«Sie ist nicht meine Ehefrau.»

«Das ist eure Sache.»

«Wir haben nicht ‹unsere Sache›. Ich habe meine, und sie hat ihre. Zum Beispiel wie sie mich vor das Angesicht eines Popen zerren kann. In einer orthodoxen Kirche getraut zu werden ist jetzt Mode.»

Während dieses Wortwechsels hatte Nadja aufmerksam mein Gesicht studiert. Sie trat zurück, näherte sich wieder, einmal hockte sie sich sogar hin.

«Ich weiß schon», sagte sie fröhlich, als sei nicht sie der Gegenstand dieser beschämenden Debatte gewesen. «Ich weiß schon, wie man schneiden muß . . . Guck mal, Sascha, hier über den Ohren kurz, hinten auch kurz und der Pony lang . . .»

«Den auch kurz. Wir verpassen ihr eine Frisur à la Jean Seberg aus dem Film *Außer Atem*.»

«O nein! Nein!» Ich wollte vom Stuhl hochspringen, doch Aleksander hielt mich fest.

«Aber ich hab doch diesen Film nicht gesehen», fiel Nadja bekümmert ein.

«Es reicht, daß ich ihn gesehen habe. Julia hat ein ähnlich ovales Gesicht, und überhaupt ähnelt sie der Seberg . . .»

«Ich soll Jean Seberg ähnlich sehen?» stammelte ich.

Aleksander beugte sich über mich, sein saurer Atem wehte mir entgegen. Er war leicht betrunken, kein Wunder, vor meinen Augen hatte er zwei Liter Wein getrunken, den letzten halben Liter ohne Glas, direkt aus der Flasche. Die hatte er in der Hand gehalten und von Zeit zu Zeit einen tiefen Schluck genommen. Er trat ebenfalls zurück und musterte mich von verschiedenen Seiten.

«Hört mal, ich will meine Frisur gar nicht ändern.»

«Sie haben keine andere Wahl», lachte er.

Nadja machte sich energisch ans Werk und schnitt mir ganze Haarsträhnen herunter, ich spürte am Hals die kalte Berührung der Schere. Ich war erschrocken, konnte nicht fassen, wie es dazu kommen konnte, daß ich da auf dem Stuhl saß und solche Sachen mit mir anstellen ließ. Wie ich aussehen werde mit kurzen Haaren! Die wachsen doch so schnell nicht wieder nach, die ganze Sorbonne wird Zeuge meiner Katastrophe sein. Vielleicht machen sie ja sogar den Vertrag rückgängig. Eine Frau in meinem Alter mit einem Teenagerhaarschnitt ... Das hatte ich davon, wozu hatte ich diese Russin seinerzeit beim Fahrstuhl ansprechen müssen?!

«Schon passiert!» rief Nadja aus. «Du hattest recht, der Pony muß auch kurz sein.»

Sie reichte mir den Spiegel. Zum zweitenmal in so kurzer Zeit vermochte ich nicht, mich wiederzuerkennen. Damals aufgrund des alten Mantels, jetzt ... In meinem Gesicht war alles anders. Ich hatte andere Wangen, andere Augen, eine andere Nase ... Die sah jetzt wie eine leichte Stupsnase aus ...

«Reizend», sagte Nadja. «Frau Julia, Sie sehen einfach reizend aus, einfach nicht wiederzuerkennen ...»

«Aber es ist wohl doch ein bißchen zu kurz», bemerkte ich leise.

«Sehr gut», vernahm ich Aleksanders Stimme.

Wieder zurück in meinem Zimmer, rief ich trotz der späten Stunde Ewa an.

«Habe ich dich geweckt?» erkundigte ich mich, als ich ihre verschlafene Stimme hörte.

«Ist was passiert?»

«Sie haben mir die Haare abgeschnitten.»

«Wer ist ‹sie›?»

«Diese Russen ... Mein Gott, wozu bin ich dort hingegangen? Wie zeige ich mich jetzt den Leuten?»

«Aber woher dieser Einfall?»

«Nadja ist Friseuse. Sie hat einfach die Schere genommen und ratsch, ratsch . . . Der Anstifter war natürlich er . . .»

Plötzlich brach ich ab, ich wußte nicht, wie ich ihn nennen sollte. Denn wenn nicht der Ehemann, dann der Freund, bloß daß das Wort zu ihm nun ganz und gar nicht paßte . . .

Ewa begriff nicht recht, worum es ging, ich mußte ihr alles erzählen, angefangen mit der Einladung zum Abendessen.

«Aber . . . vielleicht siehst du ja gut aus . . .»

«Darum handelt es sich doch nicht, in meinem Alter trägt man keine so kurzen Haare.»

«Übertreib nicht.»

«Ich bin keine Zwanzig. Doch ich will dir nicht länger auf die Nerven gehen zu so später Stunde. Gute Nacht . . .»

Ich legte den Hörer auf. Kurz darauf klingelte das Telefon.

«Natürlich ist es schwierig, sich am Telefon auszusprechen, doch ich hatte dir ja ebenfalls schon geraten, die Haare kürzer zu tragen», sagte Ewa.

«Kürzer! Ich sehe wie ein Junge aus, verstehst du, wie ein Sträfling . . .»

Einen Moment lang blieb es still im Hörer.

«Haare haben das so an sich, daß sie nachwachsen», hörte ich sie endlich sagen.

«Aber wann! In einer Woche fangen die Übungen mit den Studenten an, schließlich kann ich nicht im Kopftuch zur Universität gehen!»

«Dann kauf eine Perücke.»

«Nein, das wäre noch schlimmer. Ich muß mir irgendwie zu helfen wissen, bete für mich.»

«Ach, du weißt dir bestimmt Rat», sagte die Tochter ohne Überzeugung.

Ich konnte nicht schlafen. Eine Episode aus meiner Kindheit ging mir nicht aus dem Sinn. Damals war ich auch der Ansicht gewesen, daß man mich für etwas strafen wollte, auf das ich keinen Einfluß hatte.

Großvater stand in der Küchentür und hielt einen beinernen Kamm in der Hand, aus dem sämtliche Zähne herausgebrochen waren. Er sah auf mich mit strengem Blick.

«Wer war das?»

Ich zog mich bis zur Wand zurück, lehnte mich dagegen und senkte den Kopf.

«Nun?»

«Ich.»

«Warum?»

«Weil das ein bissiger Hund war. Hat Menschen gebissen.»

Großvaters Lippen wurden gefährlich schmal. Einen Moment lang sagte er keinen Ton.

«Weißt du, daß du den Kamm meiner Mutter, ein kostbares Andenken an sie, zerstört hast?»

«Ich wollte es ja nicht, aber der hat die Menschen gebissen», schluchzte ich.

Ich weinte vor Angst, denn ich spürte, daß es diesmal Schläge setzte. Großvater schritt auf mich zu, ich duckte mich an der Wand und kniff die Augen zu. Da hörte ich Mutter sagen: «Lassen Sie sie in Ruhe, Vater!»

Großvaters Schritt stockte mitten in der Küche. «Ich verstehe nicht», sagte er und hob die Brauen.

«Lassen Sie das Kind in Ruhe, Vater», wiederholte sie.

«Das Kind hat ein Andenken an meine Mutter zerstört.»

«Sie können mich mal», schrie sie. «Verstehen Sie, Vater?! Sie können mich mal mit Ihrem mütterlichen Andenken!»

Anderntags fuhr ich zur Sorbonne, und zwar aus dem einzigen Grund: Ich wollte mich der Sekretärin zeigen und ihre Reaktion prüfen. Sie erkannte mich nicht, doch vielleicht hätte sie mich mit der alten Frisur ebensowenig erkannt, wir hatten uns immerhin nur einmal gesehen.

«Ich wollte mich nur einmal erkundigen, wie viele Hörer ich haben werde», begann ich unsicher.

«Ich habe noch keine vollständigen Informationen», erwiderte sie knapp.

Ich ging zu Fuß durch die Stadt, in einer miesen Stimmung, es war bewölkt und ziemlich kühl, und ich hatte keine Jacke mitgenommen. Ein unangenehmer Schauer lief mir über den Rücken, also beschloß ich, in das kleine Café zu gehen, an dem ich eben vorbeigekommen war. Ich setzte mich an die Bar und bestellte Kaffee. Mir direkt gegenüber hing ein Spiegel, darin mein Spiegelbild, das zu meiner Überraschung kein peinliches Empfinden in mir auslöste. Eigentlich standen mir die kurzen Haare gut, und mit Sicherheit sah ich jünger aus, keiner hätte mich jetzt so alt geschätzt, wie ich wirklich war. Das war natürlich von geringster Bedeutung, denn ich mußte mich nicht jünger machen. Anders als Mutter, die nicht begreifen konnte, daß sich die Zeit nicht anhalten, noch viel weniger zurückdrehen ließ. In der kleinen Stadt wußten alle von ihrer wahnwitzigen Liebe zu einem jüngeren Mann . . .

«Wo bist du gewesen?» fragte Großvater sie. «Willst du, daß sie anfangen, mit dem Finger auf uns zu zeigen, daß das Kind in der Schule keine Ruhe mehr hat? Beherrsche dich, Frau! Hör endlich auf, dort hinzugehen. So viel kann man doch wohl von dir verlangen, daß du nicht über die Anhöhe hinausträgst, was du . . . was du . . .» Zum erstenmal, seit ich denken konnte, fehlten Großvater die Worte. Sie stand wie eine Schülerin vor ihm. Die Schultern noch hängender als sonst, und die Haare als ein noch dichterer Vorhang vor dem Gesicht.

«Falls du noch einen Funken Anstand besitzt, hör auf, dort hinzugehen.»

Sie schwieg, doch in ihrem Schweigen spürte man die Niederlage. Wir wußten alle drei, daß sie nicht mehr dort hingehen würde.

Um meine Nachbarn von jenseits der Wand versuchte ich einen Bogen zu machen. Daß sie zu Hause waren, verrieten hauptsächlich ihre Streitereien. Es drehte sich immer um ein und dasselbe, Nadja war Aleksander hinderlich, ihn störte ihre Anwesenheit, wenn er arbeitete. Er schickte sie in die Stadt, damit sie durch die Läden bummelte, irgendwo auf einen Kaffee ging. «Aber ich habe Angst, daß ich mich verlaufe», antwortete sie ängstlich. «Wie soll ich denn nach dem Weg fragen?»

«Dann häng dich doch auf!»

Etwas war an diesem Mann, das mich zwang, über ihn nachzudenken. Ich hatte das Gefühl, zum erstenmal in meinem Leben einem Mann begegnet zu sein. Alle anderen, mit denen ich zusammenkam, mit denen ich sogar ins Bett ging, waren es, recht besehen, nicht gewesen. Keiner jedoch wäre dazu fähig gewesen, eine Frau dermaßen rücksichtslos zu behandeln. Kein Zweifel, Aleksander war ein grausamer Mensch, der sich seine Umgebung unterwarf. Und wär's nur die Sache mit meiner Kopfschur. Ich hatte Jahre gebraucht, um mich endlich zum Kauf eines neuen Mantels zu entschließen, und eine so wesentliche Frage wie das Ändern der Frisur wurde innerhalb weniger Minuten gelöst. Und das lag an ihm. Sein Wille war so stark, daß ich mich ihm gebeugt hatte.

Eines Tages hörte ich beim Verlassen des Zimmers Aleksanders Stimme auf der Treppe, ich zog mich fluchtartig ins Zimmer zurück und schämte mich sogleich vor mir selbst. Ich war eine reife Frau und sollte mich vernünftig verhalten. Statt dessen machte ich mich lächerlich. Dennoch wartete ich eine ganze Weile ab, ehe ich erneut auf den Korridor hinaustrat.

Orly, sieben Uhr

Ich bin seit einer Stunde hier. Und die Entscheidung, die ich getroffen habe, scheint mir noch immer richtig. Ich konnte nicht anders handeln. Ich mußte fortgehen, das war der einzige Ausweg aus dieser Situation. «Ich liebe eine andere Frau, begreif das endlich!» schrie der junge Mann. – «Wen liebst du?» fragte entgeistert die junge Frau.

Dreizehn Hörer hatten sich zu meiner Vorlesung eingeschrieben. Eine Unglückszahl. Ich würde mich sehr anstrengen müssen, um sie bei der Stange zu halten, wenn sie gegen Semesterende abzuspringen begännen, wäre das eine Katastrophe.

Als ich von der Universität zurückkam, fand ich hinter meiner Türklinke eine hellrote Rose vor. Kein Kärtchen, ich konnte mir jedoch denken, woher sie stammte. Ich klopfte an die Tür nebenan.

«Sachaditje», hörte ich.

Unsicher drückte ich die Klinke herunter. Er saß am Computer, mein Blick fiel auf seine breiten, vorgebeugten Schultern.

«Sind Sie es, Julia?» fragte er, ohne sich umzudrehen.

«Ja. Diese Rose . . .»

«Eine schöne Rose für eine schöne Frau. Wie steht's mit den Studenten?»

«Es haben sich welche angemeldet, das ist das wichtigste . . . Ich sehe, ich störe Sie, vielleicht komm ich ein andermal.»

«Ich bin gleich zu Ende, *odnu minutotschku.*» Er tippte auf der Tastatur die letzten Sätze, während ich an der Tür stand.

Er war allein. Wo wohl seine Partnerin abgeblieben war? Ob sie endlich den Mut aufgebracht hatte, sich in die Stadt zu wagen, oder vielleicht war sie gar abgereist?

«Nadjeschda Iwanowna ist zum Laden an der Ecke gegangen, um Coca-Cola zu holen. Zum Glück ist die Bezeichnung international. Sie ist gleich wieder zurück», ließ er sich vernehmen, als läse er meine Gedanken. «Das heißt, ich nehme es an ...»

Er schaltete den Computer aus, und erst jetzt drehte er sich um. Ich fühlte mich plötzlich befangen. Etwas hielt mich ab, ihm direkt in die Augen zu sehen. So als stünde darin ein Richterspruch über mich geschrieben. Das war töricht, ja kindisch. Aber vielleicht konnte ich ihm die Kopfschur nicht verzeihen. Ich war es gewöhnt, sämtliche meine Person betreffende Entscheidungen selbst zu fällen.

In diesem Moment kam Nadja herein, eine Plastiktüte voller Flaschen.

«Anläßlich des Studienbeginns lädt uns Frau Julia zum Abendessen in ein Restaurant ein», sagte Aleksander zu ihr.

«Ja, selbstverständlich», bestätigte ich konsterniert.

Wir gingen in das kleine vietnamesische Restaurant gegenüber. Der Innenraum war dämmrig und anheimelnd, von irgendwo aus dem Hintergrund kam gedämpft leichte Musik. Wir setzten uns an einen runden Tisch in der Ecke. Sofort tauchte der Kellner auf und reichte uns die Karte. Rückwärtsschreitend, sich wiederholt verbeugend, zog er sich zurück.

«Ich schlage vor, Hühnchen süß mit Erdnüssen zu bestellen», sagte Aleksander, «das ist wirklich köstlich, nun, und zum Beispiel Kalbfleisch in fünf Geschmacksrichtungen ... Das ist viel, und wir können es uns teilen ...»

«Meine Tochter will nicht, daß ich Kalbfleisch esse», sagte ich.

«Aber warum denn?»

«Sie ist Vegetarierin, weil sie gegen das Töten der Tiere ist.»

«Ach, das», er winkte ab. «Eine Verrücktheit. Wenn man über alles so nachgrübeln wollte, legte man sich besser gleich in den Sarg. Schließlich fühlen und leiden auch die Pflanzen, nur eben in Schweigen ... Dieser stumme Schrei der Mohrrübe oder der Sellerieknolle –»

«Und was eß ich, Saschenka?» fiel ihm Nadja ins Wort.

Aleksander fing an zu lachen.

«Nadjeschda Iwanowna, wie sie leibt und lebt! Wir sprechen von existentiellen Problemen, und sie spricht vom Essen. Du hast das Menü vor der Nase, such dir was aus.»

«Ich kann doch kein Französisch . . .»

«Na, was haben wir denn hier . . .» er beugte sich über die Speisekarte. «Ziege . . .»

«Wie, Ziege?» erschrak das Mädchen.

«Na, Ziege, ein Gericht aus Ziegenfleisch. Sagt dir das zu?»

«Aber nein, das ist irgendwie gräßlich . . . eine Ziege hat Hörner und . . . ein Euter . . .»

Sie sagte das so, daß Aleksander und ich losprusteten.

Schließlich und endlich hatten wir etwas bestellt.

«Und viel Wein!» rief Aleksander dem Kellner hinterher.

Das Hühnchen mit Nüssen war vorzüglich, der Wein, ein französischer, leicht. Er trank sich wie Limonade, was sich als äußerst trügerisch erwies. Irgendwann merkte ich, wie es sich mir im Kopf drehte. Das russische Paar bedachte sich mit kleinen Bosheiten, das heißt, Aleksander foppte fortwährend Nadja, die sich zum Glück nicht immer darüber im klaren war. Ich regte mich nicht mehr so über die beiden auf. Zum erstenmal wurde mir so richtig bewußt, daß ich in Paris war. Da war der Vorlesungsbeginn gewesen. Niemand hatte meinen Haaren besondere Aufmerksamkeit geschenkt, nicht einmal der Dekan, der mich in den Mauern der Universität herzlich willkommen hieß. Und jetzt saß ich mit netten Leuten zusammen und trank Wein. Dieser Sascha war im Umgang reichlich unausstehlich, dennoch schien er ein interessanter Mann zu sein. Ich verstand nur nicht, wozu er das Mädchen mitgebracht hatte, wenn sie ihm so sehr im Wege war. Nadja war hübsch. Der bis an die Brauen reichende, gerade geschnittene Pony ließ sie fast wie eine Japanerin aussehen. Und sie war so eine Geisha. Alles für ihren Mann . . .

«Woher kennen Sie eigentlich den Film *Außer Atem*, Herr Aleksander? Der fällt schließlich in meine Jugendzeit. Damals war er die reinste Avantgarde ... jetzt läßt sich das sicher nicht mehr anschauen.»

«Sascha kennt alle Filme», antwortete Nadja für ihn. «Er kann ohne Kino nicht leben.»

«Ach ja? Dabei ist Kino doch dieselbe Fiktion wie die Literatur.»

«Im Kino kann man nicht lügen», erwiderte er. «Dort merkt man die kleinste Unaufrichtigkeit; auch wenn die Schöpfer sich wer weiß wie sehr bemüht haben, die Leute glauben es nicht. Die Literatur hingegen streut Sand in die Augen! Vor ein paar Wochen habe ich einen Film eures großen Wajda gesehen: *Der Ring mit dem gekrönten Adler.*»

«Ah, ein großartiges Beispiel für Wahrheit und Unwahrheit», freute ich mich. «Als Wajda in *Asche und Diamant* log, einem Film, dem ein gleichermaßen verlogenes Buch zugrunde lag, ergab das ein hervorragendes Werk; als er Wiedergutmachung leisten wollte, schuf er etwas Kurioses. Er brachte in seinen *Ring mit dem gekrönten Adler* sogar die berühmte Szene mit dem Spritanzünden an der Bar ein. In *Asche und Diamant* war sie erschütternd: Maciek läßt den Sprit in den Gläschen aufflammen und nennt dabei die Namen der toten Kameraden. Aber hier wird daraus eine Selbstparodie. Ein Schauspieler imitiert die Stimme des verstorbenen Zbigniew Cybulski, der in *Asche und Diamant* den Maciek gespielt hat ... brrr ... Ich bete darum, daß ich mir das niemals mehr ansehen muß ...»

«Stimmt, kein guter Film, doch vielleicht hat Wajda da nicht seine eigene Violine gespielt. Das sowjetische Kino hat keine so vollblütige, überzeugende Kommunistengestalt geschaffen wie er in *Asche und Diamant.* Vielleicht ist ja dieser Kommissar Szczuka das *alter ego* des Regisseurs ...»

«Sekretär», korrigierte ich.

«Wie dem auch sei.»

Plötzlich ging mir auf, was er eigentlich meinte. «Wajda ein Kommunist? Was reden Sie da, sein Vater ist in Katyń umgekommen.»

Bei meinen Worten war Aleksander rot geworden, und dann hieb er mit der Faust dermaßen auf den Tisch, daß Nadja und ich heftig zusammenzuckten.

«Ich kann mit Polen nicht reden! Denn immer und immer taucht bei denen Katyń auf! Warum kommen sie damit zu mir, einem russischen Historiker? Katyń war ein Verbrechen der ganzen Welt, ein Verbrechen durch Schweigen!»

«Saschenka», begann seine Gefährtin unsicher.

«Klappe!» knurrte er, trank seinen Wein in einem Zug, stellte das Glas beiseite. «Ich kann Weiber nicht ausstehen . . . und Achtung vor ihnen hab ich schon gar keine», fügte er hinzu.

Auch du warst bis vor kurzem noch ein sowjetischer Historiker, dachte ich, und hast geschwiegen wie die anderen.

In dem Augenblick passierte etwas Erstaunliches.

«Ich habe nicht geschwiegen, teure Frau Julia, nein, ich habe nicht geschwiegen», antwortete er mir laut.

Der Kellner brachte die Rechnung, ich streckte die Hand aus, doch Aleksander kam mir zuvor. «Das ist meine Angelegenheit!»

«Ich habe euch eingeladen.»

Er blickte mich aus zusammengekniffenen Augen an, sein Blick war eisig.

«Ich lasse mich von Frauen nicht aushalten.»

Ich hatte die Gesellschaft Aleksanders und seiner fügsamen Freundin satt bis obenhin. Wir beiden Frauen kehrten allein ins Hotel zurück, denn er beglich die Rechnung, erhob sich und ging schlicht seiner Wege.

Wir wußten nicht, wohin er wollte. Nadja rief ihm hinterher, als er da die Straße hinunterging, die Hände tief in den Taschen, aber er drehte sich nicht um.

«Seien Sie nicht böse auf ihn», sagte die Russin. «So ist Aleksander Nikolajewitsch nun mal . . .»

«Ich weiß nicht, wie Aleksander Nikolajewitsch ist, und ich glaube, daß ich das auch gar nicht wissen will», erwiderte ich kühl.

Diese Bekanntschaft wirkte sich deutlich schlecht auf mich aus, ich konnte meine Gedanken nicht zusammennehmen. Während ich im Bett lag, strengte ich mich an, etwas zu lesen, doch der Sinn der Worte blieb mir verschlossen. Schließlich legte ich das Buch beiseite und machte die Augen zu.

Sie hatten sich damals gegenübergestanden, nein, eigentlich nicht, Mutter stand, und dieser Mann saß auf dem Bett mit den Messingknäufen, saß schamlos entkleidet, in bloßen Hosen, die mit einem Ledergürtel zusammengezogen waren, und seine breite Brust wogte wie bei einem jungen Fohlen. Und die Mutter . . . Ich sah ihr Gesicht nicht, sie stand mit dem Rücken zum Fenster, durch das ich sie beobachtete; in einem gewissen Augenblick trat sie heran und setzte sich neben ihn. Er streckte die Hand aus und strich ihr übers Haar, und sie vollführte eine Bewegung wie eine Katze, die schöntut. Das alles paßte so gar nicht zu ihrem sonstigen Verhalten. Ich befand mich zwischen Traum und Wachen: Sie war meine Mutter und war es zugleich auch wieder nicht. Die Kleidung, die sie trug, war dieselbe wie immer: grauer Rock, kleinkarierte Hemdbluse und darüber eine Trachtenweste mit Pelzbesatz, doch sie selbst war eine andere, ihre Haare, Hände und diese fremde Kopfbewegung, so weich und weiblich. Irgendwann hörte ich auch ihre Stimme, sie lachte . . . Ich hatte sie nie zuvor so lachen hören. Etwas war an diesem Lachen, etwas Fremdes und Schamloses zugleich. Mir kam es vor, als spottete Mutter in diesem Moment über uns, über mich und Großvater, als verriete sie uns, wenn sie so, auf diese Weise, lachte, ja mehr noch, mir war es, als striche sie meine Existenz durch, als wolle sie mich nicht und habe mich nie gewollt.

Orly, sieben Uhr fünfzehn

Ich verließ die Bar. Mir schien, die Bedienung fing an, mich zu mustern. Zwar ist ein Koffer Rechtfertigung genug, doch hatte ich wohl allzu lange schon über der leeren Tasse gesessen.

Jetzt defilieren die Reisenden an mir vorbei, weil ich auf einer Bank in der Haupthalle sitze. Sie gehen und gehen und ziehen ihre Gepäckstücke auf Rädern hinter sich her. Ich stelle fest, daß sehr viel mehr Frauen auf Reisen sind als Männer. Das wundert mich ein bißchen, weil es doch für gewöhnlich die Männer sind, die Geschäften nachgehen, denen ein häufiger Ortswechsel unabdingbar ist. Für sie hat man schließlich die *business class* geschaffen, für diese Typen im Anzug mit schwarzen Aktenkoffern, von denen sie sich keinen Augenblick trennen. Selbst im Flugzeug halten sie sie geöffnet auf den Knien und studieren Dokumente. Vor einer Weile sah ich einen Mann mit der Hand gegen eine der Reklamewände gestützt stehen, er sah aus, als hätte er einen Schwächeanfall. Doch er sprach nur in sein Handy.

Der Umgang mit dem Paar hinter der Wand bedeutete für mich eine gänzlich neue Erfahrung. Ewas Jugend, das war etwas völlig anderes, sie war schließlich meine Tochter und für mich kein Beobachtungsobjekt. Nadja hingegen . . . Sie kam oft morgens vorbei, wenn ich nicht zur Universität mußte, im leichten Morgenrock. Wir tranken zusammen Kaffee. Ohne Make-up wirkte ihr Gesicht schamlos entblößt. Die Augen umrändert, die Lippen angeschwollen. Schließlich liebten sie sich Nacht für Nacht. Diese Liebe haftete an ihr, wenn sie kam, sie verströmte ihren Geruch . . . Und irgendwo war jener Sascha dabei, wild und fremd. Ich konnte sie beinah fühlen – die Anwesenheit dieser zwei jenseits der Wand. Ihre Körper in Liebesumarmung miteinander verflochten. Ich wußte, sie sind nackt. Ich genierte mich vor mir selbst, aber dennoch ergab ich mich der Aura des Mysteriums, das sich dank der beiden vor mir auftat. Ich wollte mich ihm nicht allzusehr nähern, wollte selbst nicht teilhaben. Ich zog ihre Liebe einer eigenen vor. Zeuge der Liebe meiner Tochter zu sein, dazu hatte ich mich nie aufraffen können. Vielleicht war das so, weil ich ihr Gefühl in Frage stellte, der Meinung war, es handele sich nicht um ein echtes Gefühl. Aber was wußte ich schon, ausgerechnet ich . . .

Einmal kam Nadja zu mir und fing laut zu schluchzen an, das Gesicht in den Händen. Das dauerte eine ziemliche Weile.

«Schon wieder Krach?»

Ich goß ihr ein Glas Mineralwasser ein, das einzige, was mir in diesem Moment einfiel. Sie trank ein paar Schluck.

«Vielleicht sollten Sie abreisen», begann ich unsicher.

Da hob sie den Kopf und sah mich an. Das war jemand völlig anderes. Mich schauten die Augen einer Frau an, die alles über Einsamkeit weiß.

«Er würde meine Abreise nicht einmal bemerken», sagte sie.

Nachdem sie fort war, wußte ich nicht wohin mit mir. Ich hatte nicht vermocht, ihr zu helfen, sie hätte Worte des Trostes gebraucht, und die konnte ich irgendwie nicht aufbringen. Wäre Ewa an meiner Stelle gewesen, Nadja hätte sich mit Sicherheit sofort gestärkt gefühlt. Die Menschen vertrauten Ewa gleich auf den ersten Blick. Vor dem Fußgängerüberweg wandte sich die alte Frau mit der Bitte um Hilfe an sie. Sie allein wurde von den auf der Straße bettelnden rumänischen Kindern nicht attackiert, die spürten, daß sie von ihr ohnehin etwas bekamen. Ewa die Beschützerin, auf die ein jeder zählen konnte. Einmal habe ich es ihr gesagt. Sie hat gelächelt. «Das kommt daher, weil ich wie ein Chamäleon bin . . . Ich bin so, wie mich die Leute haben möchten . . .»

Also bist du jetzt grau, dachte ich mit Groll, denn er will dich so: grau . . . Und ich . . . ich war im Inneren wie ausgemustert, und ich sollte wohl nicht alles auf die Kindheit schieben . . .

Die Stunde näherte sich, da ich auf mein Zimmer zu gehen hatte. Die Zeiger der altväterlichen Kuckucksuhr, die seit unvordenklichen Zeiten in der Küche hing, wanderten unerbittlich auf neun Uhr zu. Wir wußten das wohl, doch keine von uns ließ es sich anmerken. Fieberhaft suchte ich nach einer Beschäftigung, die es rechtfertigen würde, daß ich mich nach neun noch unten befand. Großvater verlangte, daß alles, was angefangen worden war, unbedingt zu Ende gebracht wurde, das konnte ebensogut das Flurfegen wie das Sockenstopfen sein oder auch das Unkrautjäten im sommerlichen Garten. Es war kaum vorstellbar, daß irgendwer von den Hausbewohnern eine angefangene Arbeit hinwarf. Daher stellte also eine «angefangene Beschäftigung» so etwas wie einen Freibrief dar, gab das Recht, sich nach der festgesetzten Stunde im Parterre aufzuhalten. Mutter jedoch beobachtete mich, und kaum hatte ich mich mit Eifer daran gemacht, die Kredenz aufzuräumen, oder ich zog auch aus dem Kasten einen Beutel mit Krimskrams, der schon längst hätte durchgesehen und ein Teil davon für den Abfall aussortiert werden müssen, sagte sie erbarmungslos: «Laß das jetzt, vor dem Schlafengehen schaffst du das nicht mehr.»

Ich versuchte es dann mit anderen Mitteln, tat zum Beispiel so, als hörte ich den Kuckuck nicht, Mutter tat ebenfalls so, und es spielte sich irgendwie ein, daß sie mir täglich diese Viertelstunde schenkte und sich auf diese Weise dem

Großvater widersetzte. Die Zeit jedoch verrann schnell, und dann sagte sie, ohne mich anzusehen: «Geh schon . . .»

«Könnte ich nicht heute, ausnahmsweise dieses eine einzige Mal, im Eßzimmer auf dem Sofa übernachten?» fragte ich mit Hoffnung in der Stimme.

«Du weißt, daß das nicht geht, Großvater würde dich zurück nach oben schicken, und zwar mit Krach.»

«Er müßte es ja nicht wissen», wisperte ich.

«Er weiß alles», entgegnete Mutter fest.

Ich hatte angenommen, daß sich meine Kindheitserfahrungen als nützlich erweisen würden, wenn ich einmal selbst Mutter wäre. Daß ich, dermaßen kontrolliert, nicht würde kontrollieren wollen. Und doch, es kam anders. Ich sah in Ewa die Verlängerung meines eigenen Geschicks, der eigenen Ambitionen und Wünsche. Es schien mir natürlich, daß sie nach dem Abitur an die Universität gehen würde, so natürlich, daß ich sie nicht einmal nach ihren Zukunftsplänen fragte. Als sie mir offenbarte, daß sie nicht die Absicht habe, sich um die Aufnahme an einer Universität zu bemühen, nahm ich das nicht ernst.

«Ich mache keinen Spaß, Mama», erwiderte sie kalt.

Damals dachte ich, daß ich meine eigene Tochter eigentlich nicht kannte. Ich gab mir Mühe, sie für mich zu entdecken, doch diese Entdeckung stellte sich als ungemein schmerzlich heraus. Sie war ein eigener Mensch. Sie dachte anders als ich, und andere Dinge waren für sie wichtig. Eigentlich kümmerte sie wenig, was in der Welt vor sich ging, sie wischte ihren Kindern, die dicht aufeinander geboren wurden, den Po und sah zufrieden aus . . .

Wie hatte es nur passieren können, daß ich den Moment verpaßte, da sich meine Tochter von mir zu entfernen begann? Kurz vor dem Abitur tauchte bei uns zu Hause ein langhaariger, scheel blickender Jüngling mit Gitarre auf. Zuvor hatte Ewas Kammer nicht selten einem Dutzend

Leuten Platz geboten, man saß sich gegenseitig fast auf dem Schoß, hörte laute Musik, stritt sich oder diskutierte vielmehr in voller Lautstärke. Ich ging aus dem Haus und kehrte um zehn Uhr abends zurück. Dann verschwanden die Besucher, so war das zwischen Ewa und mir abgesprochen. Doch auf einmal begann die Gesellschaft auseinanderzubröckeln. Nun kam nur noch er, klimperte auf der Gitarre, sie unterhielten sich flüsternd.

«Das ist kein Junge aus deiner Klasse.»

«Er hat die Schule hingeworfen.»

«Aus welchem Grund?»

«Schule engt ein.»

Ich nahm mir das nicht sehr zu Herzen, weil ich glaubte, diese Faszination würde Ewa früher oder später abhanden kommen. Ich glaubte an ihre Ambitionen. Bevor sie diesen Burschen kennenlernte, hatte sie an ein Studium gedacht. Das war klar, sie konnte keinen anderen Weg gehen. Immerhin war sie meine Tochter! Doch gleich nach dem Abitur erklärte sie, daß sie nicht die Absicht habe zu studieren.

«Was wirst du dann tun?»

«Ich habe mich entschlossen, Ehefrau und Mutter zu werden.»

Das war nun wirklich nicht mehr zum Lachen. Ich verbot dem Gitarrenspieler das Haus. Ewa traf sich weiterhin mit ihm, bis sie schließlich auszog. «Merke dir eins», sagte ich, «hierher zurück kommst du mir nicht mehr.»

Neben mir auf der Bank hat ein nicht mehr junges Paar Platz genommen. Sie mit den Spuren einstiger Schönheit, einer byzantinischen Stirn. Doch schon allzu ausgetrocknet. Und er – hochgewachsen, stattlich, mit einem dichten grauen Haarschopf und buschigen, pechschwarzen Augenbrauen. Wahrscheinlich Italiener. Ich warte neugierig darauf, in welcher Sprache sie wohl miteinander reden, doch wie um mich zu ärgern, schweigen sie.

Ich hatte aufgehört, in Nadja einen Eindringling zu sehen, entgegen meinen Befürchtungen war sie sehr taktvoll, stets fragte sie, ob sie mir nicht die Zeit stehle. Das tat sie einmal ziemlich ausgiebig, und zwar als sie mich bat, sie bei ihren Einkäufen zu begleiten. Durch Geschäfte zu bummeln, haßte ich am meisten von allem. Selbst meine Tochter war nicht imstande, mich dazu zu überreden. Manchmal gab ich Ewa Geld, damit sie etwas für mich kaufte. Sie war viel zierlicher als ich, daher konnte sie nichts anprobieren und kaufte nach Augenmaß.

«Nadja, schließlich gibt es hier Autobusse, die Metro. Nehmen Sie sich einen Stadtplan . . .»

«Ich finde mich auf einem Plan nicht zurecht.» Sie fuchtelte mit den Händen. «Und wie soll ich mich erkundigen, in welcher Sprache?»

Ich wischte mir die Hände ab, die anfingen zu schwitzen. Was bei mir ein Zeichen von Nervosität war.

«Solche Einkäufe bedeuten ein paar Stunden Umherlaufen, und ich habe wirklich wenig Zeit, ich muß mich noch auf die Übung mit den Studenten morgen vorbereiten . . . Warum bitten Sie nicht Ihren Freund?»

«Den?» Nadja hob die Brauen. «Keine zehn Pferde würden den in einen Laden kriegen.»

Da haben wir wenigstens etwas gemeinsam, dachte ich.

«Wohin möchten Sie denn?»

«Dorthin, wo's billig ist.»

«Dann vielleicht ins La Fayette?»

«O ja, ja», freute sie sich, «dort soll es eine große Auswahl geben.»

Wir nahmen den Bus. Nadja schaute unentwegt zum Fenster hinaus. Ganz so, als wäre dies ihr erster Tag in Paris.

«Was für eine hübsche Stadt, wirklich», sagte sie mit unverhohlener Bewunderung. «Und die Geschäfte . . .»

«Herr Aleksander hat Ihnen nichts gezeigt? Sie waren in keiner Ausstellung? In keinem Konzert?»

Nadja prustete los und hielt sich sofort die Hand vor den Mund.

«In was für'm Konzert? Vom Flughafen sind wir ins Hotel gefahren, und das war's dann auch schon, was ich die drei Monate gesehen hab.»

Sie fing an mir leid zu tun. Ein schöner Egoist, dieser Sascha, wie die meisten Männer. Hatte nur die eigenen Dinge im Kopf. Wie kann man bloß ein so nettes Kind in die vier Wände eines Hotelzimmers sperren, während gleich nebenan das Leben der Stadt pulsiert?!

«Wissen Sie, wo wir wohnen?»

Nadja schüttelte den Kopf.

«Auf dem linken Ufer der Seine. Hier befindet sich meine Universität, das Quartier Latin . . . Doch am repräsentativsten sind die Viertel im westlichen Teil der Stadt, zu beiden Seiten der Seine. Dort ist der Élysée-Palast, der Sitz des Präsidenten, der Palais Bourbon, das heißt das Parlament . . . Vielleicht sollte ich Ihnen lieber Paris zeigen statt dieser Einkäufe?»

Nadjas Miene drückte Zweifel aus.

«Tja, wenn ich ehrlich sein soll, sind so Besichtigungen nicht recht mein Fall», sagte sie. «Ich gehe nach Moskau zurück, da würde ich gern was für Mama kaufen . . .»

«Ihr fahrt zurück?»

«Er bleibt da . . . Soll er sich meinetwegen zu Tode hungern. Ich habe genug von diesem Hotel und dieser Stadt . . .»

«In Paris ist noch keiner Hungers gestorben.»

«Der vergißt alles, wenn er schreibt, selbst das Essen. Doch ich fahre, ich habe genug . . .» Ihre dunklen Augen füllten sich mit Tränen. «Er will das auch.»

Ich wußte nicht, was ich sagen sollte.

«Wer sich an einen Wissenschaftler bindet, muß bestimmte Dinge ertragen . . . Das sind Menschen von besonderer Art . . . Doch wie jeder andere brauchen sie jemanden . . .»

Sie lächelte traurig.

«Er braucht niemand . . . In Moskau haben wir nicht zusammen gewohnt . . . ich hab geglaubt, hier bei den Fremden bringt er ein wenig Herz für mich auf . . .»

Ich fühlte mich hilflos angesichts ihrer Vertraulichkeiten. All das, wovon sie sprach, war so weit entfernt.

Seit meiner Ankunft in Paris kehrten meine Gedanken häufig zur Kindheit zurück. Das hatten sie seit Jahren nicht getan. Jetzt tauchten vor meinem inneren Auge wieder und wieder längst vergessen geglaubte Bilder auf. Etwas lebte auf in mir, die Sehnsucht nach einem anderen Leben als dem, welches ich bisher geführt hatte. Ich hatte mich selbst in der Stadt gefangengesetzt. Nicht einmal im Sommer fuhr ich weg; ich nutzte die Vorlesungspause für wissenschaftliche Abhandlungen und Buchkorrekturen. Natürlich hätte ich meine Aufzeichnungen und den Computer mit in die Ferien nehmen können, doch das hätte aus dem Unterfangen nahezu eine Expedition gemacht. Und außerdem mußte ich häufig in die Bibliothek. Also vergaß ich allmählich, wie der Frühling aussah, der Sommer . . . In der Stadt wechseln sich die Jahreszeiten auf viel weniger wahrnehmbare Weise ab als außerhalb.

Mir kam ein Abend wieder in den Sinn. Frau Kazia, die Frau, die bei uns auf der Anhöhe die groben Arbeiten verrichtete, Holzhacken zum Beispiel, im Winter heizen, war krank geworden. Eine mächtige, grobknochige Frauensperson mit einer großporigen, mitesserübersäten Nase und kleinen, tiefliegenden Augen. Daher nahm Mutter an diesem Tag an ihrer Statt den Eimer und ging auf die Wiese, um die Kuh zu melken. Ich lief ihr nach. Es war schon dämmrig, der Himmel am Horizont hatte die Farbe einer zerdrückten Tomate, und alles ringsum war gedämpft und schien kleiner geworden. Ich ging durch das weiche, raschelnde Gras. Lange Halme wickelten sich mir um die

Beine, und von Zeit zu Zeit blieb ich stehen, um sie wie verknotete Schnürsenkel zu entwirren und mich von ihnen zu befreien. Grillen zirpten. Wenn ich mich herunterbeugte, schien mir, als hörte ich sie ganz nah, dicht an meinem Ohr. Endlich hatte ich die Stelle erreicht, wo die Kuh weidete. Mutter saß bereits auf dem Melkschemel, beugte sich zum Euter der Kuh. Der Milchstrahl, der auf den Boden des Aluminiumeimers traf, erzeugte einen metallischen Klang. Die Kuh schlug mit dem Schwanz, um sich der Fliegen zu erwehren, einmal fuhr er der Mutter sogar über die Wange. Mutter wich dem Schwanz aus und fiel vom Schemel. Der Eimer rollte ins Gras.

Sie war ärgerlich, erhob sich rasch und sagte zu mir: «Brich einen Ast ab und verjag die Fliegen.»

Ich lief wieder über die Wiese Richtung Graben, an dem ein Erlengehölz wuchs. Der Mond war aufgegangen, und die Bäume warfen lange Schatten. Die setzten sich auf dem Gras zu den mannigfaltigsten Figuren zusammen. Ich meinte einen bärtigen Greis in einer Rüstung, eine lange Pike in der Hand, zu sehen. Kaum hatte ich jedoch einen halben Schritt getan, verwandelte sich der Greis in ein kleines, verhutzeltes Weiblein mit einem Sack auf dem Rükken. Die Schatten wirbelten wie in einem Kaleidoskop, ließen immer neue Gestalten aufleben. Ich rannte den Graben entlang, neugierig, was ich als nächstes zu sehen bekäme. Bis ich tatsächlich ein Pferd erblickte. Die Mähne windzerzaust, jagte es dahin, galoppierte direkt auf mich zu. Eine Sekunde lang glaubte ich, daß es über mich hinwegsetzen, mich niederstampfen werde. Ich kniff die Augen zu und barg den Kopf in den Armen. Nichts passierte. Als ich die Lider hob, hatte ich nur dunkle, biegsame Erlen vor mir. Ich brach einen Zweig ab und kehrte zur Wiese zurück. Mutter empfing mich vorwurfsvoll: «Länger hättest du wohl nicht rumsuchen können?»

Mit der Erlenrute strich ich über die dampfenden Flanken der Kuh. Die Milch duftete, der Eimer war schon fast voll, und ich befürchtete, er könnte jeden Moment überlaufen. Mutters Hände umfaßten kraftvoll die Zitzen. Auf ihren Handrücken trat jetzt ein Netz dicker Adern hervor. Ich starrte auf diese Hände, als sähe ich sie zum erstenmal. Sie waren anders als Mutter. Paßten nicht zu ihrer zierlichen Figur, zu ihrer Haltung, ihren leisen, fliehenden Schritten.

Orly, acht Uhr

Der grauhaarige Herr entfernt sich, wir bleiben auf der Bank allein zurück. Ich empfinde so etwas wie Verlegenheit. Denn in einer solchen Situation müßte ich eigentlich ein Wort an meine Nachbarin richten. Irgend etwas sagen, und sei es nur über das Wetter. Ich wende mich ihr zu. Auch sie mustert mich. Blaue Kinderaugen in einem wie mit Pergament überzogenen Gesicht. Sie lächelt, und die Augen verschwinden beinah in dem Faltennetz.

«Sie fliegen nach Rom?» frage ich auf französisch.

«*Oui.*»

Nach ein paar Minuten kehrt ihr Begleiter zurück, er trägt behutsam einen Pappbecher. Es duftet nach Kaffee. Er reicht ihr den Becher.

«*Spasibo.*»

Und auf einmal stürzt die Pyramide der von mir sorgfältig sortierten, übereinandergeschichteten Fakten ein. Ein einziges Wort in seiner Sprache genügt. Also war all das, worüber ich zwischen sechs und acht Uhr morgens nachgedacht habe, nur der Versuch, mich in der neuen Situation zurechtzufinden. Dieser Versuch ist nicht geglückt. Ich kann mich nicht rühren, kann kaum atmen. *Spasibo* . . . Es ist nicht einmal so sehr die Sehnsucht nach ihm, das ist körperlicher Trennungsschmerz, der Schmerz des Losgerissenseins. Aber ich war doch die ganze Zeit über völlig hilflos angesichts der

Bedürfnisse meines Körpers, konnte ihn auf gar keine Weise zähmen, er war zu einem Problem geworden. Denn wie führt man ein Zwiegespräch mit den eigenen Brüsten, dem eigenen Bauch?

Eine Frauenstimme bittet über Lautsprecher Alexy und Irina Schtschedrinow, sich bei der Paßabfertigung zu melden.

«Die suchen uns», sagt die alte Dame laut und schreckt von der Bank hoch.

Warum bin ich zu ihm gegangen, als sie abgereist war? Warum habe ich das getan? Hatte ich jene Szene damals auf der Veranda vergessen?

Sie stand am Fenster der Veranda ausgebreitet wie eine Fledermaus. Die dicke, zu Mustern geschnittene Scheibe zu zerbrechen war ihr nicht gelungen, deshalb bückte sie sich nach dem Blumentopf auf dem Fußboden und warf den ins Fenster. Es knirschte unangenehm, als die Scheibe zersprang und Scherben zu Boden fielen. Eine davon hob Mutter auf und begann sich, fast mit Befriedigung, die Haut und dann die bläulichen Adern durchzuschneiden. Großvater stand im Korridor, ans Treppengeländer gelehnt, und beobachtete Mutter mit steinerner Miene. Erst als sie die Glasscherbe in die Pulsader versenkte, entschloß er sich, die Veranda zu betreten.

«Das, was du tust, bedroht dein Leben», sagte er tonlos. Seine Worte brachen die entsetzliche Symbolik dieser Szene. Bis zu diesem Augenblick hatte Mutter ihre Empörung stumm demonstriert, jetzt begann sie zu schreien, klagend, als riefe sie in den Wind: «Hier gibt es keine Menschen . . . hier ist alles tot, so wie du . . . fliehen . . . fliehen von hier, so weit wie es nur irgend geht . . . wie dein geliebter Kronsohn!» Ihr Gesicht verzerrte sich dramatisch, und sie verstummte. Eine Zeitlang hörte man nur ihren schweren, keuchenden Atem. Das Blut spritzte im Rhythmus des Herzschlags aus der Wunde, und ich hatte das Gefühl, mich im Inneren einer roten Blume zu befinden, alles war rot: die Fenster, die Wände, der Fußboden, die Möbel . . . Stille umgab mich, als hätte ich die Ohren mit Watte verstopft. Sie stirbt, dachte ich. Sie muß sterben, wo die Veranda so rot ist . . .

Großvater tat einen Schritt, doch als sie das bemerkte, wich sie zurück, bis sie mit den Schultern gegen die Wand stieß. Von sehr weit weg drang ihre Stimme: «Keinen Schritt näher, du . . . du Aufseher . . .»

«Hör auf!» brach es aus ihm heraus. «Ich habe dich nicht gehalten, niemanden habe ich gehalten, er war es, der dich nicht wollte, du warst zu alt für ihn.»

Bei diesen Worten zog sich Mutter irgendwie in sich zusammen, und Großvater trug mir auf: «Hol eine Mullbinde aus dem Verbandskasten.»

Warum also habe ich an seine Tür geklopft? Ich habe es getan, weil ich mich sicher fühlte, weil ich mich unverwundbar glaubte . . .

Bei meinem Anblick warf er das Buch zu Boden, der harte Rücken machte ein dumpfes Geräusch, und die Seiten entfalteten sich zur Ziehharmonika. Der behandelt Bücher genauso brutal wie Menschen, dachte ich.

Wir gingen zum Abendessen . . . Er lud mich ein. Als ich in sein Zimmer kam, herrschte dort dasselbe Durcheinander wie früher, nur mit dem Unterschied, daß sich an den Wänden entlang leere Wein- und Cola-Flaschen aufreihten.

«Es war so still, daß . . . daß, hm . . . ich mal nachsehen wollte, wie es Ihnen geht . . .»

Da sagte er, daß er ein bißchen hungrig sei und ob ich nicht mit ihm etwas essen gehen wolle.

Ich zögerte. Mich machte die Veränderung neugierig, die an diesem Menschen sichtbar wurde. Scheinbar derselbe

Mann, waren doch sein Verhalten, seine Sprechweise, ja selbst seine Gesten andere. Sein Gesicht sah auch ein wenig verändert aus, denn Kinn und Wangen bedeckte ein Mehrtagebart.

«Ich kenne da ein Restaurant auf dem Montmartre. Bisher bin ich dort immer allein hingegangen.»

«Und welchem Umstand verdanke ich diese Einladung?»

Er grinste.

«Die verdanken Sie sich selbst.»

Nicht eine Sekunde kam ich auf die Idee, daß er mich als Frau behandeln könnte. Er und Nadja bildeten eine Einheit für mich, ich mochte ihre Anwesenheit, ihre Jugend war etwas Faszinierendes. Ich beobachtete die Bewegungen des Mädchens, ihr Kopf saß so hübsch auf dem langen Hals. Dieser Hals lag bloß, Nadja trug das Haar kurz geschnitten. Einmal, als sie bei mir mit untergeschlagenen Beinen im Sessel saß, gewahrte ich ein pulsierendes Äderchen über dem Schlüsselbein. Etwas Rührendes lag darin, und mir ging durch den Sinn, daß dies doch einen Mann ergreifen mußte . . .

Dieser ganze Bereich der Beziehungen zwischen Frauen und Männern, diese ganze Gefühlsebene . . . all das war mir fremd. Ich konnte nur etwas ahnen. Die süßen Äpfelchen der Sappho fanden andere im Baumwipfel.

Zu diesem ersten gemeinsamen Abendessen fuhren wir mit dem Taxi.

«Wie man sieht, sind russische Historiker besser situiert als polnische Philologen», scherzte ich. «Ich treibe mich in Paris eher wenig per Taxi herum.»

«Ich bin kein Krösus, aber für ein Abendessen reicht's», brummte er.

Das Restaurant hatte eine besondere Atmosphäre. Voneinander durch spanische Wände getrennt, standen Zweipersonentischchen in Nischen. Ein Lämpchen in der Mitte gab warmes, gedämpftes Licht.

«Ich schlage Rührei mit Trüffeln vor», sagte Aleksander. «Das ist die hiesige Spezialität.»

Ich schaute auf den jungen Mann mir gegenüber und wunderte mich ein wenig, daß wir hier zusammensaßen. Ich war für ihn nicht die passende Gesellschaft. Meiner Meinung nach war ich für ihn nicht attraktiv. Weder als Frau noch als intellektueller Partner.

«Wie fühlen Sie sich in Paris?» fragte ich.

«Wie zu Hause.»

«Und wie fühlen Sie sich zu Hause?»

Er sah mich aus halbgeschlossenen Augen an. «Zuerst muß man ein Zuhause haben.»

Ich gab mich nicht geschlagen. «Und woher stammt Ihre Familie?»

«Nach einem sibirischen Bären sehe ich ja wohl nicht aus, oder?»

Plötzlich schämte ich mich, ich wurde sogar rot. «Entschuldigung.»

«Keine Ursache. Wir leben seit Urväterzeiten in Moskau. Die Eltern, Ärzte, haben im Institut für Nuklearmedizin gearbeitet, und ich bekam sie fast nie zu Gesicht. Aufgezogen hat mich Großmutter. Großvater haben sie in der Lubianka erschossen.»

«Wofür?»

«Für das gleiche wie alle. Ich weiß nicht, ob Sie sich klar darüber sind, daß in jeder russischen Familie ein Dahingeschiedener nach dem Willen Josef Wissarionowitschs sein Unwesen treibt?»

Bei seinen Worten zuckte ich zusammen. «Ein Gespräch mit Ihnen ist nie ungefährlich.»

Schon im Bett, kehrten meine Gedanken zu diesem Gespräch zurück. Ein merkwürdiger Mensch, außergewöhnlich kompliziert. Es ließ sich immer nur schwer voraussehen, was er im nächsten Augenblick sagte oder tat. Wenn ich ehrlich sein wollte, fürchtete ich ihn ein wenig, doch gleichzeitig zog mich seine Nähe an. Als ich ihn fragte, weshalb er denn Geschichte gewählt habe, lautete seine Antwort, daß er es vorzöge, Umgang mit Toten zu pflegen, statt mit Lebenden.

Bis zur Stunde hatten mich junge Leute, wenn sie nicht meine Studenten waren, absolut nicht interessiert. Nur ließ sich von Aleksander schwerlich sagen, daß er ein junger Mensch war. Er war zwar jung, das schon, doch rief seine Gegenwart in mir nicht die Verlegenheit hervor, wie ich sie zum Beispiel angesichts meiner eigenen Tochter, meines Schwiegersohns oder auch meiner Studenten empfand. Seine Jugend war für mich weniger unbegreiflich, und das, was mich anfänglich irritiert hatte, dieses sein Nichtbeachten des Altersunterschieds zwischen uns, begann mir sogar zu gefallen. Auch wenn nicht die Rede davon sein konnte, daß aus unserer Bekanntschaft mehr werden könnte. So dachte ich damals. Die erotische Stimmung, der ich eines Nachts erlegen war, als Nadja und er sich auf der anderen Seite der Wand liebten, war verflogen. Die Liebe zu einem Mann war etwas, das ich nicht kannte, und ich fühlte mich keineswegs benachteiligt deshalb. Mir war eine Menge Kummer erspart geblieben. Ich wußte mir kaum mit meiner Mutterschaft Rat, vielleicht überhaupt nicht. Das Leben, das sich Ewa gewählt hatte, unterschied sich so sehr von dem meinen, daß sie ebensogut von jemand anderem aufgezogen worden sein konnte. Unsere Kinder sind unser Werk nur in dem Maße, in dem sie imstande sind, etwas von uns zu übernehmen. Sie aber übernahm von mir nichts, suchte sich vielmehr eine Welt, der gegenüber ich instinktiv Abneigung empfand. Ihre Schwiegermutter war eine einfache Frau, aber eigentlich konnte ich ihr nichts vorwerfen. Sie hatte ein einnehmendes Gesicht, das sicher einmal hübsch gewesen war. Vielleicht wäre es mir leichter gefallen, sie zu akzeptieren, wenn sie nicht soviel geredet hätte. Leider endeten unsere seltenen Begegnungen stets damit, daß mir der Kopf weh tat. Man zerrte mich mit Gewalt auf das mir fremde Terrain einer Betriebskantine, in der Grzegorz' Mutter arbeitete. Ich mußte mir Schilderungen von den enttäuschten Hoffnungen einer gewissen Frau Stenia oder Genia anhören. Durfte vernehmen, daß der Mann jener Genia trank, während die Kinder keine Schuhe hatten. Stundenlang konnte sie auch von Ewas Kindern und von ihrem Sohn erzählen. Sie erinnerte sich an sämtliche komische Situationen, die mit ihnen zusammenhingen, an alle Aussprüche. Ewa wußte, daß mich ihre Anwesenheit anstrengte, sie fühlte sich peinlich berührt. Doch als ich eines Tages in die Diele kam, hörte ich, wie sie sich unterhielten. In der Stimme meiner Tochter lag so viel freundliche Akzeptanz, daß es mich erschütterte. Eine solche Stimme kannte ich nicht an ihr, auch nicht diesen Gesichtsausdruck. Bei meinem Anblick ging eine Veränderung mit ihrem Gesicht vor, die Züge erstarrten. So war das immer zwischen uns, Herzlichkeit, Vertraulichkeiten sogar, doch all das im Korsett der Künstelei.

An einem Samstag nahm mich Aleksander mit zu seinen Freunden außerhalb von Paris. Sie waren vor fünfzehn Jahren aus der Sowjetunion emigriert, er hatte seinerzeit am Historischen Institut gelehrt, und Aleksander hatte bei ihm studiert, genauso übrigens wie die jetzige Frau des Professors. Sie war ihm hierher gefolgt. Seine erste Frau war mit den Kindern in Moskau geblieben.

«Die zweite ist bestimmt viel jünger als er.»

«Dreißig Jahre.»

«Sie ist dreißig?»

«Dreißig Jahre jünger als er.»

Im Zug erzählte er mir, daß mit Sicherheit auch sein Freund dort erscheinen werde, der sich momentan in Paris aufhalte. Er lebe eigentlich in Amerika, sei Fotoreporter, arbeite für die *New York Times* und reise in der ganzen Welt umher. In Moskau hatten sie in demselben Haus gewohnt, und eine enge Freundschaft verband sie, obgleich George bedeutend älter war. Aleksander hatte auch seine Frau Mascha gemocht. Sie war Jüdin. Sie kam häufig zu seiner Großmutter zum Plaudern. Ihr Leben war ein fortwährendes Warten auf die Rückkehr ihres Mannes. Eines Tages erschien sie in Tränen aufgelöst, sie hatten George ins Lager geschickt. Freunde begannen sich um seine Freilassung zu bemühen. Es gab eine Bedingung – George mußte unverzüglich in den Westen ausreisen. Ihr wollte man jedoch keinen Paß geben, weil sie in einem Betriebslabor arbeitete und von dort das Geheimnis der Reagenzgläserinhalte hinaustragen konnte. George erklärte, ohne seine Frau nicht zu fahren, also beging sie, um es für ihn leichter zu machen, Selbstmord.

«Was habt ihr für Lebensläufe!»

«Ihr vielleicht nicht?»

Das Häuschen stand in einem einsamen Gäßchen inmitten alter Bäume. Die Gastgeber kamen auf die Terrasse heraus, um uns zu begrüßen. Sie sahen weniger nach einem Ehepaar als nach Vater und Tochter aus. Sein Gesicht war von Falten durchzogen, und er hatte graues Haar, aber auch eine ungewöhnliche Klugheit und Güte in den Augen. Die junge Frau hatte ganz und gar nichts Überraschendes.

«Und das ist Julia», stellte mich Aleksander vor.

«Julia», griff die Frau des Professors auf, «Sie tragen den Namen der berühmtesten Liebenden der Welt.»

«Das ist aber auch das einzige, was uns verbindet», lächelte ich gequält.

Aus dem Inneren des Hauses kam ein eher mittelgroßer Mann mit ovalem Gesicht, dessen Blickfang die ausgeprägte Nase war. Er erinnerte ein wenig an Dustin Hoffman, und er wußte das offenbar, denn er hatte etwas von dessen Pose angenommen. Was ihm übrigens ziemlich leichtfiel, da er wie jener den Mangel an Schönheit mit Charme und Grazie reichlich wettmachte.

«George Muski», stellte er sich vor und verbeugte sich tief.

«Hört mal, gehen wir doch rein, das Mittagessen brennt mir sonst an», rief die Frau des Professors aus.

Wir fanden uns in dem weiträumigen Salon ein, der mit Korbmöbeln ausgestattet war, deren Bezüge im Braunton zu den Kissen und Vorhängen paßten. Der Hausherr fragte mich, was ich trinken wolle, Aleksander verlangte Wodka, ebenso sein amerikanischer Freund. Sie sahen beide hoch zufrieden aus, daß sie sich trafen. Ein wenig abseits stehend, diskutierten sie lebhaft.

«Sie sind aus Polen», begann der Professor. «Und wie kommt ihr da mit der Demokratie zurecht? Wir, wie Sie wissen, nicht gerade bestens.»

«Haben Sie nicht dennoch an Rückkehr gedacht?» Und sofort fiel mir ein, daß es sich schließlich nicht gehörte, mit der neuen Ehefrau heimzukehren, sofern er in Moskau die alte zurückgelassen hatte.

«Ich werde dort nicht erwartet», erwiderte er. «Wer braucht schon einen emeritierten Historiker? Selbst eine Berühmtheit wie Solschenizyn hat sich als entbehrlich erwiesen . . .»

Die Dame des Hauses führte noch einen Gast herein, einen Mann von reichlich merkwürdigem Aussehen. Er trug ein Jackett von weiblichem Zuschnitt, das Haar kurz geschoren und einen wilden Ausdruck in den Augen. Dieses Gesicht kam mir irgendwie bekannt vor. Als man uns vorstellte, klärte sich alles auf. Sein Debüt in Amerika vor ein paar Jahren hatte einen ziemlichen Wirbel verursacht, man nannte ihn einen neuen Genet, verglich ihn mit Bukowski. Er gab in den USA eine Menge Interviews, war die Sensation der Saison. Eine Äußerung von ihm war mir im Gedächtnis geblieben, nämlich daß er als Mensch, der die Gegenwart beschreibt, ihr entsprechend vulgär, zynisch und aggressiv sein müsse.

Man bat uns zu Tisch. Aleksander saß neben mir, unterhielt sich aber die ganze Zeit mit seinem Freund. Zur anderen Seite saß mir der begnadete Schriftsteller, der laut seine Suppe schlürfte.

«Sie sind Literaturkritikerin, wie ich gehört habe», wandte er sich mit lächelnder Miene an mich.

«Literaturhistorikerin.»

«Äh . . . alle paar Schritte stolpert unsereiner über irgendeinen Historiker. Aber haben Sie von mir gehört? Ich hab in Amerika 'ne Menge Lärm veranstaltet. Hab die Amerikaner zum Narren gehalten, und die waren schlichtweg entzückt.»

«Ich habe von Ihnen gehört, selbstverständlich.»

«Aber Sie haben mich nicht gelesen?»

«Ich hatte nicht das Vergnügen.»

Der Schriftsteller wieherte vor Lachen.

«Von Vergnügen kann keine Rede sein, aber einen Orgasmus garantiere ich Ihnen.»

Irgendwann legte die Hausherrin eine Platte mit Wyssozki-Liedern auf. Ich warf Aleksander einen Blick zu, weil ich wußte, daß er nicht gerade für ihn schwärmte, doch die Reaktion erfolgte von ganz anderer Seite. Mein Nachbar zur Rechten erhob sich, ging zum Plattenspieler, ergriff die Platte und schmetterte sie zu Boden.

«Bist du verrückt geworden! Was fällt dir denn ein!» rief die Frau des Professors.

Als wenn überhaupt nichts geschehen wäre, kehrte der Gast zu seiner Suppe zurück.

«Was, dir gefällt Wolodja Wyssozki nicht?» ließ sich George vernehmen. «Immerhin war er nicht einmal Jude.»

«Er schuf das *image* des Russen als Alkoholiker und Primitivling», erwiderte darauf der Schriftsteller ruhig. «Dieser Hundesohn hat die Volksseele verstümmelt. Und unser Volk ist groß! Rußland, das ist das dritte Rom, eine eigene Zivilisation, die ein Imperium gründete und es niederwarf.

Jetzt muß nur noch ein bißchen aufgeräumt werden, die Fremden hinausgebeten. Und *Rossija, ziemla*, unsere Mutter drückt ihre Kinder an die Brust.»

«Meine Mascha hat sie längst an sich gedrückt!» schrie Aleksanders Freund los.

Der Schriftsteller grinste vor sich hin.

«Und das war gut so. Eine Jüdin weniger.»

George sprang auf.

«Nimm das zurück, du Hurensohn, oder du kommst hier nicht lebend raus!» brüllte er.

Der Schriftsteller schob den Teller von sich und stand langsam auf, dabei streifte er die Ärmel seines Damenjacketts hoch.

«Du willst dich prügeln, dann gehen wir wohl besser raus.»

«Gebt Ruhe», schritt die Hausfrau ein, «essen wir doch wenigstens zu Ende!»

«Na, prima», feixte der Schriftsteller. «Wir beenden unser Mittagessen, und dann hauen George und ich uns eins in die Fresse.»

«Ich setze mich nicht mit diesem Hurensohn an einen Tisch», entgegnete George scharf.

Die Frau des Professors legte ihm die Hand auf die Schulter.

«Laß es gut sein, du kennst doch Wassilij, oder?»

«Leider kenne ich ihn, und deshalb verzichte ich auf seine Gesellschaft.» Mit diesen Worten verließ er das Zimmer.

Die Dame des Hauses ging ihm hinterher, nach einer längeren Zeit kamen sie wieder zurück, und George nahm seinen Platz ein.

Dieses ziemlich anstrengende Mittagessen ging endlich zu Ende, und weil niemand Anstalten machte, die kulinarischen Anstrengungen der Hausfrau zu loben, fühlte ich mich dazu verpflichtet. «Die Fleischklößchen im Borschtsch waren wirklich ausgezeichnet. Ihr eigenes Rezept? Da waren irgendwelche Kräuter dran, nicht wahr?»

«Hat mir Mama beigebracht, sie kannte ein altes belorussisches Rezept», strahlte sie.

Die Hausfrau hob die Tafel auf, und wir gingen in den kleinen Salon hinüber, wo sie den Kaffee reichte. Ich bewunderte sie. Wie elegant sie es fertigbrachte, diese verstrittene Gesellschaft zu bedienen. Sie tat das mit einem Lächeln, nur ihr war es zu verdanken, daß der Krach abgewendet worden war.

«Setz dich doch endlich zu uns, Katja», sagte der Professor, «in einem fort läufst du hin und her.»

«Gleich, gleich, Aljoschenka, ich komme gleich. Ich stelle nur noch das Geschirr in den Abwasch, damit die Katzen nichts zerschlagen.»

Die Gastgeber hatten etliche Katzen, es waren wohl Perser mit Augen von ungewöhnlicher Farbe. Eine von ihnen hatte sichtlich Gefallen an Aleksander gefunden und rieb sich an seinen Beinen. Meine Situation hier war ziemlich eigenartig, irgendwie hatte es sich so ergeben, daß mich Aleksander mit meinem Vornamen vorstellte, und dann fing er an, mich zu duzen. Vielleicht wollte er im Hinblick auf seine Freunde, daß es nach größerer Vertrautheit zwischen uns aussah, als es tatsächlich der Fall war. Es rechtfertigte meine Anwesenheit in ihrem Hause. Ich nahm ihm das nicht übel, ja, ich fand es sogar angenehm. Katja hätte als typische Frau eine Menge dafür gegeben zu erfahren, was mich mit Aleksander verband. Sie wäre mit Sicherheit enttäuscht gewesen, wenn sie die Wahrheit gewußt hätte, daß ich nämlich nur eine Bekannte aus dem Hotel war. Das Ende dieser Visite konnte durchaus das Ende unserer Bekanntschaft bedeuten. Anderntags konnten wir allein ein Kopfnicken auf dem Korridor austauschen, und das würde genauso natürlich sein wie der Umstand, daß ich in diesem Moment mit ihm hier war. Die Herren, die am Kamin diskutierten, begannen lebhafter zu gestikulieren, und dann packte George den Schriftsteller bei den Revers, der schüttelte seine Hände mit einer einzigen Bewegung ab. George packte ihn erneut, und eine Rauferei begann. Aleksander versuchte, sie zu trennen.

«Jedesmal, wenn die sich treffen, kommt es zu Handgreiflichkeiten», bemerkte Katja seelenruhig.

«Ist es dann nicht vielleicht besser, wenn man sie nicht zusammen einlädt?»

«Wie, nicht zusammen einladen? Es sind doch Landsleute, ein Stückchen Heimat.»

Aleksander schloß sich uns an, setzte sich, und irgendwann legte er den Arm um meine Schulter. Das kam so unerwartet, daß ich völlig erstarrte. Ich spürte, wie sich mir die Nackenmuskeln anspannten. Ich wußte nicht, was ich mit meinem Körper anfangen sollte, der mich auf einmal behinderte.

Orly, acht Uhr fünfzehn

Ich bin ans andere Ende des Flughafens umgezogen, nur weg von dieser höllischen Bank, so weit wie möglich. Der Schmerz ist verstummt, ich fühle mich jetzt wie betäubt. Doch ich fürchte, daß der Schmerz wiederkommt. Daß diese Betäubung in einem Moment, da ich es am wenigsten erwarte, zu wirken aufhört. Es wäre besser, wenn ich aufhörte, Erinnerungen nachzuhängen. Mein Vertrag war abgelaufen, und damit endete eine Etappe meines Lebens . . .

Ich belege ein Tischchen in der Ecke einer kleinen Bar mit Beschlag und bestelle den nächsten Kaffee. Obschon ich nicht gefrühstückt habe, fühle ich mich außerstande, einen Bissen hinunterzuschlucken. Diese unnatürliche Ruhe, die ich verspüre, bedeutet durchaus nicht, daß ich ruhig bin. Alle meine Muskeln sind angespannt, und meine Kehle ist wie zugeschnürt, so daß ich nur in winzigen Schlucken trinken kann.

Jener Besuch bei Aleksanders Freunden in der Nähe von Paris . . . George sollte über Nacht bleiben, und weil der Schriftsteller mit dem Wagen da war, schlug er vor, uns heimzufahren.

«Wir haben eine fabelhafte Verbindung», entgegnete Aleksander, «wir nehmen den Zug.»

Als sich der Zug in Bewegung setzte, das Licht schwächer wurde, saßen wir im Dämmer einander gegenüber. Noch immer benutzten wir die Du-Form; ich hatte mich zwar auf dem Weg zur Bahnstation per Sie an ihn gewandt, doch er übernahm das nicht. Die Brüderschaft war also tatsächlich verbindlich und galt nicht nur im Hinblick auf seine Freunde. Irgendwann sagte ich etwas, das mich selbst erschreckte. Ich weiß nicht, warum ich überhaupt daran dachte. Vielleicht war der Alkohol schuld. Oder vielleicht auch diese Geste, als er den Arm um mich gelegt hatte. Noch immer spürte ich die Schwere seines Arms. «Hotelwände sind dünn, ich habe immer gehört, wie ihr euch geliebt habt . . .»

Sein Gesicht lag im Schatten, daher konnte ich seine Reaktion nicht erkennen. Was mich anging, ich war auf der Stelle wieder bei klarem Verstand.

«Vielleicht wollte ich ja, daß du's hörst», sagte er langsam, mit Nachdruck.

Wir holten unsere Schlüssel an der Rezeption, und Aleksander ließ mich auf der Treppe vorangehen. Vermutlich überlegte er, wie er mich loswerden konnte, sobald wir vor der Tür standen. Wie er sich von dem alten Weib befreien konnte, das da kokett zu sein versuchte. Zuerst Brüderschaft und dann erotische Anspielungen. Er hatte gesagt: «Vielleicht wollte ich ja, daß du's hörst.» Na und, was hätte er sonst sagen sollen?

Ich war sehr unzufrieden mit mir. Ich benahm mich viel zu nervös. Noch unten in der Halle erzählte ich, wie nervös ich sei. Und daß ich mich sofort hinlegen müsse, weil ich früh am Morgen an der Universität zu tun hätte. Er schwieg. Also redete ich erneut von meiner Müdigkeit. Und daß ich ihm für die Einladung zu seinen Freunden danke. Es sei sehr interessant gewesen, doch jetzt würde ich ein paar Wochen lang sehr beschäftigt sein, so daß Besuche nicht mehr in Frage kämen. Ich müsse mich auf meine Arbeit konzentrieren, denn dazu sei ich ja schließlich hergekommen. Und jetzt schlafen, schlafen ...

«Du gibst mir zu verstehen, daß du heute nacht allein schlafen willst», konstatierte er ironisch.

Das brachte mich dermaßen aus der Fassung, daß ich keine Antwort wußte. Er dagegen wünschte mir eine gute Nacht und verschwand, ohne abzuwarten, ob ich mit dem Türschloß zurechtkam. Die Hände zitterten mir leicht, und ich hatte Schwierigkeiten, den Schlüssel ins Schloß zu stekken, in meinem Zimmer. Ein Flegel, schlichtweg ein Flegel, dachte ich empört. Wie er mich behandelt! Und es geschieht mir recht. Wozu das Ganze? Wozu habe ich mit ihm diesen Ausflug gemacht? Schließlich, was sind wir schon für einander ...

Ich konnte nicht einschlafen. Er schlief ebenfalls nicht, sondern wanderte im Zimmer umher, einmal fiel sogar ein Stuhl um. Und wenn ich ihn, statt mich wie eine Idiotin zu benehmen, zu mir eingeladen hätte ... Was für ein Wahnsinnsgedanke! Dieser junge Mann paßte in keiner Weise zu meinem Leben. Er war zu farbig neben meiner grauen Unscheinbarkeit, selbst wenn ich zwanzig Jahre jünger wäre, der Abgrund zwischen uns wäre genauso groß. Außerdem war das Auftauchen eines Mannes in meinem Leben ein Ding der Unmöglichkeit, das hatte ich mir längst eingestanden, und ich hatte mich damit abgefunden. Doch so ein Mann wie er, selbst wenn es nur um eine Nacht ginge ...

Ach, wenn überhaupt schon eine solche Nacht, dann ganz sicher mit jemand anderem. Jemand Reifem, der genau wie ich nichts erwartete.

Anderntags gegen Mittag klopfte er bei mir an.

«Ja?» fragte ich durch die Tür.

«Ich bin's, Julia, Aleksander. Hättest du nicht Lust, zum Essen mitzukommen?»

Vor Aufregung wurde mir der Mund trocken, ich brachte kaum einen Ton heraus.

«Ich muß mich auf morgen vorbereiten», antwortete ich endlich.

Heiligabend verbrachte ich im Kino. Ich hatte überlegt, über die Feiertage nach Polen zu fliegen, doch die Flugpreise hatten die Sache entschieden. Weihnachten war für mich immer schon eine schwierige Zeit gewesen. Trotz Einladung erschien ich bei Ewa nicht zu Heiligabend, ihre neue Familie schreckte mich ab, nicht ihre Kinder, sondern die Erwachsenen, Grzegorz' Eltern. Und er, ich will es nicht verhehlen, er auch. Also hockte ich in meiner Wohnung, und der Tag war für mich ein Tag wie jeder andere, ausgefüllt mit Arbeit. Zu den letzten Feiertagen leistete mir der Dichter Mikołaj Sęp-Szarzyński Gesellschaft, *Legende eines unbesonnenen Todes auf der Schwelle des Lebenslaufes.* Ich schrieb ein Buch über ihn, und die Epitaphe von Zofia Kostczanka gaben mir besonders viel zu denken.

Nach Sępscher Manier sagt die Kostczanka über ihre Stiefmutter: «Ich konnte besser, als (die) der Mutter, ihre Güte genießen.» Auch das paßte zu meiner familiären Situation. Ewa mit mir fremden Menschen an der weihnachtlichen Festtafel, ich mutterseelenallein . . . Doch ich empfand das ganz und gar nicht so, ich hatte mich in meinem Leben fest etabliert. Ich war gern allein, immerzu waren Menschen um mich herum, viel zu viele Menschen, die störten, mich daran hinderten, daß ich mich auf das Wesentlichste konzentrierte. Auf das Klingeln des Telefons reagierte ich stets leicht enerviert. Doch das alles war dort gewesen. Hier war das Hotel. Verlassen an diesem Tag.

Das Kino befand sich am Stadtrand, gespielt wurde *Was vom Tage übrigblieb* mit Anthony Hopkins, ein Film, den ich verpaßt hatte, als er in Warschau gezeigt worden war. Der Saal war ziemlich leer, und ich konnte der Handlung kaum folgen, obwohl der Film ausgezeichnet war. Das lag am Heiligen Abend unter Fremden; schon einmal hatte ich mich an diesem Tag außer Haus befunden und ähnlich gefühlt. Wie würde wohl mein Leben aussehen, wenn sich die Beziehung zwischen Ewa und mir anders gestaltet hätte ... Vielleicht sollte man mehrere Kinder haben, vielleicht hatte sie ja recht. Man darf nicht auf eine einzige Person angewiesen sein, Ewa war meine ganze Familie ... Als sie mir mitteilte, daß sie ausziehen würde, hatte ich sie gewarnt, daß sie dann nicht zurückkehren könne.

«Ich habe auch nicht die geringste Absicht, dies zu tun», antwortete sie und knallte die Tür hinter sich zu.

Wir sahen uns über ein halbes Jahr nicht, ich unternahm den Versuch, etwas über sie in Erfahrung zu bringen. Durch eine Freundin erfuhr ich, daß sie den Gitarristen geheiratet hatte und mit ihm in einer Junggesellenwohnung zur Miete wohnte. Eines Tages rief sie an und fragte, ob wir uns sehen könnten. Sie war hochschwanger. Sie war gekommen, um zu fragen, ob ich ihnen Geld für eine elektrische Säge borgen könne. Ihr Mann habe eine Firma gegründet, nur das Geld für sein Arbeitsgerät fehle ihm. Zum Beweis zeigte sie mir den Stempel: Grzegorz Janik, Firma Platane. Baumschnitt und -chirurgie.

«Du bist also jetzt Frau Janik, meinen Glückwunsch», sagte ich kühl.

Doch das Geld gab ich ihnen. Und er – er kletterte auf hohe Bäume, mit Seilen gesichert wie ein Alpinist. Ewa sagte, sie rechne damit, daß einmal etwas schiefgehen und er herabstürzen könne. Doch er liebe seine Arbeit. Folglich müsse er es tun. Sie kauften eine Holzhütte bei Warschau, richteten sie her. Das heißt, er setzte sie instand, wenn er nicht gerade auf Bäumen herumkroch. Sie zogen ein, als ihr Sohn geboren wurde. Ich fuhr hin, um ihn mir anzusehen. Beim Anblick der «hölzernen Villa», wie Ewa sie nannte, bekam ich zittrige Knie. Der reinste Bretterhaufen, den ein Windstoß einstürzen lassen konnte. Das Dach war an einer Stelle eingesunken, die Fenster mit Sperrholz vernagelt, die Veranda schief. Und hier wollten sie ein Kind aufziehen. Da wurde ich schwach und schlug Ewa vor – obschon ich der Ansicht war, daß sie, sofern sie sich für ein solches Leben entschlossen hatten, allein zurechtkommen müßten –, daß sie sich für das Geld, das ich auf der Bank hatte, ein anständiges Haus bauen sollten. Nein, ein solches Geschenk würden sie nicht annehmen. Ich mußte also energisch werden: Das Geld sei schließlich Ewas Erbe. Und so entstand neben der hölzernen Villa ein Häuschen aus Ziegelstein, und die baufälligen, altehrwürdigen Überreste der Hütte wurden demontiert.

«Du magst deinen Schwiegersohn nicht?» fragte mich Aleksander, oder vielmehr er fragte: «Mögen Sie Ihren Schwiegersohn nicht?» Denn damals waren wir noch per Sie.

«Ich weiß nicht recht», antwortete ich. «Ich mag ihn, und ich mag ihn auch wieder nicht. Ich nehme ihm übel, daß er meiner Tochter etwas genommen hat.»

«Und was?»

«Den Start in ein besseres Leben.»

Aleksander gefiel sichtlich nicht, was ich da sagte.

«Was bedeutet, Ihrer Meinung nach, ‹besseres Leben›?» fragte er.

«Es handelt sich um die geistige Entwicklung. Die bestimmt den Status eines Menschen.»

«Geht es hier nicht vielleicht um Vorbild und Abbild?»

Es war nach Mitternacht, als ich aus dem Kino kam, und ich ging sofort zu Bett. Die beiden Feiertage verbrachte ich mit Arbeit. Man hatte mir aus Warschau die Korrektur eines Beitrags für ein Buch geschickt, dessen Mitautorin ich war. Es handelte sich um eine Gemeinschaftsarbeit und sollte zum Frühjahr erscheinen. Ähnlich emsig verging mir die Woche vor Silvester. Ich überlegte, ob ich mir nicht Champagner kaufen sollte. Immerhin sollte ich das neue Jahr in Paris begrüßen. Doch allein Champagner trinken?

Aleksander war offenbar weggefahren, denn hinter der Wand war es still. Beim Schlüsselholen schielte ich aufs Schlüsselbrett. Sein Schlüssel hing da. Er war also nicht im Hotel. Vielleicht war er nach Hause gefahren und jetzt mit Nadja auf einem Ball. Dieser Gedanke bereitete mir Unbehagen, als ob ich ein Recht auf diesen Mann hätte. Nonsens. Er hatte sein Leben, ich das meine.

Der Abend begann wie jeder andere, ich sah mir das Silvesterprogramm in dem kleinen Fernseher an, und danach holte ich meine Aufzeichnungen hervor und begann den Plan für die nächsten Vorlesungsstunden auszuarbeiten. Da läutete das Telefon, und ich zuckte zusammen, als kündige dieses Läuten etwas Besonderes an. Aber es konnte ja doch nur Ewa anrufen, um ein gutes neues Jahr zu wünschen. Und so war es auch. Sie würde mit ihrem Mann zu Bekannten gehen.

«Und wer bleibt bei den Kindern?»

«Mamachen.»

Mich hatte sie nie so genannt. Ich war «Mama». Und niemals hatte sie mich dermaßen überschwenglich begrüßt. Für mich war der flüchtige Schmatzer bestimmt, für «Mamachen» dagegen Umarmung und Küsse auf beide Wangen. Einmal, zweimal und – noch ein drittes Mal. Es drehte sich nicht um Eifersucht meinerseits, ich war eher verblüfft. Daß Ewa zu so etwas imstande war.

«Das ist eine einfache Frau, Mama», erklärte sie. «Sie braucht die gleiche Herzlichkeit, die sie selbst geben will.»

Herzlichkeit braucht jeder, dachte ich damals. Die Wahrheit war im übrigen eine andere. Ewa fühlte sich zu all jenen freundschaftlichen Gesten keineswegs durch die jeweiligen Umstände genötigt. Die Frau war die Mutter des Mannes, den sie liebte. Und sie erhielt einen Teil der Liebe gewissermaßen aus diesem Schwung heraus. Wir hatten immer zu wenig Platz gehabt, von In-Schwung-Kommen war keine Rede. Was wir einander waren, das offenbarte sich üblicherweise in schwierigen Situationen.

Ihr Mann hielt sich an diesem Tag außerhalb des Hauses auf, er «machte den Park», wie sie sich ausdrückten. Ich übernachtete bei ihr, wir hatten uns verplaudert, und der letzte Autobus war mir davongefahren. Sonst wäre ich nicht dageblieben, aber offensichtlich mußte das so sein.

Ewa weckte mich, ich sah sie in der Tür im Nachthemd, unter dem sich der riesige, wie künstlich angehängte Bauch abzeichnete. Ihr Gesicht war schmerzverzerrt.

«Ich glaube, es geht los», stieß sie mühsam hervor.

Zwei Wochen vor der Zeit.

Ich sprang auf, rief den Rettungsdienst an. Als ich zu ihr zurückkam, lag sie auf dem Fußboden mit weit geöffneten Schenkeln.

«Ich habe schon Eröffnungswehen», stöhnte sie.

Ich war erschrocken. Hilflos. Wußte nicht, wie ich ihr helfen sollte. Als ich so auf ihre verunstaltete Figur sah, auf ihre blasse Leidensmiene, hatte ich auf einmal so etwas wie eine Halluzination: Ich sah mich dort liegen mit gespreizten Beinen, zwischen denen sich der Kopf des Kindes verkeilt hatte. Ich fühlte Schmerz, reißenden Schmerz, als wäre ich eins mit meiner Tochter. Wie damals, vor fünfundzwanzig Jahren, als sie eins mit mir war. Wenn man diese Einheit von damals nur wiederholen könnte, wenn ich sie doch vom Boden aufheben und in mir bergen könnte. Ich war mit einer Wiederholung nicht einverstanden, bei der es für mich keinen Platz gab. Den nahm mir ihr in die Welt hinausdrängendes Kind. Bevor die Ambulanz eintraf, gebar Ewa ein Mädchen. Ich hatte nicht den Mut gehabt, die Nabelschnur durchzuschneiden, das machte dann der Arzt.

Ewas Töchterchen ist jetzt drei. Wenn ich es anschaue, habe ich die Geburt vor Augen. Und ich sehe das leidende Gesicht seiner Mutter.

Ich machte mir gerade Notizen, als ich Schritte hörte. Automatisch setzte ich die Brille ab und legte sie auf das Tischchen. Es klopfte.

Als ich ihn in der Tür stehen sah, wurde mir klar, daß ich die ganze Zeit auf ihn gewartet hatte und daß es mich enttäuscht hätte, wenn er nicht erschienen wäre. Es war nicht einmal das Warten auf einen Mann, sondern einfach auf einen anderen Menschen. Einen, der genauso fremd in dieser Stadt war wie ich. Auch wenn er hier mehr Bekannte hatte, änderte das doch nichts an dem Faktum, daß er von weit her kam und das an einem Tag wie diesem besonders spüren mußte.

Angezogen war er ganz alltäglich, im Sportsakko mit Lederflicken an den Ellenbogen, einem Rollkragenpullover und Cordhosen.

«Ich habe gedacht, du bist in Moskau.»

«Ich bin in Paris. Und ich habe Champagner bei mir. Darf ich hereinkommen?»

Unwillkürlich sah ich auf die Uhr.

«Du kommst fünf Minuten nach zwölf», stellte ich fest.

«Das werde ich immer», sagte er schmunzelnd.

Er füllte die Gläser, und als er mir ein glückliches neues Jahr wünschte, beugte er sich herunter und küßte mich auf den Mund. Es war wie ein Schock, als ich seine rissigen Lippen spürte, auf einmal geriet alles in mir ins Wanken.

Wir ließen uns an dem Tischchen nieder, von dem ich meine Notizen abräumte. Wir tranken Champagner und knabberten Salzstangen dazu.

«Wie ist deine Kindheit gewesen?» fragte ich ihn.

«Vorausgeplant», entgegnete er, «wie die vom Politbüro vorgegebenen Fünfjahrespläne. Wenn im Sommer die Fenster offenstanden, hörte man aus beinah jeder Wohnung die heisere Stimme des russischen Idols Wladimir Wyssozki.»

«Ach, deshalb magst du ihn nicht . . . Doch auch das neue Idol, der Schriftsteller Wassilij S., kann ihn nicht ausstehen.»

«Ganz im Gegensatz zum Untersuchungsrichter vom KGB. Als sie mich hereinbrachten, hörte er gerade vom Band unseren Wolodja Wyssozki und hatte einen nostalgischen Blick. Was ihn nicht daran hinderte, mir gleich darauf eins auf die Nase zu geben.»

Er war damals im ersten Studienjahr am Historischen Institut, und man hatte ihm nicht gesagt, daß man nicht zu neugierig sein dürfte.

«Voland und Behemoth kannte ich noch nicht . . .»

«Du liest also doch Belletristik!»

«Ich lese Bulgakow, und du hattest damals von Literaten gesprochen. Er ist ein Schriftsteller. Er allein hat sich nicht rührselig gezeigt wegen *Matuschka Rossija*, unserem kommunistischen Mütterchen Rußland, er hat über sie die ganze Wahrheit gesagt. Daß sie beim Lächeln Vampirzähne entblößt.»

Aleksander gehörte zu den Leuten, die das zusammenbrechende System noch schmerzhaft zu verletzen geschafft hatte. Ich – das war verständlich, aber er?

«Ich bin heute im Kino gewesen», sagte er. «Ein Film mit Emma Thompson, ich glaube, er hieß *Was vom Tage übrigblieb* . . . Ein Kino am Stadtrand . . .»

«Das ist komisch, ich bin Heiligabend drin gewesen.»

Er lachte laut heraus.

«Die Slawen in Paris gehen dieselben Wege.»

«Nur daß es für mich ein Film mit Hopkins gewesen ist.»

«Vielleicht hat mich ja diese Thompson ein bißchen an dich erinnert.»

«Also nicht mehr Jean Seberg?»

Er lachte wieder.

«Die andere wegen der Schönheit, die wegen der gleichen Art von Sensibilität . . .»

Aus dem noch immer eingeschalteten Fernseher klang Musik, gerade eben eine etwas sanftere, Gershwin vermutlich. Aleksander stand auf und verbeugte sich vor mir.

«Darf ich bitten?»

Ich geriet fast in Panik.

«Ich . . . ich tanze nicht.»

«Ich auch nicht, aber an Silvester gehört es sich, daß man ein Tänzchen wagt.»

Ungeniert nahm er mich an die Hand und zog mich in die Zimmermitte. Während wir uns im Takt der Musik drehten, Arm in Arm, kam mir der Gedanke, daß ich nichts wußte von diesem Ausländerpaar, das sich in der Silvesternacht in einem Hotel auf dem linken Seine-Ufer befand. Ich fühlte mich so, als stünde ich abseits und beobachtete diese zwei, den Mann sowohl wie die Frau. Und dabei war doch ich diese Frau. Merkwürdig. Obwohl . . . eine gewisse Distanz zu mir selbst hatte in mir immer existiert, was mir übrigens häufig sehr geschadet hat. Ich kontrollierte mich auf Schritt und Tritt, weil ich nichts mehr auf der Welt fürchtete als die Lächerlichkeit. Doch diesmal war das etwas anderes, diesmal betrachtete ich mich gänzlich von außen, und Neugier lag darin. Ganz als hätte ich plötzlich alles Wissen über mich selbst eingebüßt, als kennte ich die eigenen Sehnsüchte und Möglichkeiten nicht. Das erschreckte mich, doch zugleich war es etwas unerhört Spannendes. Was würde im nächsten Augenblick geschehen? Und dabei war das doch nichts weiter als ein einfacher Tanz. Gerade war er zu Ende gegangen, die Musik hatte aufgehört, wir kehrten zu unseren Plätzen zurück. Aleksander füllte die Gläser.

«Bist du in der Partei gewesen?» fragte er mich.

Ich brach in Lachen aus.

«Und in der Opposition?»

«Das ist eigentlich dasselbe. Die Opposition bildeten Menschen, die aus der Partei ausgetreten waren. Folglich zog ich es vor, mir meine eigene Partei und meine eigene Opposition zu schaffen. Doch ich kann dir versichern, daß ich niemals rot war und auch jetzt keine Rote bin. Auch wenn mich einige als Opportunistin ansehen, weil ich seinerzeit keine Protestbriefe unterschreiben wollte.»

«Warum nicht?»

«Aus den gleichen Gründen. Und du? Du mußtest doch sicher Parteimitglied sein. Oder vielleicht, in Anbetracht deiner jungen Jahre, mußtest du das schon nicht mehr?»

Jetzt brach er in Gelächter aus.

Auf dem Bildschirm tauchte eine Ansagerin auf, die dazu einlud, die nachfolgenden Unterhaltungssendungen anzuschauen. Eine Weile hörten wir ihr zu.

«Frankreich amüsiert sich», bemerkte er bitter. «Frankreich hat sich immer amüsiert, selbst seine Revolution war ein Amüsement im Vergleich zu der unseren.»

Unvermutet beugte er sich vor und tauchte die Hand in mein Haar. Ich fühlte ihn meinen Kopf umfassen, ganz so, als habe er die Absicht, ihn zu kneten. Hatte er den Verstand verloren? Ich wollte wegrücken, doch er ließ es nicht zu.

«Es kümmert mich nicht, ob du alt oder jung, schön oder häßlich bist . . .»

Mit einem Ruck befreite ich mich von ihm und sagte, während ich mein Haar in Ordnung brachte: «Du hast zuviel getrunken.»

Zwei junge Leute setzen sich an meinen Tisch, ohne mich um Erlaubnis zu fragen. Er stößt dabei mit dem Ärmel gegen meine Tasse, und der Rest Kaffee ergießt sich über die Tischplatte. Natürlich tut er so, als habe er das nicht bemerkt. So ist das nun einmal. Höflichkeit wird immer mehr zu einem Anachronismus. Man gebraucht heute tunlichst seine Ellenbogen. Nur mein Schwiegersohn ist – zu stolz. Kurz vor meiner Abreise nach Paris stattete ich Ewa vormittags einen Besuch ab und traf dabei ebenfalls ihren Mann an. Ich wunderte mich darüber, daß er nicht arbeitete.

«Er hat kein Geld für ein neues Arbeitsseil», sagte Ewa, «und er ist zu stolz, um den Besitzer der Bäume um eine Anzahlung zu bitten . . .»

Hatten wir beide uns von Anfang an aufeinander zu bewegt? Hatte sein Interesse an meiner Person in mir bislang unbekannte Sehnsüchte freigesetzt? Etwas in jeder Hinsicht Beunruhigendes ging da vor sich. Mir wurde urplötzlich, nach so vielen Jahren, bewußt, daß ich einen Körper hatte! Zwischen mir und meinem Körper begann ein Kampf. Auf einmal wurde er launisch und anspruchsvoll, als nähme er Rache für all die Jahre, in denen ich seiner nicht gedacht, ihn nicht gepflegt, nicht mit Ölen gesalbt hatte. Und jetzt war er plötzlich von vorrangiger Bedeutung. Ich entdeckte, daß ich Brüste, Schenkel, einen Bauch habe. Es war wie ein Schlag. Ich begriff das an einem gewissen Regentag.

Das Seminar war eigentlich schon zu Ende, doch die Studenten, die der Meinung waren, daß wir das Problem bewältigen müßten, wollten mich nicht gehen lassen. Als ob sich dieses Problem überhaupt bewältigen ließe. Das Problem der Knechtung des Individuums im Totalitarismus! Wir besprachen den Fall Tadeusz Borowski.

«Er war zwischen den totalitären Systemen wie gekreuzigt. Die eine Hand an dieses Kreuz genagelt vom Hitlerfaschismus. Daraus entstand der Band *Bei uns in Auschwitz*. Die andere Hand aber hielt das Kreuz freiwillig fest. Was bedeutete, daß der Schriftsteller mit den Presseorganen für die Jugend zusammenarbeitete und in seinem Schaffen die Losung von der Bindung der Literatur an die Aufgaben der Kulturpolitik der Partei in die Tat umsetzte . . .»

«Aber warum? Warum?» fragte irgend jemand.

«Hinter ihm lag Auschwitz, er glaubte, der Tod sei überwunden. Dabei hatte der nur ein anderes Gesicht. Das begriff er am 3. Juli 1951. Zunächst sprach man von einem Unglücksfall, dann wurde zugegeben, daß es Selbstmord war.»

Ein anderer warf die Frage ein: «Und wie haben Sie sich zu helfen gewußt, Frau Professor?»

Auf einmal wußte ich nicht, was ich antworten sollte. Alle sahen mich an.

«Als Borowski starb, war ich sieben.»

«Doch später waren Sie zwanzig.»

Ich nickte.

«Du kapierst nicht», mischte sich ein Student aus der ersten Reihe ein. Man erkannte auf den ersten Blick den Primus. «Zu der Zeit hat man schon nicht mehr mit dem eigenen Leben bezahlt.»

«Sind Sie da sicher?»

«Nun . . . das sagt zumindest die Geschichte . . .»

«Und was sagt die Geschichte über all die, denen man gleich von Anfang an die Wirbelsäule gebrochen hat?» Ich schrie beinah. «Der Faschismus hat seine Opfer vor allem physisch vernichtet, das Perfide des Kommunismus lag darin, daß er sich der Strategie der Spinne bediente. Bestrikken, fesseln, innerlich verheeren. Das war ein Gefühl, als hätte man statt einer Lunge, statt eines Herzens die Schwimmblase eines Fisches in der Brust. Haben Sie schon einmal unter starker Atemnot gelitten?»

Der Primus starrte mich verstört an. Sie guckten alle so. Als sähen sie mich zum erstenmal in ihrem Leben. Oder vielmehr: Endlich nahmen sie mich wahr.

Immer habe ich gewollt, daß sie mich wahrnimmt, daß sie ihren Blick auf mich richtet. Wie damals auf der Kirmes. Wir schlenderten zwischen den Verkaufsbuden umher, es war drückend heiß, die Sonne brannte, und Mutter kaufte mir eine Flasche Limonade. Ich trank gierig, den Kopf weit zurückgelehnt. Mutter lächelte. Ein warmes schmales Grün in ihrem Gesicht extra für mich. Zwei grüne, schräge Striche, die zu den Schläfen hin wanderten, ausschließlich meinetwegen. Einmal, einmal während der ganzen Zeit, die wir zusammen waren. Ein einziges Mal in vierzehn Jahren. Und dabei genügte es, daß er hereinkam, den Koffer hinstellte. So leicht schenkte sie ihm diese vorbehaltenen, diese zuvor herrenlosen Striche, um die ich so gekämpft habe . . .

Ich trat ans Fenster; Regentropfen besetzten dicht an dicht die Scheibe, flossen über sie herab und schnitten einander den Weg ab. Und da bemerkte ich Aleksander: Er stand mit hochgeschlagenem Kragen unter einem Baum. Er hatte nasses Haar. Erschreckt machte ich einen Schritt zurück. Im ersten Augenblick dachte ich an einen Zufall, dann ging mir auf, daß er hier war, weil er auf mich wartete. Das war etwas Neues. Bisher hatten sich unsere Begegnungen aus den nachbarschaftlichen Beziehungen ergeben. Er klopfte an meine Tür, ich an seine. Und selbst wenn wir zusammen ausgingen, geschah dies nach demselben Prinzip. Aber daß Aleksander jetzt hier auf dem Hof der Sorbonne im strömenden Regen stand und auf mich wartete, war etwas völlig anderes. Ich wußte, wenn ich zu ihm dort hinunterginge, würde sich alles zwischen uns ändern. Auf eine solche Veränderung war ich nicht vorbereitet. Vielleicht wäre mein plötzlich aufsässiger Körper imstande gewesen, der neuen Situation gerecht zu werden, doch ich war es nicht. Ich verstand nicht, was mein Körper von mir erwartete. Niemals hätte ich mich dazu durchgerungen, im Verhältnis zu diesem jungen Mann einen Schritt vorwärts zu tun. Dieser Schritt bedeutete physische Nähe. Darauf konnte ich mich nicht einlassen, ich blieb oben im Seminarraum. Er wartete ziemlich lange auf mich, meine Studenten waren längst alle fort. Schließlich sah er offenbar ein, daß ich nicht zu ihm herunterkommen wollte.

Der junge Mann neben mir holt Zigaretten heraus, das Mädchen steckt sich eine in den Mund und beugt sich zu ihm, er knipst das Feuerzeug an, ohne sich zu erheben. Daß sie dann die Asche auf einen Teller neben der Tasse schnipst, erfüllt mich mit plötzlichem Abscheu, ich ziehe um an den Tisch nebenan, der gerade frei geworden ist.

Dieses Zigarettenrauchen . . . Einmal hatte ich Aleksander gefragt, ob er das als Junge auch ausprobiert habe.

«Wie alle Jungen», hatte er erwidert.

Das erstemal in den Ferien. Seine Eltern hatten eine Datscha bei Moskau geerbt, und Aleksander verbrachte dort den Sommer unter der Obhut der Großmutter. Vater und Mutter kamen nur an den Sonntagen kurz zu Besuch. Sie waren dermaßen eingespannt, daß sie nicht einmal ihren Urlaub nahmen, fuhren mit ihrem klapprigen Lada zwischen Institut und Sommerfrische hin und her. Er war zu jenem Zeitpunkt nicht älter als zehn. Er wählte sich einen bequemen Ast aus und richtete sich dort auf dem Baum seinen Rauchsalon ein. Bis zu einem bestimmten Tag.

Unerwartet wurde ihr kleines Haus von der Miliz heimgesucht. Ein Sergeant mit gedunsenem sommersprossigem Gesicht und roten Haaren erklärte ihnen, daß ein Verdächtiger aus einem Milizauto getürmt und es gut möglich sei, daß er in dieser Gegend Unterschlupf gefunden habe. Sollte ihnen etwas zu Ohren kommen, hätten sie das unverzüglich zu melden.

«Wessen wird er denn verdächtigt?» fragte die Großmutter.

«Er ist ein gefährlicher Verbrecher», lautete die Antwort.

Einige Tage vergingen. Aleksander kehrte gerade mit einer Gruppe Jungen vom Fluß zurück, als er sah, daß sich jemand bei einer seit Jahren unbewohnten Sommervilla an den Brettern vergriffen hatte, mit denen die Fenster vernagelt gewesen waren. Er vertraute seine Beobachtung der Großmutter an.

«Hast du es sonst noch jemandem gesagt?» erkundigte sie sich ängstlich.

«Nein.»

«Das ist gut so, am besten, man macht gar nichts», erwiderte sie.

Aleksander war jedoch anderer Ansicht.

«Sie haben befohlen, daß man alles melden soll», sagte er.

Die Großmutter überlegte laut. «Vielleicht sollte man's wirklich melden . . . sonst verplapperst du dich noch, und mit uns ist es aus und vorbei.»

Sie band das Kopftuch um und ging zur Polizeistation. Aleksander, auf seinem Baum versteckt, beobachtete die Jagd. Ein Polizeikordon umstellte die alte Villa, und der dicke Sergeant forderte den Verdächtigen auf, mit erhobenen Händen herauszukommen.

«Rauskommen, oder wir schießen!»

Aleksander starrte auf die Tür, die sich knarrend langsam öffnete. Vor Aufregung lief es ihm kalt den Rücken hinunter, es war ihm, als sähe er das alles im Kino. Auf den morschen, moosbewachsenen Stufen zeigte sich ein junger Bursche, die Hände auf dem Hinterkopf gefaltet. Und da fiel der Schuß, der Bursche zuckte und fiel vornüber aufs Gesicht. Im Sand zeichnete sich ein blutiges Rinnsal ab. Die Milizionäre umringten ihn. Der rothaarige Sergeant, der auf ihn geschossen hatte, trat näher heran und drehte ihn mit dem Fuß auf den Rücken. «Aas», knurrte er voller Abscheu.

In einem Kommuniqué gab man bekannt, daß die Miliz unter Mithilfe der örtlichen Bevölkerung das Versteck eines bekannten, flüchtigen Moskauer Taschendiebs ausfindig gemacht habe. «Andriej Z. wurde von Sergeant Walentin W. in Notwehr erschossen.» Das war eine Lüge. Der Flüchtige war mit den Händen auf dem Kopf aus dem Haus gekommen und hatte wie ein in die Enge getriebenes Tier um sich geblickt. Sergeant Walentin W. hatte also auf einen Wehrlosen geschossen.

«Er liebte das Töten, das stand ihm in sein feistes sommersprossiges Gesicht geschrieben. Und ich habe ihm dieses Opfer ausfindig gemacht . . .»

Diese Geschichte hatte er mir während eines Spaziergangs an der Seine erzählt. Wir gingen gern dort entlang. Waren gern zusammen. Doch das alles hatte mit Liebe nichts zu tun. Denn ich glaubte nicht an die Liebe. Und Aleksander wohl auch nicht.

«Warum sollte er mich lieben?» erwiderte ich Katjas Frage mit einer Gegenfrage.

Katja lächelte.

«Es gibt ein russisches Sprichwort: Derjenige liebt wirklich, der nicht weiß warum.»

Sie hatte mich unerwartet an der Sorbonne aufgesucht. Während meiner Vorlesung im Auditorium Maximum, in französischer Sprache, ging die Tür auf, und eine Frau betrat den Saal. Bemüht, möglichst leise zu sein, drang sie bis in die hintersten Bankreihen vor und setzte sich in eine davon. Sie lauschte meinem Vortrag. Im ersten Augenblick erkannte ich sie nicht, obwohl mir das Gesicht irgendwie vertraut schien. Und plötzlich die Erleuchtung: Das ist ja Katja, die Frau von Aleksanders Freund! Was macht die denn hier? dachte ich. Als ich geendet hatte und die Hörer anfingen, sich von den Plätzen zu erheben, kam sie zu mir.

«Das war sehr interessant, dieser Dichter . . .»

«Sęp-Szarzyński.»

«Ja. So begabt und so ein kurzes Leben . . . Schade . . .»

«Aber wenigstens ist er nie gealtert», hörte ich mich zu meiner eigenen Verwunderung sagen.

Doch sie fand nichts Merkwürdiges daran, sie war jung.

«Es war überhaupt nicht schwer, Sie zu finden», zwitscherte sie. «Ich habe nach Professor Julia aus Polen gefragt, und gleich hat man mir den Saal gezeigt.»

«Ist etwas passiert?» erkundigte ich mich behutsam.

«Ach, ich habe Sie einfach bloß sehen wollen. Das ist alles.»

«Das ist wirklich lieb von Ihnen», antwortete ich und war tatsächlich angenehm überrascht.

«Vielleicht sollten wir zusammen einen Happen essen?» schlug sie vor. «Ich führe Sie in ein kleines Lokal, das sich zu besuchen lohnt.»

Wir stiegen in ihr Auto, ein Renault, glaube ich. Man konnte nicht sagen, daß sie eine gute Fahrerin war, aber sie machte sich nichts daraus, wenn man sie anhupte.

«Die haben's eilig», sagte sie wie zur Rechtfertigung, «ich nicht.»

Endlich waren wir in der Straße angelangt, wo sich das kleine Lokal befand. Ich hatte den Verdacht, daß es sich um eine Einbahnstraße handelte und wir in die falsche Richtung fuhren. Alle geparkten Wagen standen mit der Motorhaube in umgekehrter Richtung. Katja versteifte sich darauf, daß die Straße in zwei Richtungen befahrbar sei, erst als uns eine Limousine entgegenkam, der sie nicht ausweichen konnte, erkannte sie ihren Fehler. Sie begann rückwärts zu fahren, doch zeigte sie sich darin nicht besonders geschickt. Zu guter Letzt stieß sie gegen einen geparkten Wagen und beschädigte dessen Kotflügel. Sie steckte ihre Visitenkarte unter den Scheibenwischer und kehrte zu ihrem Manöver zurück.

Der Chauffeur der Limousine wurde endlich befreit, und als er an uns vorbeifuhr, tippte er sich an die Stirn.

«So sind die Franzosen!» schnaubte Katja.

«Gut, daß Sie nicht in Polen leben! Dort gilt es als ein Schwerverbrechen, jemandem den Kotflügel einzubeulen. Der Geschädigte droht und beschimpft einen.»

«Na, so was!» Sie zuckte die Achseln. «Hier behindert jeder jeden, denn in Paris gibt es zuwenig Platz zum Parken.»

Wir betraten das Lokal. Der Raum war klein, die Tische standen dicht an dicht, die Mäntel wurden bei der Tür an einen Haken gehängt. Der Restaurantbesitzer, ein weißes Geschirrtuch um den Bauch, kam herbei, er sah wie ein Italiener aus und erwies sich auch als solcher. Bei Katjas Anblick strahlte er. Er erkundigte sich, ob sie dasselbe wie immer bestelle. Sie nickte und bat um die Karte für mich.

«Das ist Frau Julia, Professorin aus Polen. Sie hält Vorlesungen an der Sorbonne, als Gast», informierte sie den Restaurantbesitzer.

Der nickte verständnisvoll.

«Er heißt Sergio», teilte mir Katja mit, als er sich entfernt hatte. «Er führt diese kleine Kneipe zusammen mit seinem Sohn Adriano, der einfach göttlich aussieht, jetzt allerdings verreisen mußte, weil in Palermo seine Mutter krank geworden ist. Sergio hat eine zweite Frau, eine Französin.»

«Sie sind ja bestens informiert.»

Katja schüttelte den Kopf, daß ihr die blonden Haare ins Gesicht flogen, und strich sie mit ungeduldiger Geste zurück.

«Ich bin oft hier, allein. Meinen Aljoscha bekommt man nur mit einem Pferdegespann aus dem Haus.»

Der Restaurantchef brachte Tortellini mit einer gelborangen Soße für Katja und einen Krabbensalat für mich. Dazu eine Flasche Rotwein.

«Das geht aufs Haus», sagte er. «Zu Ehren Ihres Gastes.»

Katja war hingerissen.

«Sergio, bringen Sie noch ein Glas, und trinken Sie mit uns einen Schluck!»

Der Italiener brachte das Glas, trank im Stehen auf unser Wohl und entfernte sich.

«Die Italiener, das sind so nette Menschen, warmherzig, ein bißchen wie unsere eigenen Leute . . . Die Leute hier dagegen, ho, ho, ohne Stock keinen Schritt näher. Ich kann sie nicht ausstehen, auf Schritt und Tritt unterstreichen sie ihre Überlegenheit.»

«Das hängt doch von dem einzelnen ab», sagte ich.

«Nein, Sie müßten länger in Frankreich leben, dann würden Sie schon Ihre Meinung ändern. Die französische Provinz, das ist für den Ausländer eine Falle. Und ich stecke mit Aljoscha schon seit Jahren da drin. In Paris ist das anders. Die Pariser sind eine andere Gattung, nicht solche Chauvinisten . . . Köstlich diese Tortellini», plapperte sie.

Doch ich nahm ihr das nicht übel. Sie redete zwar wirklich ein bißchen viel, doch ich wußte, woher das kam. Es verlangte sie nach menschlicher Gesellschaft, ihr Mann war eher ein Eigenbrötler und ein wortkarger Mensch noch dazu.

«Kennen Sie eigentlich Nadja?» wagte ich endlich zu fragen.

«Nein, bloß vom Hörensagen. Aber Muski kennt sie und hält nicht viel von ihr. Sie soll ziemlich dumm sein.»

«Sie ist jung.»

«Nun ja, aber Sascha, der ist ein Gehirnakrobat, der braucht ein bißchen mehr als bloß Jugend.»

Aber Jugend vor allem anderen, dachte ich. Katja aber sagte unerwartet, als hätte sie meine Gedanken gelesen: «Sie haben vielleicht das Buch *Die Männer und die Frauen* gelesen? Das Gespräch Françoise Girouds mit Bernard-Henri Lévy. Hier war das ein Bestseller.»

«Nein, habe ich nicht gelesen», gab ich ehrlich zu. «Und was ist mit diesen Männern und Frauen?»

«Es hat sich alles geändert. Die Frauen wollen jetzt nicht alt werden . . .»

«Das haben sie ja wohl nie gewollt, oder?»

«Schon, aber früher mußten sie, jetzt nicht mehr. Lévy sagt unter anderem, daß er Françoise Giroud vor zwanzig Jahren auf einem Empfang getroffen hat und sich erinnert, welchen Eindruck sie auf die Männer machte und daß sie sich dessen bewußt war. Und da war sie schon sechzig!»

Ganz soweit ist es mit mir noch nicht, dachte ich.

Aleksander hat mich gefragt, ob ich schon mal in Moskau gewesen bin. Ein einziges Mal, zu einem Wissenschaftssymposion, und meine Erinnerungen daran sind ein Alptraum. Ein Hotel, in dem nichts funktionierte; man konnte nicht duschen, denn es kam entweder kochendheißes oder eiskaltes Wasser, man konnte das Fenster nicht öffnen, sonst wäre es zusammen mit dem Rahmen herausgefallen, und wenn man sich endlich ins Bett legte, durfte man das Licht nicht löschen, weil sonst aus allen Ecken Schaben in Scharen gekrochen kamen. Das Essen war ungenießbar. Wurde zum Frühstück Rührei serviert, schwamm es im Fett, der Kaffee hingegen schien der x-te Aufguß zu sein, und zu allem Überfluß war er noch kalt.

Ich erinnere mich an einen Moment, als sich während einer Diskussion ein stockdürrer Mann zu mir neigte – er war ein verdienstvoller Professor und natürlich Kommunist –, meine Hand berührte und feststellte: «Mein Liebes, in diesem Fall haben Sie nicht recht . . .»

Eine solche Redewendung in einer offiziellen Diskussion überraschte, aber entwaffnete mich auch. Obwohl dieser stockdürre Professor ein Dummkopf gewesen sein soll, der die Mitarbeiter seiner Abteilung zur Schnecke machte, empfand ich so etwas wie Sympathie für ihn. Es war im Jahr vierundsiebzig, und ich hatte gerade meinen Doktor gemacht. Ich ging durch Moskau, ohne von Aleksanders Existenz zu wissen. Und wenn wir uns damals begegnet wären, zum Beispiel in einem der Sträßchen des Stadtteils Arbat . . . Ich war jung . . . Nun ja, aber er war noch jünger. Zehn Jahre alt!

Orly. Meine Uhr ist stehengeblieben, ich weiß daher nicht, wie spät es genau ist. Sie ist stehengeblieben, weil ich offenbar mit der Krone irgendwo hängengeblieben bin. Ich habe versucht, sie aufzuziehen, aber die Zeiger bewegen sich nicht mehr. Ganz so, als wollte ich die Zeit anhalten . . .

An diesem Tag hatte ich früher Schluß gemacht. Ich kam von der Haltestelle, als ich auf der anderen Straßenseite Aleksanders Rücken zu sehen glaubte. Ich war sicher, daß er es war. Die vertrauten gebeugten Schultern, die vertraute Jacke mit dem hochgeschlagenen Kragen. Ich beschleunigte den Schritt, als ich die Straße überquerte, ich war schon ziemlich nah, als ich bemerkte, daß er nicht allein war. Neben ihm ging ein Mädchen, groß, schlank, mit glatten Haaren bis zur Taille. Die Geste, mit der er den Arm um sie legte, war mir ebenfalls vertraut. Mein Schritt stockte mitten auf dem Bürgersteig, Passanten stießen mich an. Aber was hast du denn erwartet? ging es mir durch den Kopf.

Schließlich wandte ich mich in Richtung Hotel, schwerfällig einen Fuß vor den anderen setzend. Verblüfft stellte ich fest, daß Aleksanders Schlüssel nicht am Brett hing. Der Portier erklärte mir, daß Monsieur Razumski oben sei. So schnell war er wieder zurück?

Und ich sah erneut seinen Rücken, nur diesmal im Jeanshemd. Er saß am Computer.

«Bist du schon lange hier?» Meine Stimme klang fremd.

«Seit einem halben Jahr . . .»

«Warst du weg?»

«Nein.»

Er betrachtete mich aufmerksam.

«Was ist passiert? Warum bist du so blaß?»

Ich zögerte, ihm die Wahrheit zu sagen.

«Ich habe etwas Merkwürdiges erlebt . . . ich glaubte, dich auf der Straße zu sehen. In Begleitung eines jungen Mädchens.»

«Und warum machst du dann ein Gesicht, als hättest du ein Gespenst gesehen?»

«Ich habe gedacht, daß das ganz natürlich ist.»

Wir sahen uns an. Er stand auf, trat zu mir, und plötzlich zog er mich an sich. Ich fühlte seinen rauhen Pullover an der Wange, hörte seinen Herzschlag. Sein Herz schlug kräftig und gleichmäßig. Einen Augenblick lang verharrten wir so, und dann zog ich mich zurück. Oder eher: Ich floh in mein Zimmer. Ich hörte sein Herz, wie es in der Brust flatterte. Mit mir gingen Dinge vor, auf die ich keinen Einfluß hatte oder wenn, dann nur einen verschwindend geringen. Ich spürte meinen Körper als etwas sehr Schmerzhaftes, steckte bestürzt darin, weil es keine Fluchtmöglichkeit gab.

Kurz darauf kam Aleksander ohne anzuklopfen in mein Zimmer. Sein Gesicht war zornig, verschlossen.

«Du mußt keine Angst um deine alte Tugend haben», höhnte er. «Nur soviel wollte ich dir noch sagen.»

Er machte kehrt und verließ türknallend den Raum.

Und ich? Fühlte ich mich gedemütigt? Nein, nicht wirklich. Da war eine Art Erleichterung. Daß ich nach dem, was er gesagt hatte, wieder sicher war. Großartig, daß das so gekommen war. Der körperliche Annäherungsversuch wäre eine viel größere Demütigung gewesen. Er hätte mich ohne Kleidung gesehen, meine Haut berührt . . . Er hat gesagt, daß es ihm egal ist, ob ich jung bin oder alt . . . doch das waren nur Worte. Er hatte seine Vorstellung von mir, hatte bereits mein fertiges Abbild, irgendwo zwischen Jean Seberg und Emma Thompson. Die Wahrheit war eine andere, schlimmere, und sie lag eingeschlossen in der Zahl meiner einundfünfzig Jahre.

Er hat sich ganz einfach geirrt. Er mag meine Gesellschaft, weil er die Gesellschaft von Frauen überhaupt mag. Einmal hatte er mir von einer Begegnung erzählt. Mit der Frau eines exzellenten Historikers, den man während der Säuberungen wegen Fehlinterpretation der Herrschaft Zar

Peters I. erschossen hatte. Sie schickte man ins Lager, dort verbrachte sie fünfundzwanzig Jahre ihres Lebens, kehrte nach Moskau als eine alte, kranke Frau zurück. Niemand wartete mehr auf sie, die Tochter, die nach ihrer Verhaftung ins Waisenhaus gekommen war, war an der Schwindsucht gestorben. Aleksander besuchte sie, weil er Material für eine Arbeit über ihren Mann sammelte. Sie schlug ihm einen Spaziergang vor. Mit Sicherheit fürchtete sie, abgehört zu werden. Es war ein frostiger Tag, die Sonne schien. Als sie irgendwann an einer Eisfläche vorbeikamen, konnte die Frau des Professors nicht widerstehen und schlitterte auf ihren Schuhen über das Eis. Angesichts seiner Miene lachte sie, und die Fältchen in ihrem Gesicht strahlten mit. «Was wundern Sie sich denn so, Sascha», sagte sie. «Man muß das Leben lieben, trotz alledem.»

«Und mir kommt es so vor, als liebtest du das Leben nicht», hatte er mit Bedauern festgestellt.

«Ich liebe mich selbst nicht.»

So lautete meine Antwort. Daß ich mich selbst nicht liebe. Und es ist die Wahrheit, niemals habe ich mich gemocht, nicht einmal in der Jugend. Mich selbst im rein physischen Sinn oder als Persönlichkeit. Wenn ich viel las, wenn ich mit meinen Gedanken anderswo weilte, pflegte die Rückkehr zur Realität schwierig zu sein. Ganz so, als träfe ich mit jemandem zusammen, den ich überhaupt nicht treffen mochte. Und dabei handelte es sich um meine eigene Person! Also lief ich weg, lief immer häufiger vor mir davon, vor dem, was um mich herum war. Die mit den Sinnen aufgenommene Welt schrumpfte und beschränkte sich eigentlich auf die Vergangenheit, die Kindheit.

Ein solcher Morgen ist mir im Gedächtnis haftengeblieben ... Nach strömendem Regen war die Sonne hervorgebrochen. Es war sehr warm, die Erde dampfte; aus dem Inneren der schwarzen Gartenbeete kamen graue Dampffähnchen heraus, kringelten sich in der Luft und verwehten allmählich. Ich lief am Plankenzaun entlang, wo die verwilderten Himbeersträucher wuchsen. Ein dichtes, ineinander verworrenes Geranke. Ohne auf das stachelige, sich an der Kleidung festhakende Gezweig zu achten, kroch ich mitten hinein in einen dieser Sträucher und pflückte, die Zweige zu mir herunterbiegend, ihre Himbeeren mit den Lippen. Ich zog dabei den Hals ein, denn die eisigen, lockeren Tropfen, die auf den Früchten und Blättern saßen, glitten mir in den Kragen. Der Schauder, den die Wasserbächlein, die über meine nackten Schultern rieselten, hervorriefen, verschmolz mit der Süße der Himbeeren im Mund. Diese beiden Empfindungen, angenehm und unangenehm zugleich, versetzten mich in einen Zustand fieberhafter Erregung. Händeweise stopfte ich mir nun die Himbeeren in den Mund, ohne darauf zu achten, daß mir der Saft übers Kinn lief und Flecken auf meinem Kleid hinterließ. Zu keinem Zeitpunkt habe ich später so intensiv empfunden wie damals, als ich, von unbezähmbarer Gier befallen, alle Himbeeren aufessen wollte.

Am Tischchen nebenan saßen jetzt zwei Amerikanerinnen in schwer definierbarem Alter. Sie konnten ebensogut Altersgenossinnen von mir sein als auch auf die Neunzig zu gehen. Alles wegen dieser Hormone, die die Jugend verlängern, aber es ist eine Jugend in mieser Qualität. So wie die Kleidungsstücke, die die Amerikanerinnen tragen. Neckische Röckchen, grellbunte Jacken, Schuhe aus dem Supermarkt. Am schlimmsten sind jedoch die Gesichter, faltenlos, aber auch ohne jegliche Individualität, wie Masken aus dem Wachsfigurenkabinett.

Fasziniert ruht mein Blick auf diesen Frauen. Daß man so aussehen kann, daß man ein solches Selbstbewußtsein haben kann! Sie erzählen sich etwas, lachen, wobei sie lebhaft gestikulieren und ihre zahlreichen Armbänder klimpern lassen. Ohrringe baumeln in ihren Ohren. Mutanten des ausgehenden zwanzigsten Jahrhunderts, denke ich. Gut, sehr gut, daß ich nicht geschafft habe, mit meiner eigenen Verjüngungskur zu beginnen . . .

Ich floh, lief vor dem richtigen Leben davon, doch immer war das nicht möglich. Damals war ich im fünften Studienjahr, die Kommilitoninnen aus dem Studentenwohnheim hatten ihre Jungs, sie gingen zu «Strippartys», und später erzählten sie davon. Sie lachten mich aus, weil ich mit meiner Jungfräulichkeit angäbe. Schließlich luden sie einen Freund von einem Freund ein. Wir beide sollten ein Paar abgeben. Und so fing ich an, mich mit ihm zu treffen, ohne mich recht entscheiden zu können, ob er mir eigentlich gefiel oder nicht. Ich gefiel ihm offenbar, denn er rief häufig an, lud mich ins Kino ein. Schließlich und endlich fand ich mich in seinem Zimmer wieder. Als ich zu ihm ging, wußte ich, was passieren konnte. Was beinah mit Sicherheit passieren würde. Aber ich wollte das endlich hinter mir haben. Ich spürte weder Furcht noch Neugier, vielmehr Entschlossenheit. Sofern meine Studienkolleginnen das hinter sich gebracht hatten, wollte ich das auch. Wir tranken billigen Wein, der mich leicht schwindelig machte. Und dann begann er mich sehr unbeholfen zu küssen, seine Hand wanderte unter meinen Rock. Ich ließ es zu, während ich die ganze Zeit kühl registrierte, was da mit mir vor sich ging. Eigentlich mochte ich ja diesen Jungen nicht, zu dieser Zeit hatte ich mich bereits zu der Einsicht durchgerungen, daß er mir nun doch nicht gefiel. Er war ein Milchbart, hatte leichte Akne und eine helle Haarspur über der Oberlippe. Irgendwie war es unnatürlich, wie ich ihn behandelte. Ungeduldig sah ich zu, wie er sich mit seiner eigenen Kleidung abmühte, seine Füße verfingen sich in den heruntergelassenen Hosen, er verlor fast die Balance. Beim Anblick seines Glieds lebte ich innerlich irgendwie auf, es war groß und angeschwollen. Ich berührte es mit der Hand. Und ich staunte, daß es von einer so glatten, weichen Haut umschlossen war, die wehrlos wirkte. Wehrlosigkeit, wo ich Brutalität erwartet hatte. Ich wußte längst, daß es weh tat beim ersten Mal. Und es tat weh. Vielleicht deshalb, weil er sich so ungeschickt anstellte. Er drang in mich ein, betäubt von der eigenen Begierde. Offensichtlich war es auch für ihn das erste Mal, und die Nähe eines Frauenkörpers berauschte ihn. Er ergoß sich in mir mit einem Schluchzen, das in ein tierisches Geheul überging, dann erschlaffte er und fiel erschöpft neben mir auf den Rücken. Verblüfft stellte ich fest, daß er eingeschlafen war. Ich ging ins Bad mit einem unklaren Schmerz im Unterleib. Als ich mich wusch, bemerkte ich Blut, was mich erschreckte, weil ich dachte, der Junge habe mich innerlich verletzt. Mich weiterhin mit ihm zu treffen, hatte ich keine Lust mehr, auch war ich beunruhigt wegen der ausbleibenden Monatsblutung. Der Junge hatte zwar versprochen aufzupassen, hatte aber nicht aufgepaßt, was kaum verwunderlich war, bei seiner Erfahrung, die so gering war wie meine.

Schließlich ging ich zum Arzt. Als er mich fragte, ob ich die Schwangerschaft aufrechterhalten wollte, wußte ich nicht, was ich antworten sollte. Ich war auf die Mutterschaft nicht vorbereitet, doch brachte ich es nicht über mich, das Leben zu vernichten, das sich bereits in mir eingenistet hatte. Ich rechnete damit, daß sich dieses Problem von allein lösen würde, auf irgendeine wunderbare Weise verschwände oder sich als ärztliche Fehldiagnose erwiese. Nach neun Monaten gebar ich eine Tochter . . .

Jahre später. Die Trennung von Piotr beschloß einen Lebensabschnitt, und ich fühlte mich derart unsicher, daß ich zum Psychoanalytiker ging, was damals gerade Mode wurde. Meine Kolleginnen an der Universität hielten sich auf die Couch zu legen fast für eine Pflicht. Du kümmerst dich um deine Zähne, putzt sie täglich? Und was ist mit deiner Seele?

«Fürchten Sie die Einsamkeit?» fragte er.

«Nein», erwiderte ich nach längerem Überlegen. «Ich bin gern allein und will allein sein.»

Er nickte darauf. «Niemand ist gern allein. Sie denken ganz einfach, Sie müßten es sein. Ihre Erfahrungen mit Männern hatten einen schlechten Anfang. In Ihnen hat sich kodiert, daß ein Mann Kummer bedeutet.»

Ziemlich skeptisch nahm ich seine Theorie auf. Vermutlich verstand ich nicht, erwachsen zu sein, oder ich wollte es vielleicht auch nicht. Das Bild vom Erwachsenenleben einer Frau war mir schließlich durch die Erfahrungen meiner Mutter vermittelt worden, und die erschreckten mich.

Niemals hätte ich es zugelassen, daß Piotr bis zum Morgen bei mir blieb. Stets rief ich ihm ein Taxi. Schon der Gedanke, irgendwer könnte sich am Morgen in der Wohnung tummeln oder im Badezimmer plätschern, nervte mich. Ich brauchte die morgendliche Einsamkeit, um mich auf den Tag vorzubereiten, die Gedanken zu sammeln und mir selber «guten Tag» zu sagen. Letzteres war vermutlich das wichtigste, denn wach wurde ich meist in nicht eben guter Stimmung, voller Vorbehalte gegen mich selbst wegen des vorausgegangenen Tages, den ich meiner Meinung nach nicht so genutzt hatte, wie ich ihn hätte nutzen sollen. Irgend etwas hatte ich nicht erledigt, anderes nur ungenügend. Und die Zeit lief davon ... Die so erbarmungslos verrinnende Zeit stellte sich mir als eine Tragödie dar, nicht weil ich jedesmal einen Tag älter wurde, sondern weil ich nicht imstande war, sie nachzuholen. Und jetzt kam es vor, daß ich bei Tage gedankenverloren auf dem Bett lag ... Das wäre früher undenkbar gewesen. Doch so viele Dinge waren einmal undenkbar für mich. Ich konnte mich an mich selbst vor Paris kaum mehr besinnen. Selbst mein Aussehen hatte sich geändert. Ich trug zuvor die Haare lang, und wieviel Zeit mich der kunstvoll aufgesteckte Dutt kostete! Ich mußte immer eine halbe Stunde früher aufstehen, um aus mir eine gesetzte Matrone zu machen. Von jener Frau hatte ich mich so weit entfernt, daß ich nicht einmal den Versuch unternahm, sie zu verstehen. Jene Julia hatte sich ihren eigenen Orden geschaffen, dessen Priorin sie selbst gewesen war.

Eine Frau mit erschöpftem grauem Gesicht setzt sich zu mir. Zwei tiefe Falten um den Mund lassen sie alt aussehen. Sie trinkt Kaffee und starrt vor sich hin. Ich würde bestimmt auch so aussehen, wenn ich Aleksander nicht kennengelernt hätte, und bestimmt würde ich keine Ahnung davon haben, daß ich etwas Wichtiges verpaßt hätte.

Obwohl . . . das Aufblitzen gewisser Ahnungen hatte es schon früher ab und an gegeben. Bald nach meiner Ankunft in Paris war ich von einer Kollegin an der Sorbonne zum Abendessen eingeladen worden. Sie lebte mit ihrem Mann in einem eleganten Stadtteil. Sie besaßen ein schönes Haus. Ihr Mann war ein bekannter Arzt. Chef einer gynäkologischen Klinik. Ein zauberhafter Mann, wie sich herausstellte, geradeheraus, Güte und Herzlichkeit ausstrahlend. Damals dachte ich, daß ich mich, hätte ich einen solchen Mann an meiner Seite, sicher fühlen könnte. Dieses Gefühl war mir unbekannt, stets hing irgendwo Gefahr in der Luft, die mich oder Ewa bedrohte. Vielleicht hegte ich deshalb Groll gegen Ewa, weil sie sich jemanden zum Lebensgefährten gewählt hatte, der nicht imstande war, ihr diese Sicherheit zu gewähren. Wenigstens eine von uns hätte eine solche erleben sollen. Und Ewa hatte ja selbst gesagt, daß Grzegorz jeden Augenblick von einem hohen Baum fallen und sich schlichtweg zu Tode stürzen oder bis ans Lebensende zum Krüppel werden konnte . . .

Auch meine Verbindung mit Aleksander bedeutete keine Sicherheit.

Orly, acht Uhr fünfundvierzig

Die Flüge nach Genf, Rom und Brüssel sind aufgerufen, daher hat sich die kleine Bar geleert. Die Frau, die hier eine Weile neben mir gesessen hat, hat einen Handschuh verloren. Ich sehe ihn auf dem Fußboden neben dem Tisch liegen. Ich weiß nicht, warum mich diese Bagatelle aus dem Gleichgewicht bringt. Ich bin den Tränen nah. Wie ein in einer Menschenmenge verlorenes Kind, so fühle ich mich. Wie ausgesetzt. Dabei war ich es doch, die den Koffer gepackt, die sich davongemacht hat. Er weiß es längst. Seit ein paar Stunden. Nicht sie ist der Grund gewesen. Ich wäre ohnehin gegangen. Ich habe von Anfang an gewußt, daß der Tag kommen würde. Ich wußte nur nicht, daß sich alles als so schwierig erweisen würde. Schwieriger noch zu ertragen als Reims . . .

Nach dem Wortwechsel sahen wir uns mehrere Tage nicht. Ich war ihm immer noch dankbar, daß er etwas gesagt hatte, was weitere Kontakte zwischen uns erschwerte. Vielleicht werden wir wieder miteinander reden, dachte ich, doch ganz sicher kehren wir nicht zu der früheren Vertrautheit zurück, die für mich hätte tragisch enden können. Denn was wäre gewesen, wenn ich mich am Ende doch noch vor ihm ausgezogen hätte . . .

Ich lag auf dem Bett und sah meine Aufzeichnungen durch, als er klopfte.

«Darf ich?»

«Bitte.»

Auch er hielt Notizen in der Hand. Er trug einen losen grauen Sweater mit V-Ausschnitt, dazu Jeans. An den bloßen Füßen Holzlatschen. Das schien mir unpassend. Nachdem unsere Beziehung so förmlich geworden war, hätte er wirklich nicht ohne Socken zu mir kommen sollen!

«Weißt du, ich hab da ein Problem . . . Mein Held hat als junger Bursche an den Anfang seines ersten Tagebuchs ein

Volkslied gesetzt . . . von ziemlich bedeutsamem Inhalt . . . Und ich weiß nun nicht, ob ich es dem Text beifügen oder es nur erwähnen soll.»

«Kannst du es mir mal zeigen?»

Bereitwillig schob er mir ein Blatt Papier zu.

Mit der Flusseswelle
Über die Kasanka
Schwimmt ein grauer Enterich.
Am Ufer entlang,
Dem gewundenen Ufer,
Geht ein wackrer junger Mann.
Seinen Haaren,
Seinen blonden Haaren,
Erzählt er etwas, immer wieder . . .
An wem wird es sein,
Meine Haare,
Meine hellblonden Haare zu kämmen?
Meine blonden
Haare kämmen
Wird ein altes Weib.
Doch ob sie kämmt,
Die Haare glättet,
Sie wird sie nur ausreißen.

«Das ist ungewöhnlich, daß er sich das notiert hat», sagte ich.

Aleksander lächelte.

«Er hatte immer ein Gefühl für den Tod.»

«Selbst in so jungen Jahren?»

«Sie alle hatten das, die ganze Familie.»

Ich versuchte, seinem Blick auszuweichen.

«Könnten wir nicht rasch was essen gehen?»

Ich schüttelte den Kopf, sah ihn noch immer nicht an.

«Hast du keinen Hunger, oder willst du nicht mit mir aus dem Haus?» fragte er aggressiv.

«Ich habe zu tun. Vorlesungsvorbereitungen.»

«Ich habe auch zu tun, aber außerdem möchte ich gern einen Happen essen. Vielleicht gehen wir rüber zu unserem Vietnamesen?»

Endlich sah ich ihn an.

«Nein!»

«Warum?»

«Einfach, nein!»

Einen Moment lang maßen sich unsere Blicke.

«Und wenn ich mich entschuldige?»

«Bei mir mußt du dich nicht entschuldigen.»

«Ich muß nicht, aber ich will!»

Orly, neun Uhr

Ich bestelle den nächsten Kaffee.

Er sagte manchmal Dinge, die mich verletzten. Doch ich wußte, wie er war. Schwierig, wollte seinen Willen durchsetzen. Schließlich ging ich mit ihm zum Vietnamesen.

«Eigentlich weiß ich nichts weiter von deiner Tochter, als daß sie kein Fleisch ißt», sagte er, als wir Platz genommen hatten.

«Das ist das Wichtigste, was man von ihr wissen muß. Sie, ihr Mann und die Kinder sind Vegetarier. Und das ist keine Frage der Diät, sondern einer Lebensphilosophie, die mir vollkommen fremd ist.»

«Aber Kalbfleisch ißt du nicht!»

«Das gilt auch für Straßburger Pasteten.»

Bei einem Streit hatte Ewa geschrien, falls ich sie besuchen wolle, bitte sehr, allerdings verbitte sie sich jeglichen Kommentar über die Leere im Kühlschrank und daß sie die Kinder hungern lasse.

«Weißt du, daß Fleisch Gift ist? Die Tiere sondern vor

dem Tod Toxine ab. Schon das Alte Testament spricht davon: ‹Und das Fleisch der Tiere wird zu eurem Grab.›»

«Du liest das Alte Testament?»

«Nicht ich, Grzegorz.»

Grzegorz. Warum hatte sie sich ausgerechnet in diesen Mann verliebt? Einmal hat sie mir erzählt, daß ihr Mann die Vision von einer seiner vorigen Inkarnationen gehabt habe. Er sah sich als mittelalterlicher Ritter. Auf einem Hügel. Hoch zu Roß, in einer Rüstung, den Kopf tief gesenkt ... Das würde erklären, weshalb er immer so düster ist. Und sie ist das genaue Gegenteil – hell, voller Sonne – und voller Güte. Irgendwer hat einmal von ihr gesagt: «Ewa ist voller Sonne.» Woher diese Sonne in ihr? Ich habe sie ihr mit Sicherheit nicht gegeben.

Ich sollte sie benachrichtigen, daß ich zurückkomme. Vielleicht möchte sie mich vom Flughafen abholen? Doch würde ich in meinem augenblicklichen Zustand meiner Tochter begegnen wollen? Und was werde ich ihr sagen? Daß das mit dem Wohnungmieten und das mit der Liebe nur die Probe für ein Leben war, das nicht gelang?

An jenem Tag hatten mich die Studenten nach dem Seminar zum Wein eingeladen, was ich gerne annahm, weil es die Rückkehr ins Hotel hinauszögerte. Inzwischen kehrte ich mit Bangen dorthin zurück. Das Verhältnis zwischen Aleksander und mir war angespannt; es war jetzt soweit, daß ich, wenn ich auf dem Flur Schritte hörte, Angst hatte, daß er es war. Ich fürchtete, er könnte in mein Zimmer eindringen und etwas Unberechenbares tun. Vielleicht fürchtete ich ja mich selbst ...

Wir hatten einen Tisch auf der Straße vor einem kleinen Café auf dem Place Saint-Michel eingenommen, von meinem Platz aus konnte ich den Springbrunnen sehen, wo ein heiliger Michael aus Stein verbissen mit dem Drachen kämpfte.

«Ich habe gestern in einem Kino am Stadtrand Wajdas *Der Ring mit dem gekrönten Adler* gesehen, doch offenbar lag dem Regisseur das Thema nicht», sagte einer der Studenten.

«Ich glaube eher das Gegenteil, deshalb ist ihm der Film nicht gelungen», entgegnete ich. «Es ist doch allgemein bekannt, daß ein Chirurg keinen aus seiner Familie operieren sollte.»

Ein anderer meiner Studenten, Michel, den seine Kommilitonen Mischa nennen, verzog den Mund. «Es gibt eine Szene, wo die Sowjets einen Transport polnischer Soldaten von der Heimatarmee nach Sibirien schicken und ihnen befehlen, auf dem Perron zu knien. Ein Güterwagen fährt ein, die Männer rutschen auf den Knien heran und kriechen in die Waggons, dabei singen sie ein mittelalterliches Lied der polnischen Ritter . . . Hätte ich eine solche Szene im Drehbuch gelesen, hätte ich Gänsehaut bekommen, aber im Film, verdammt noch mal, war sie lächerlich.»

«Warum mußten die knien?»

«Damit die Sowjets ihrer leichter Herr werden konnten», erklärte Michel hochmütig. «Das waren alles hervorragende Soldaten.»

«Sie interessieren sich für Kino?» fragte ich und dachte daran, daß meine erste Auseinandersetzung mit Aleksander um diesen Film ging, schade, daß es nicht gerade diese Szene war. Das hätte mein Vater sein können, der da im Dreck kniete, und Aleksanders Vater, mit dem Maschinengewehr über ihm stehend . . . Dieser kleine Streit war so lange her. Sieben Monate! präzisierte mein Gehirn, dieser Buchhalter, der sich nicht irrte. All meine Fehler und Verfehlungen trug er zusammen und maß, was schlimmer war, skrupulös die Zeit seit der Stunde meiner Geburt. Du zählst fünfzig Jahre, fünfzig Jahre. Und er ist dreißig!

«O ja!» antwortete an Michels Stelle ein dunkelhaariges pausbackiges Mädchen wie damals Nadja für Aleksander.

«Er hat Polnisch gelernt, um die Dialoge in *Das Messer im Wasser* zu verstehen. Polanski ist sein Idol.»

«Mein ehemaliges Idol», stellte der junge Mann richtig. «Amerika hat ihn fertiggemacht.»

«Gott gebe einem jeden Regisseur einen Film wie *Rosemaries Baby*!»

Ich hörte der Diskussion zu, ohne daran teilzunehmen. Ich fühlte mich immer fremder unter diesen jungen Leuten. Gleich würden sie von hier fort und zu sich nach Hause gehen. Und ich, welches Zuhause hatte ich schon? Hier gab es das Hotel . . . Unwillkürlich schaute ich Richtung Springbrunnen und sah Aleksander. Er stand vor dem geflügelten Drachen, und von meinem Platz aus gesehen, hätte man meinen können, die steinernen Flügel wüchsen ihm aus dem Kopf. Mir schien, als begleiteten ihn zwei junge Mädchen, doch die entfernten sich gleich darauf.

Also war er hier ebenfalls allein. Er sah mich wohl nicht. Er, dieser König des Lebens, wirkte in der Menschenmenge genauso verloren wie ich. Er verschwand kurz darauf, doch sein Anblick hatte meine Stimmung umschlagen lassen. Rasch verabschiedete ich mich von meinen Studenten und machte mich Richtung Hotel auf. Ich rannte beinahe. Doch er war nicht da. Sein Schlüssel hing am Schlüsselbrett.

Orly, neun Uhr vierzig

Ich könnte Ewa von der Telefonzelle aus anrufen, sie vorwarnen, daß ich zurückkomme. Und sagen, daß ich seit Stunden auf dem Flughafen sitze. Das würde wenigstens für einen Moment meine Einsamkeit unterbrechen; einer außer mir selbst würde wissen, was mit mir vor sich geht. Ich würde aufhören, so entsetzlich anonym zu sein. Und wenn ich ihn anriefe?

So konnte das nicht bleiben. Irgend etwas mußte unternommen werden. Am besten, ich zöge in ein anderes Hotel. Oder er. Aber das waren bloß fromme Wünsche. Keiner von uns beiden konnte von hier weg.

Er klopfte bei mir und sagte, ich solle zur Pizza kommen. Aber schnell, weil sie sonst kalt werde.

Wir saßen uns am Tisch gegenüber, später machte er Tee. Ich bemerkte, daß ihm die Hände zitterten.

«Ich bin kein Mann mehr», sagte er in scherzhaftem Ton. «Du hast mich impotent gemacht, das, was ich in der Hose habe, eignet sich nur noch zum Pipimachen.»

Sein Gesichtsausdruck änderte sich plötzlich dermaßen, daß ich erschrak.

«Willst du mal fühlen?» fragte er, packte meine Hand und versuchte, mich an sich heranzuziehen.

Ich riß mich los und schlug ihm ins Gesicht. Er schlug zurück. Der Schlag war so kräftig, daß ich taumelte. Und mein erster Gedanke war, daß er die Schlaffheit meiner Haut gespürt haben mußte. Es schlägt sich anders auf eine junge Wange!

«Raus», sagte er. «Ich habe noch nie eine Frau geschlagen.»

Ohne ein Wort fing ich an, mich auszuziehen. Er stand reglos da und sah mich an. Sah, wie ich erst die Bluse auszog, dann den Rock, wie ich den Büstenhalter aufhakte und ihn zu Boden fallen ließ. Ein wenig später war ich nackt. Jetzt wußten wir beide, wie ich aussah . . .

Orly, zehn Uhr

Ich telefoniere nach Polen. Fühle das Bedürfnis nach einem Gespräch, einem gewöhnlichen Gespräch. Hauptsache, mit irgendwem reden. Den Anruf nimmt Ewas Schwiegermutter entgegen.

«Die Tochter ist einkaufen», höre ich, «in einem Stündchen ist sie bestimmt wieder zurück.»

Im Hintergrund Kinderstimmen, Schäkereien. Sogar Streitereien, scheint es.

«Seid still», weist meine Gesprächspartnerin die Kinder zurecht. «Eure Großmama ruft aus Paris an. Soll ich Ewa was bestellen?»

«Nein. Bloß daß ich angerufen hab.»

Ich hänge den Hörer ein. Das ist ein so fremdes Leben dort, am anderen Ende der Telefonleitung.

Warum habe ich das damals getan, warum habe ich mich vor ihm ausgezogen? Wohl deshalb, weil mir nichts Schlimmeres mehr passieren konnte. Aber vielleicht hatte das auch gar nichts mit Sascha zu tun? War vielleicht ein Element der Beschäftigung mit dem eigenen Körper, der mir in letzter Zeit eine Menge Ungelegenheiten bereitet hatte. Seit einer Woche vermittelte mein Leib, mein Unterleib, den Eindruck, als füllten ihn glühende Kohlen aus. Etwas forderte er, machte er geltend. Nackter Instinkt warf mich einem jungen Mann in die Arme. Ich vermochte an nichts anderes zu denken. Das war es, warum ich ihn geschlagen habe.

Mit übermenschlicher Konzentration beobachtete ich, wie er sich auszog. Ich spürte neben mir diesen schlanken, muskulösen Körper, ich erbebte, und Entzücken erfaßte mich. Seine Brust war mit weichem goldblondem Haar bewachsen, und dieselbe Farbe hatte das Haar zwischen seinen Beinen. Ich wagte, die Hand dort hinzulegen.

«Siehst du», sagte er, «nichts tut sich. Es hat zu lange gedauert . . .»

Doch es war durchaus nicht so, wie er sagte. Unter meinen Fingern erhob sich heftig seine Männlichkeit, schwoll in meiner Hand. Ein Leben für sich, das gleichzeitig in enger Verbindung mit mir stand, mit meiner Gegenwart.

Verwunderung. Das, was ich empfand, war eine allumfassende Verwunderung. Obwohl Sascha schlief, hielt er mich immer noch fest an sich gedrückt, als fürchte er, ich könnte fliehen, ihm entschlüpfen. Was zwischen uns geschehen war, hatte größeres Gewicht als meine Ängste, meine Gewissensbisse ... Gegenüber wem? Vielleicht gegenüber diesem jungen Körper neben mir ... Schon kurz vor der Schwelle zum Alter, erfuhr ich erst jetzt, was körperliche Liebe sein konnte. Ich, so verschlossen und einzelgängerisch in meinem bisherigen Leben, öffnete mich auf einmal für die Liebe, die ich mit meinem ganzen Selbst empfing. Die Berührung ließ meinen Körper beben. Ich zitterte, die Zähne schlugen aufeinander, ganz so, als sei ich schwerkrank. Ich fühlte keine Scham wie früher in solchen Situationen, nur Begierde. Verlangen nach Annäherung, nach diesem Akt der Hingabe an einen Mann, der Staunen machte. Nichts war mir aus meinen bisherigen Erfahrungen mit Männern vertraut, alle Erfahrungen, alle Empfindungen waren neu. Zum erstenmal erfuhr ich die Liebe von der Mitte her, aus meinem eigenen Inneren. Die Ahnungen, die mich begleiteten, wenn ich in der Literatur Schilderungen des Liebesaktes las, hatten sich hier bewahrheitet. Was es heißt, einen Mann wahrhaft zu lieben, das erfuhr ich nun.

Gleich einem süßen Äpfelchen hoch oben im Wipfel des Baumes, rotglänzend im Geäst, den nicht gewahrten oder nicht erreichten die, die die Äpfel gepflückt.

Ich, ja ich, hatte ihn erreicht ...

Orly, zehn Uhr dreissig

Seit geraumer Zeit beobachte ich die Frau am Nachbartisch. Das könnte eine Methode sein, um die Stunden hier durchzustehen: mich in andere Leute versetzen, um vor mir selbst zu fliehen. Die Dame neben mir mag um die Sechzig sein, elegante Kleidung, sorgfältig frisiert, die Haare ungefärbt. Ich hätte nicht den Mut, mich zu meinen grauen Haaren zu bekennen, schon lange blondiere ich sie mir. Selbst vor Aleksander habe ich sie blondiert. So werde ich jetzt von meinem Leben denken. Mein Leben vor ihm, mit ihm und ohne ihn . . .

Ratlosigkeit. Das, was mit meiner Liebe beinah von Anfang an einherging, war Ratlosigkeit gegenüber dem, was sich da vollzog. Ich mußte mich dreinschicken, das war ein Befehl, der irgendwoher tief aus meinem Körper kam. Mit einem Mann zusammensein. Mit diesem Mann zusammensein. Das zählte jetzt vor allem anderen. Folglich war ich mit ihm zusammen, ohne recht zu wissen, was das für mich und auch was es für ihn bedeutete. Sascha sprach nicht von Liebe. Aber ich wußte, daß er mich begehrte, ich fühlte es, wenn ich ihn Nacht für Nacht neben mir hatte. Wir schliefen zusammen auf seinem unbequemen, schmalen Bett. Unser Hotelleben bekam Züge von Normalität. Wir hatten unsere Küchenecke, wo wir warme Abendessen zubereiten konnten, hatten ein Badezimmer, wo auf der Leine Aleksanders Hemden und Socken trockneten und auch meine Unterwäsche. Unsere Zahnbürsten standen unter dem Spiegel nebeneinander. Es war der Ausschnitt ehelichen Lebens, der mir für den Rest des Lebens genügen mußte. Wenigstens hatte ich erfahren, wie das ist, wenn man es mit einem anderen Menschen teilt. Saschas Anwesenheit störte mich nie, eher seine Abwesenheit. Wenn ich mich auf meine Vorlesung vorbereitete, lagen wir zumeist auf dem Bett. Ich lehnte den Kopf an seine Brust, und er hielt über meinem Kopf das Buch, das er gerade las. So konnten wir stundenlang ohne ein Wort daliegen. Wichtig war allein die körperliche Nähe, das Fühlen der Haut, ihrer Wärme. Der Geschlechtsakt bildete eine Art Ergänzung, Vervollständigung jenes Fühlens, wir streiften hastig unsere Kleidung ab, und er versenkte sich in mich. Ich umschlang mit meinen Schenkeln seine Hüften, so fest ich nur konnte, bat ihn, sich einen Augenblick lang nicht zu bewegen. Das waren die wichtigsten Momente meiner Liebe. Ganz so, als wäre mir gelungen, die Zeit anzuhalten . . . Die Liebe wurde zu einer Brücke, die in mir all die Ebenen verband, die bis zu diesem Zeitpunkt nicht zusammengepaßt hatten. Jetzt war ich ich, ganz einfach ich. Zwischen mir und meinem Körper gab es vorübergehend einen Waffenstillstand.

Eines Tages hatte ich auf dem Heimweg von der Universität Einkäufe gemacht, unter anderem eine Zweiliterflasche Coca-Cola für Aleksander besorgt. Obwohl die Einkaufsnetze schwer waren, benutzte ich nicht den Hotelfahrstuhl, er war eng, und oft ging das Licht aus, außerdem hatte ich Angst, zwischen den Stockwerken steckenzubleiben. Ich stieg also die Treppe empor, und auf einmal hatte ich einen süßlichen Geschmack im Mund, dann wurde mir schwindelig. Ich ließ die Netze los. Ein Ohnmachtsanfall. Ich erhob mich gleich wieder, doch mir zitterten die Knie. Ich sammelte die verstreuten Sachen wieder ein, wagte es aber nicht, beide Netze gleichzeitig zu tragen. Das eine stellte ich auf der Treppe ab und holte es dann später. Stört mich nicht, dachte ich feindselig. Doch gegen wen war diese Feindseligkeit gerichtet?

Orly, mittags

Seit sieben Stunden bin ich nun hier, durchwandere diesen Moloch, wechsele die Plätze. Bereite mich auf die nächste Etappe meiner Flucht vor. Auf den Abflug. Ich habe noch ein bißchen Zeit, um darüber nachzugrübeln, wer ich sein werde, wenn ich in Warschau aus dem Flugzeug steige.

Reims . . . Zwei Skulpturen. Zwei Frauen. Maria und die heilige Elisabeth. Das Gesicht der Maria, jung, strahlend, schön, ohne jede Falte, ihr Hals gerade wie eine Säule . . . Maria, das ist die triumphierende Jugend. Und die Gestalt der Elisabeth, nicht so üppig und graziös, ein wenig wissend-sarkastisch. Und ihr Gesicht . . . ein plötzlicher Schmerz durchzuckt mich, als ich in das Gesicht einer alten Frau sehe, ein Gesicht, das einen vollkommenen Kontrast zu dem Gesicht daneben bildet, das aussieht, als beschiene die Sonne die Haut. Elisabeths Gesicht ist nachgedunkelt, welk, zwei senkrechte Falten ziehen sich zum Mund, unter den Augen zeichnen sich deutlich Tränensäcke ab . . . Dieser Kontrast der zwei Figuren rief mir plötzlich mit ganzer Grausamkeit die Unterschiede zwischen einer jungen und einer alten Frau ins Bewußtsein . . .

Betäubt betrat ich die Kathedrale, Menschen stießen mich an. Ich fühlte mich erschöpft und ließ mich auf eine der Bänke im Seitenschiff sinken in der Hoffnung, daß mich Aleksander hier finden würde.

Mein Blick schweifte zum Altar. Durch das seitliche Mosaikfenster fiel ein Sonnenstrahl, der einen hellen Fleck auf dem Fußboden malte. Warum altert man nicht von innen heraus, dachte ich mit unvermutetem Groll. Das Altern der Haut wäre dann kein Drama. Meine eigene Haut war zu meinem Feind geworden, den ich zu besänftigen versuchte. Der furchtsame Blick allmorgendlich in den Spiegel, ob sich nur ja nichts zum Schlimmeren verändert habe. Es waren ja nur noch Wochen, eigentlich sogar Tage. Das Ende abzuwarten in einem Jugendgefühl, das Lüge war, denn im Vergrößerungsspiegel für das Make-up sah ich deutlich mein schlaffes Kinn. Zum Glück war es in einem normalen Spiegel nicht so augenfällig, und wenn ich mich gerade hielt – verschwand es. Ich hatte mir eine Kopfhaltung einstudiert, die mich Jahre jünger aussehen ließ.

Eine seltsame Stimmung hatte sich meiner bemächtigt; es

war wie die Stille vor dem Sturm. Vielleicht machte das die Müdigkeit, wir waren sehr früh aufgestanden, dann die Fahrt mit dem von den Rostows geliehenen Auto. Ja, und ich war auch viel umhergelaufen ... Doch das war es nicht, ich spürte einen Druck im Unterleib, und dann lief es mir warm die Beine entlang. Unwillkürlich preßte ich die Schenkel zusammen, sie waren klebrig. Ich hatte Angst, mich zu bewegen und sogar tief Luft zu holen. Der Sonnenfleck auf dem Fußboden war inzwischen bis zu mir gewandert, und so sah ich das dunkle Rinnsal, das sich zwischen den Bänken zur Mitte des Kirchenschiffs schlängelte.

Ich lehnte die Stirn gegen die Bank vor mir und senkte die Lider. Wozu war ich bloß hierhergefahren, ging mir träge und gleichgültig durch den Kopf. Mir war plötzlich völlig egal, was mit mir geschah. Ich konnte hier bleiben und mich zu Tode bluten. Ich würde ganz einfach hinüberdämmern, was für eine Erleichterung!

Von irgendwo neben mir hörte ich flüsternde Stimmen, die jemanden davon in Kenntnis setzten, daß eine Frau von Unwohlsein befallen sei. Ich brachte das nicht mit mir in Verbindung. Eine Berührung an der Schulter riß mich aus der Erstarrung. Ich hob den Kopf und sah den Priester.

«Brauchen Sie Hilfe?»

Der Krankenwagen traf wenige Minuten später ein, ich wurde auf die Trage gelegt. Die Menschen, die sich in der Kathedrale drängten, traten auseinander und gaben den Weg frei. Der Gottesdienst hatte wohl eben begonnen. Mein Transport ins Krankenhaus ging außerordentlich effektiv vonstatten. Der Krankenwagen fuhr eine Rampe hinauf, ein Rollstuhl tauchte auf, in den man mich hineinsetzte. Und danach legte man mich in einem nicht sehr großen, mit verglasten Schränken vollgestellten Raum auf einen gynäkologischen Stuhl, steckte mich in ein Krankenhaushemd, zog mir Manschetten über die Schenkel. Die Beine weit gespreizt und hochgelegt, konnte ich mich nicht rühren.

Der Arzt erschien im grünen Kittel, eine Haube auf dem Kopf, seine Augen hinter dem goldenen Brillengestell waren so kalt wie das ganze Interieur. Nachdem er Gummihandschuhe übergezogen hatte, näherte er sich mir.

«Sprechen Sie Französisch?»

«Ja.»

«Sie sind aus Polen?»

«Stimmt.»

«Und haben Sie irgendwelche Untersuchungen hinter sich?»

«Nein, habe ich nicht.»

«Vielleicht erinnern Sie sich an das Ergebnis der letzten Zytologie?»

Ich starrte ihn an.

«Verstehen Sie, was ich gesagt habe? Vielleicht sollte ich langsamer sprechen?»

Das irritierte mich. «Mein Französisch ist nicht schlechter als Ihres», entgegnete ich, «und Untersuchungen habe ich nicht machen lassen, weil ich keine Zeit dafür hatte.»

«Und von wann sind die letzten Untersuchungen?»

«Von nirgendwann.»

«Und wann haben Sie zum letztenmal einen Gynäkologen zu Gesicht bekommen?»

«Ich erinnere mich nicht. Ich gehe nicht zum Arzt, daß ich ein sehr beschäftigter Mensch bin, habe ich Ihnen bereits gesagt . . .»

Sein Gesicht spiegelte Verblüffung wider.

«Es gibt doch wohl gynäkologische Praxen in Polen? Oder vielleicht nicht? Wenn eine fünfzigjährige Frau sich nicht daran erinnert, in einer gewesen zu sein . . .» Ohne eine Antwort erhalten zu haben, machte er sich an die Untersuchung. Es tat nicht weh, aber das Blut bespritzte ihm Kittel und Gesicht. «Oh, là là, da haben wir ja eine schöne Bescherung», konstatierte er, während er zurücktrat und die blutigen Handschuhe auszog. Er sah jetzt wie ein Fleischer aus.

«Eine Biopsie ist unumgänglich. Wann haben Sie zuletzt gegessen und getrunken?»

«Ich glaube . . . vor einer Stunde, können auch zwei oder drei gewesen sein . . . Dazu müßte ich wissen, wie spät es jetzt ist.»

«Gleich eins.»

«Dann . . . ich habe gegen zehn etwas gegessen.»

«Also müssen wir warten, wir bringen Sie ins Krankenzimmer.»

Ich hob den Kopf, doch der fiel gleich wieder zurück.

«Ich bleibe nicht hier, eher unterziehe ich mich diesem Eingriff in Paris.»

Der Arzt lächelte ein eisiges Lächeln.

«Ich wage zu bezweifeln, daß Sie imstande sind, es bis nach Paris zu schaffen.»

«Aber was fehlt mir denn? Eine etwas intensivere Monatsblutung? Ich habe schon seit längerer Zeit keine mehr gehabt, etwa seit einem halben Jahr . . .»

«Das kann alles sein», erwiderte er betont.

Man brachte mich in ein Krankenzimmer, stach mir schmerzhaft die Infusionskanüle in die Vene. Mein Blick ruhte auf einer weißen Wand. *Tabula rasa*, sinnierte ich – alles ausgelöscht . . . Meine Liebe ausgelöscht. Diese brutale Untersuchung und unsere Liebesakte, etwas Extremeres kann man sich nicht vorstellen. Hände in Gummihandschuhen und die Hände des Geliebten . . . Und wo war er? Wo war jetzt mein russischer Geliebter? Ich wußte nicht, ob ich ihn sehen wollte . . . Und doch hatte ich Tränen in den Augen, als ich ihn erblickte. Sein Gesicht, etwas Vertrautes in dieser erschreckenden Krankenhauswelt.

Er hatte mich gesucht. Er hatte die Sirene des Krankenwagens gehört, aber jemand erklärte ihm, daß ein Mann einen Schwächeanfall erlitten hätte. Endlich drang er bis in die Sakristei vor, und dort erfuhr er die Wahrheit.

«Ich will nicht hierbleiben», sagte ich matt.

«Du mußt. Ich habe mit dem Arzt gesprochen.»

«Ich bleibe nicht hier, gebe nicht mein Einverständnis für den Eingriff. Die Blutung läßt bereits nach, also bring mich in ein Pariser Krankenhaus.»

Aleksander berührte meine Hand, seine Miene war so bedrückt, daß er mir leid tat.

«Du kannst in diesem Zustand nicht fahren, mit dem Auto gibt es Erschütterungen . . .»

«Es sind nur zwei Stunden Fahrzeit. Wenn du mich nicht hinfährst, bestell ich ein Taxi. Ich kenne in Paris einen fabelhaften Arzt . . .»

Ich dachte an den Mann meiner Kollegin von der Sorbonne, Professor Mouilland. Er brachte Kinder auf die Welt, während dieser junge Doktor mit der Goldrandbrille aus meinem Bauch den Tod ziehen wollte.

«Ich habe mein Adreßbuch in der Tasche», sagte ich.

Diesmal hörte Aleksander auf mich, er ging hinaus, und ich schloß die Augen. Die Frauen im Zimmer unterhielten sich, doch ich hörte nicht zu. Was bedeutete dieses Blut . . . Es gibt eine Erzählung von Thomas Mann, die von einer in einen jüngeren Mann verliebten Frau handelt. Eines Tages beginnt die Frau wieder zu bluten. Sie fällt in Euphorie, weil sie glaubt, ihre Jugend kehre zurück . . . Ich hegte solche Illusionen nicht, vielleicht würde ich sterben wie die Heldin der Erzählung . . . Doch der Tod ist ja nicht schlimmer als das Leben, und mit Sicherheit ist er nicht schlimmer als das Alter, das sich mir zur Unzeit in Erinnerung rief. Ich grollte meinem Körper, daß er mir kein glückliches Finale meiner Romanze gestattete. Es waren doch nur noch ein paar Wochen. Was jetzt geschehen war, hätte gut und gerne auch im Flugzeug nach Warschau geschehen können. Das wäre mir dann einerlei gewesen. Jetzt war dem nicht so, Aleksanders Gegenwart verletzte mich. Schließlich war er jung, er konnte ein solches Problem nicht verstehen. Es wäre soviel natürlicher, wenn er seine Frau zur Entbindung brächte. Auch dabei gab es Blut, aber es war ein anderes . . . Als Ewa ihr Töchterchen gebar, lag sie in einer Blutlache . . . Immer ist da Blut . . . immer . . .

Aleksander kam zurück und beugte sich über mich.

«Bist du mit deinem Anruf durchgekommen?»

«Ja.»

«Und?»

«Der Professor hat mit dem hiesigen Arzt gesprochen. Wenn du auf deinem Willen beharrst, bringt dich ein Krankenwagen in seine Klinik, doch besser wäre es, du bliebest hier.»

Man händigte mir meine Kleidung aus, sie war zerknautscht und blutig. Zwischen die Beine hießen sie mich eine dicke Watteschicht legen. Ich mußte eine Erklärung unterschreiben, daß ich auf eigenen Wunsch das Krankenhaus verließ. Ich erklärte auch, daß ich nicht in den Krankenwagen steigen würde, vielmehr im Auto zurückfahren wollte. Das war nun endlich zuviel für den bebrillten Doktor. «Sie wollen Professorin an der Sorbonne sein? Ein Frauenzimmer aus der tiefsten Provinz sind Sie!»

«Sie sind der aus der Provinz!» erwiderte ich eisig. «Und ich habe kein Vertrauen zu Ihnen!»

Aleksander, weiß im Gesicht, als hätte ihn jemand mit Mehl bestäubt, nahm meinen Arm.

«Aber ich fahre doch mit dir mit im Krankenwagen.»

«Nein, wir kehren auf die gleiche Art zurück, wie wir hergekommen sind.»

Der Doktor schnitt eine Grimasse.

«Ich warne Sie! Sie erreichen ihr Fahrziel nicht, wenn sich erneut ein Blutsturz einstellt. Was übrigens sehr wahrscheinlich ist.»

Ich rang mir ein Lächeln ab, obwohl meine Lippen fremd, wie aus Holz, waren.

«Auf jeden Fall scheide ich dann als Privatperson aus dieser Welt und nicht als Ihre Patientin!» erwiderte ich trocken.

Es war bereits dämmerig, als wir von Reims aufbrachen. Die Autoscheinwerfer zauberten einen gelbleuchtenden, vor uns sanft dahingleitenden Fluß: den Fluß des Lebens. Der Wagen glitt durch die Finsternis dahin, ich fühlte mich schläfrig.

Die Augen fielen mir langsam zu.

«Du weißt, daß du nicht schlafen darfst», meldete sich Aleksander. «Du hast mir versprochen, nicht einzuschlafen.»

«Ich schlafe ja nicht, ich träume.»

«Wovon?»

«Von uns . . . von dir und mir . . . Davon, daß du jung und schön bist, und ich bin es ebenso . . .»

Er legte die Hand auf meinen Kopf, chauffierte mit einer Hand.

«Wir haben noch nicht darüber gesprochen . . . Das, was ich für dich fühle, ist ernst, für ein ganzes Leben.»

«Dein ganzes Leben bedeutet etwas anderes als meins . . . Du fährst eine Frau, die gerade daran erinnert wird, daß sie nicht mehr jung ist . . .»

«Das kümmert mich nicht, du, das ist dein Gehirn.»

«Warum liebkost du dann meinen Körper? Der ist schon ganz schön strapaziert. Wie ein Mechanismus, der anfängt, Mängel zu zeigen, die schwerwiegender werden, bis er ganz kaputt ist. Ich will nicht, daß du davon Zeuge wirst, gerade du nicht!»

Ich will keine Zeugen, dachte ich. Ein krankes Tier verkriecht sich in seinem Bau. Gönnt auch mir das.

Aber hatten wir es Titan, Ewas Hund, gegönnt? Titan war eine Dogge, außergewöhnlich schön, sandfarben, mit schwarzer Schnauze. Seine Gestalt zog den Blick an. Er war ein Jahr, als er trotz Impfung an der Staupe erkrankte. Als Folge zog er sich die Fallsucht zu. Die Anfälle quälten ihn oft mehrmals täglich, und zu sehen, wie der Hund von Krämpfen geschüttelt wurde, verstört, ahnungslos, was da mit ihm geschah, war grauenerregend. Nach so einem Anfall erkannte er eine Weile niemanden, einmal erschrak er sich sogar vor seinem eigenen Spiegelbild. Der Ausdruck seiner Augen hatte etwas Menschliches, eine tödliche Mattigkeit barg sich darin . . .

«Du mußt ihn einschläfern lassen», sagte ich.

«Nie! Niemals gebe ich meine Zustimmung!» antwortete Ewa.

Sie brachte ihn zu den verschiedensten Tierärzten, die ihr keine großen Hoffnungen machten, doch immer neue, andere Medikamente verschrieben. Auch ich engagierte mich im Kampf um das Leben des Hundes. Er bekam Händevoll Arzneien, meist schlief er oder schwankte halbwach gegen die Möbel. Die Anfälle wiederholten sich regelmäßig, wenigstens einmal pro Woche. Eine weitere tierärztliche Berühmtheit stellte fest, eine winzige Chance existiere, sie liege darin, daß der Hund noch sehr jung sei. Wenn er ausgewachsen sei, höre die Krankheit möglicherweise auf. Doch es gab keinerlei Garantie.

Eines Sonntags spielte sich vor meinen und Ewas Augen der nächste Akt der Tragödie ab. Wir beobachteten Titan durch die Balkontür. Er tapste durch den Garten, beschnupperte das Gras. Und plötzlich fiel sein Rückgrat in der Mitte ein, der Kopf bog sich nach hinten, und die Hinterbeine begannen zu zittern. Entsetzt sahen wir, wie eine unsichtbare Kraft den Tierkörper zermalmte. Das kranke Gehirn übermittelte den Muskeln falsche Impulse. Der Hund stürzte endlich auf die Seite und fiel in Zuckungen. Aus der Schnauze quoll Schaum.

«Er darf nicht so leiden», sagte ich. «Er wird nicht mehr gesund. Grausam seid ihr beide, ihn solchen Torturen auszuliefern.»

Ich wiederholte das ein ums andere Mal, doch als Ewa anrief und sagte: «Titan ist nicht mehr», zerbrach etwas in mir.

In der Klinik wurde ich bereits erwartet. Professor Mouilland erschien sofort, als man mich in den Operationssaal brachte. Wieder trug ich ein Krankenhaushemd. Und wieder dieser Stuhl und das blendende Licht. Doch wenigstens war jemand in der Nähe, der mir wohlgesinnt war. Der Anästhesist entblößte meinen Arm und legte den Gurt oberhalb des Ellenbogens an. «Es wird Ihnen ein bißchen schwindelig werden, und schon sind Sie eingeschlafen», hörte ich eine freundliche Frauenstimme.

Ein weiter Raum tat sich vor mir auf, eine Wiese vielleicht, aus der Ferne lief ein großes Tier herbei, wohl ein Pferd . . . Nein, das war Titan. Ich sah ihn deutlich. Er bewegte sich im Zeitlupentempo, alle Muskeln angespannt unter dem Fell, die mächtigen Pfoten rissen sich vom Erdboden los und fielen wieder auf ihn zurück. Er hatte einen so schönen, rassigen Körper. Einen breiten Brustkorb, der Bauch hochgewölbt.

«Aber Titan lebt doch schon seit sechs Jahren nicht mehr», hörte ich jemanden Fremdes sagen.

«Wie, er lebt nicht?» wollte ich mich aufregen, doch konnte ich keinen Ton herausbringen.

Und er kam näher. Ich sah seine spitzen Ohren und die eckige Schnauze. Seine menschlich blickenden Augen . . .

Orly, kurz vor dreizehn Uhr

Ich fühle mich schlapp, mein Herz schlägt ungleichmäßig und viel zu schnell. Ich habe zuviel Kaffee getrunken und nichts gegessen.

Nach ein paar Tagen verließ ich die Klinik. Der Professor kam, um sich zu verabschieden, und sagte, daß das Ergebnis der histopathologischen Untersuchung in zwei Wochen abgeholt werden könne.

«Und kann es Krebs sein?» fragte ich tonlos.

«Das vermag Ihnen im Moment niemand zu sagen.»

Aleksander wartete auf mich in der Halle; als ich ihm so auf wackeligen Beinen entgegenging, dachte ich, daß der einzige Grund, der die Anwesenheit eines Mannes in einer Frauenklinik rechtfertigt, ein Neugeborenes ist.

In der kleinen Bar wird es erneut voll, bestimmt wird sich gleich jemand zu mir setzen. Ich sollte von hier verschwinden, aber die zittrigen Knie . . .

«Ich bringe dich zu den Rostows», sagte er. «Ich habe mit Katja schon alles vereinbart.»

«Aber ich kann doch nicht . . . das sind fremde Menschen . . .»

«Das sind keine fremden Menschen, das sind meine Freunde.»

Die Rostows nahmen mich sehr herzlich auf. Katja führte mich nach oben, um mir mein Zimmer zu zeigen. Eine Tür führte hinaus auf die Terrasse, über die sich ein alter Kirschbaum neigte, der gerade in Blüte stand. Sein Geäst war übersät mit zarten weißen Blüten. Sie strömten einen fad süßlichen Duft aus. Dieser Duft besänftigte, beschwor die Kindheit. Im Garten hinter dem Haus auf der Anhöhe hatten ebenfalls Kirschen geblüht.

«Denken Sie nicht an traurige Sachen», sagte Katja, als sie mir Saft auf die Terrasse brachte. «Jetzt heißt es ausruhen und nochmals ausruhen . . .»

Katja schob den Teewagen näher zu mir heran und setzte sich in den zweiten Liegestuhl.

«Ist Aleksander schon gefahren?»

«Nein, er und Aljoscha unterhalten sich, nein, eigentlich zanken sie sich. Wie immer über eine historische Angelegenheit, die keine Menschenseele kümmert. Zum Beispiel, was Iwan der Schreckliche für gewöhnlich zu Mittag aß.

Wenn der eine Grützwurst sagt, wird sich der andere auf Piroggen versteifen ...» Sie machte eine kleine Pause, dann fuhr sie fort: «Ich habe es gern, wenn sich Menschen lieben. So wie ihr beide.»

«Ich bin nicht mehr jung ...»

Die Russin hob, spontan wie sie war, beide Hände, und es sprudelte aus ihr hervor: «Davon darf man nicht sprechen! Nicht einmal denken darf man daran. Aljoscha und ich lieben uns wie verrückt, obwohl er sechsunddreißig Jahre älter ist als ich. Er kann kaum piepsen, den halben Magen haben sie ihm herausgeschnitten, und trotzdem kann er sich die Liebe leisten. Manchmal halten sie uns für Vater und Tochter, doch wir lachen darüber ... So manch ein Junger könnte Aljoscha um seine sexuelle Phantasie beneiden ...»

Aleksander kam auf die Terrasse heraus, und Katja erhob sich rasch, um uns beide allein zu lassen.

Tage verbrachte ich hier. Ich hatte mich davor gefürchtet, daß mir Katja mit Gesprächen zusetzen würde, doch sie ließ mich in Ruhe. Sie schaute nur von Zeit zu Zeit nach mir, um zu fragen, ob sie etwas für mich tun könne. Sie brachte mir Säfte. Ich dachte an meine Mutter, die so verschlossen, so einzelgängerisch gewesen war. Ich hatte etwas davon geerbt – die Abneigung gegen den näheren Kontakt mit anderen, gegen Umarmungen und Küsse. Vielleicht hatte das Ewa gefehlt, vielleicht resultierte ihre Überschwenglichkeit gegenüber Grzegorz' Mutter aus Bedürfnissen, die in ihrer Kindheit nicht befriedigt worden waren. Ich konnte der eigenen Mutter diese Liebesaffäre mit dem jüngeren Mann nicht verzeihen. Und dabei trat ich in ihre Fußstapfen ... Nun ja, aber das waren andere Zeiten damals. Ich dachte auch an meine Enkel. Ich kannte sie kaum. Der älteste, Jasio, war unlängst zehn geworden, schon ein großer Junge, doch ich wußte nichts über ihn. Ob er gerne Ball spielte oder Fahrrad fuhr . . . Doch, er fuhr, er hatte ein Rad, aber ob er das gern tat . . . Und seine Schwestern . . . Ich konnte sie bestimmt nicht mehr auseinanderhalten . . . Warum dachte ich an diese Kinder nicht als meine Familie?

Aleksander hat einmal behauptet, ich nähme es aller Welt übel, daß man mir mein Töchterchen genommen habe.

Dabei war sie kein Kind mehr. Sie war erwachsen und hatte ein Recht darauf zu leben, wie sie will . . . Was sind Gefühle? Wieder einmal stellte ich mir diese Frage. Schließlich hatte in meinem Fall das uneigennützigste Gefühl, die Mutterliebe, gegen den Ehrgeiz verloren. Ich selbst vielleicht auch? Über Jahre hinaus hatte ich mich in Abhandlungen und anderen wissenschaftlichen Arbeiten vergraben in der Überzeugung, daß das allein sinnvoll sei. Und das Leben ging an mir vorbei. Hatte ich das wenigstens teilweise wettgemacht, war die Zeit mit Aleksander eine Art Kompensation? Aber wer würde mir die Monate, Jahre wiedergeben, die ich der Kindheit meiner Tochter entwendet hatte? Ich ging mit ihr weder in den Park noch ins Kino . . . Vielleicht führt sie deshalb ihre Kinder so bewußt zu Filmmatinees aus! Was hat gefehlt in unserer Beziehung? Die Liebe war es nicht . . . Beide hegen wir Groll gegeneinander. Sie wegen meiner Gleichgültigkeit gegenüber ihren Kindern, ich wegen dieser Kinder gegen sie. Sie kamen zu schnell, ehe wir unsere Rechnungen beglichen hatten. Ehe sie mich als Mutter und ich sie als Tochter akzeptiert hatte. Der Fall ist noch offen, wie kann ich mich folglich ins Großmuttersein hineindenken, wenn ich nicht einmal weiß, ob ich mich Mutter nennen kann . . .

Aleksander erschien täglich und saß stundenlang bei mir. Heikle Themen ließen wir unberührt, keiner von uns ließ sich anmerken, wie sehr er das Untersuchungsergebnis erwartete. Das konnte *das* Urteil bedeuten. Ich fürchtete nicht eigentlich den Tod, sondern das, was mit mir passieren konnte, ehe er eintrat: Hinfälligkeit, unerträgliche Schmerzen. Doch ersteres fürchtete ich mehr, vielleicht deshalb, weil ich so wenig von meiner Körperlichkeit wußte. Aleksander hatte gesagt, daß es mein Gehirn war, das für ihn zählte. Das war wohl das von mir am meisten genutzte Organ. Daß ich eine Frau war, hatte über viele Jahre hinweg keinerlei Bedeutung gehabt. Und nun, da meine körperliche Existenz auf einmal einen Wert darstellte, war es zum Zusammenbruch gekommen . . .

Wir unterhielten uns über sein Buch, das er gerade beendet hatte. Weshalb die Geschichte des letzten Zaren? Nikolaus II. interessierte ihn als Mensch. Das Individuum in die Geschichte verstrickt. Nikolaus war der ideale Familienvater gewesen, doch als Vater seines Volkes hatte er sich nicht geeignet.

«Also hat ihn das Volk zum Tode verurteilt.»

«Eher die Bolschewiken, wenn man sich an die Fakten hält», berichtigte er.

Nach der Woche bei den Rostows kehrte ich nach Paris zurück und nahm meine Tätigkeit an der Universität wieder auf. Der Dekan erkundigte sich bei mir, ob ich mich auch ganz gewiß bei Kräften fühle, um bis zum Vertragsende an der Sorbonne zu bleiben. Wenn nicht, würde mir die Universität entgegenkommen. Die Gesundheit sei das allerwichtigste. Ich erwiderte, daß ich mich wieder ganz wohl fühle. Obschon ich mir da durchaus nicht sicher war. Er wohl auch nicht, was ich an seinem Blick sah. Ich war mir jetzt keiner Sache sicher. Ich lauschte in mich hinein, erwartete irgendein Zeichen. Eine Warnung . . . Doch es hatte den Anschein, als würde alles wieder normal. Die Untersuchung sollte das hoffentlich bestätigen. Ich strich mir im Kalender das entsprechende Datum an.

Ich schlief jetzt in meinem eigenen Zimmer. Diese körperliche Trennung hatte eine üble Wirkung auf mich, denn ich entfernte mich nicht nur von Aleksander, sondern auch von mir selbst. Es war, als hätte ich mich gehäutet, und eine neue, fremde Haut wüchse nun nach. Ich – das besagte jetzt etwas anderes . . .

In die Klinik fuhr ich, ehe ich zur Universität mußte. Als ich am Empfangsschalter meinen Namen nannte, erkannte ich meine Stimme nicht. Ein junges Mädchen mit hoch ausgezupften Brauen, die ihrem Augenausdruck zu kugelrundem Staunen verhalfen, begann nach meinen Befunden zu suchen und reichte mir dann einen Zettel. Ich las die lateinischen Ausdrücke: *Endometrium hyperplasticum in stadio proliferationis cum endometritite focali. Endocervititis chronica.* Soweit konnte ich Latein, von Krebs stand dort nichts. Hingegen war da noch ein Satz in Französisch: «Beobachtung ist angezeigt.» Krebs beobachtet man nicht, Krebs schneidet man entweder heraus, wenn es noch nicht zu spät ist, oder man verschreibt schmerzstillende Mittel. Beobachten, ganz gewiß nicht . . .

Mit dem Befund begab ich mich ins Sprechzimmer von Professor Mouilland, er erwartete mich bereits. Er bat mich, Platz zu nehmen.

«Sie bekommen jetzt ein Mittel, das Sie drei Monate lang einnehmen werden, dann machen wir eine Kontrollbiopsie.»

Ich starrte ihn entgeistert an.

«In drei Monaten bin ich längst wieder in Warschau.»

«Dann muß sie dort gemacht werden.»

Ich fühlte, wie ich blaß wurde.

«Aber Herr Professor, der Befund hat doch keinen Krebs aufgezeigt . . .»

«Aber da ist ein erster Schritt in ungute Richtung.»

Ich hörte kaum noch, was er zu mir sagte. Ich nickte, war mit allem einverstanden, dabei wollte ich nur eins: so schnell wie möglich von hier verschwinden. Hinaus an die Luft. An die Sonne. Das Urteil war nicht gefällt worden, sagen wir, noch nicht. Drei Monate, ein ganzes Leben. Mein ganzes Leben mit Aleksander . . .

Ich sah ihn auf einer Bank vor der Klinik sitzen. Bei meinem Anblick erhob er sich.

«Was machst du denn hier?»

Orly, dreizehn Uhr dreissig

Ich habe die Bar verlassen, es war dort zu voll geworden. Jetzt habe ich vis-à-vis eine Uhr. Kann nicht nur die Minuten, sondern sogar die Sekunden verrinnen sehen bis zu meinem Abflug von Paris. So Paris zu verlassen, hatte ich mir nicht vorgestellt, obwohl meine Vorstellung davon ohnehin eher unklar gewesen war. Fest stand immer nur der Abschied von Aleksander. Ich würde Abschied nehmen von Paris und Abschied nehmen von ihm. Doch ich hatte den Mut nicht aufgebracht, um ihm ein letztes Mal in die Augen zu schauen. So also endete die Geschichte: mit der Flucht der Heldin . . .

Diese Zeit nach Reims . . . Aleksander sorgte sich um mich, wie ich es getrost nennen kann, nahm mich in die Arme. Doch darin war nichts von unserer früheren körperlichen Beziehung. Vielleicht lag es daran, daß er mich in dieser durchgebluteten Kleidung nach Paris gefahren hatte . . . Vielleicht konnte er diesen Anblick nicht verdrängen, oder vielleicht hatte mir auch der Aufenthalt bei den Rostows geschadet. Er besuchte dort eine Kranke. Und die war ich auch jetzt noch für ihn . . .

Mitten in der Nacht wachte ich auf. Etwas Unerhörtes ging mit mir vor: Ich entfernte mich von meinem Körper, weiter und weiter, bis ich den Kontakt mit ihm verlor. Ich brauchte die Nähe des Geliebten, brauchte sie dringend, die Wärme seines Körpers, seinen Duft. Ohne sie würde ich umkommen, das begriff ich jetzt, würde ich mich in das geschlechtslose Wesen, das ich vorher gewesen war, zurückverwandeln.

Ich erhob mich vom Bett und tastete mich in der Dunkelheit zu seinem Zimmer. Seine Arme umschlangen mich.

«Ich hatte schon geglaubt, du kämest nie mehr», hörte ich ihn flüstern.

Im Schein der Straßenlaternen sah ich die Silhouette seines nackten Körpers; über mich gebeugt, wirkte er, als betete er. Sein Gesicht lag im Schatten. Ich spürte seine Fingerspitzen auf meiner Haut, und es überrieselte mich kalt. In mir erwachte alles zum Leben. Und das nicht nur in erotischer Hinsicht; seine Nähe ließ mich wirklich leben.

Warum er und ich? Das war die Frage. Man hätte alles auf die Umstände schieben können. Seine Freundin war abgereist, ich war in Reichweite. Doch das wäre zu simpel gewesen. Je länger ich darüber nachdachte, um so überzeugter war ich, daß sich Menschen wie wir nicht gleichgültig bleiben konnten, wenn sie sich trafen.

Bei meinen Dostojewski-Studien hatte ich eine bestimmte Beobachtung gemacht. Sein Verhältnis zu Frauen wies einen gewissen Makel auf: Frauen waren für ihn heilig, selbst Dirnen trugen diese Heiligkeit in sich, der ein Mann sich nicht nähern durfte. Denn ein Mann konnte sie nur in den Schmutz ziehen. Folglich näherte sich weder Dostojewski der Schriftsteller noch Dostojewski der Mann. Er liebte, litt, konnte sich jedoch nicht nähern. Nicht nur keiner Frau übrigens, sondern überhaupt keinem anderen Wesen. Das andere Wesen war für ihn die große Unbekannte und eine Falle. Dostojewski war arm dran. Und wir beide, Aleksander und ich, waren das auch. Emotionaler Mangel erlaubte keinem von uns eine engere Bindung an wen auch immer, doch zwei solche emotionalen Mängel in eins zusammengefaßt . . .

Orly, vierzehn Uhr

Einen Moment lang glaubte ich mitten im Gewühl der Reisenden meinen Schwiegersohn Grzegorz zu sehen. Eine ähnliche Gestalt, die Haare hinten zu einem Schwänzchen zusammengebunden, das unvermeidliche Jeanshemd locker über der Hose. Doch ich täuschte mich natürlich, was hätte er hier auch machen sollen? Und außerdem hatte dieser Reisende gepflegte Hände, Grzegorz' Hände dagegen waren schwielig von den Baumwipfeln, die er erklomm, schwielig, rissig, mit altem Schmutz in den Rillen der Haut, Schmutz, der sich nicht abwaschen ließ.

«Was du an deinem Schwiegersohn nicht magst, weiß ich schon», hatte Aleksander irgendwann einmal gesagt. «Und was magst du an ihm?»

Grzegorz eindeutig zu beurteilen, war ich nicht imstande. Er war primitiv und war es zugleich nicht. Schweigsam und verschlossen, wußte er plötzlich mit einem Humor der besten Sorte aufzuwarten. Von zu Hause brachte er keine kulturellen Bedürfnisse mit, und das störte mich. Doch er lebte in seiner eigenen Welt, in der Welt der Pflanzen und Tiere. Bisweilen dachte ich, daß er besser war als wir alle ... Das fiel mir auch wieder ein, als Aleksander mich eines Tages mit in eine russisch-orthodoxe Kirche nahm. Ich wunderte mich sehr, als er mir das vorschlug.

«Du bist gläubig?» fragte ich verblüfft.

«Schwierige Frage, die du da stellst. Ich könnte Gott – als einen Intellektuellen und Ästheten – anerkennen, aber diesen seinen Sohn ... diese Erhöhung des einfachen Menschen, das erinnert mich an eine kompromittierte Doktrin ...»

«Also bist du nicht gläubig?»

«Wohl nicht, nein.»

«Aber warum willst du dann in die russisch-orthodoxe Kirche?»

«Manchmal ersticke ich hier, ich brauche meine Muttersprache . . .»

«Kirchenslawisch ist eher meine Sprache.»

«Nun, also, ich brauche jene Atmosphäre.»

Ich dachte bei mir, daß es interessant sein müßte zu sehen, wer in Paris in die orthodoxe Kirche ging. Aleksander erklärte, daß wir in die des heiligen Aleksander Newski gehen würden, nicht so sehr deswegen, weil der sein Namenspatron war, sondern wegen der russischen Bäckerei nebenan, wo man nach dem Gottesdienst richtiges Brot kaufen konnte.

«Brot, Julia», sagte er bedeutungsvoll, «kein Baguette, keine Croissants!»

Als wir in der Kirche waren, ließ ich meinen Blick über die Gesichter schweifen, es waren überwiegend ältere Menschen anwesend, etwas älter als ich und viel älter als Aleksander. Und es herrschte wohl die Atmosphäre, die er suchte. Die anderen dort Versammelten suchten sie ebenso, wie es schien, wehmütige Trauer verschleierte ihre Züge, aber vielleicht kam mir das auch nur so vor. Insgeheim musterte ich die Frau, die neben mir stand. Sie mußte einmal sehr schön gewesen sein, die edle Schönheit war in ihren Zügen erhalten geblieben, nur die Haut . . . Sie trug ein schwarzes, unter dem Kinn geknotetes Kopftuch, als wäre sie in Trauer. Doch man konnte spüren, daß sie immer so ging, zum Zeichen der Buße dafür, daß sie in der Fremde war. Sie schloß die wunderschön geschnittenen Lider und betete inbrünstig.

Ich betrachtete die Ikonen. Die Ornamente drumherum hatten Pflanzenmotive, vielleicht erinnerte mich deshalb das schmale Gesicht mit den eingefallenen Wangen auf einer davon an das Gesicht von Grzegorz. Es war der heilige Nikolaus . . .

Unsere Zeit ging unwiederbringlich zu Ende. Eigentlich

hätte ich längst daran denken sollen, mir einen Flug nach Warschau reservieren zu lassen, doch ich schob es immer vor mir her. Das werde ich morgen erledigen, gelobte ich mir, doch wenn der Morgen da war, verlegte ich die ganze Angelegenheit auf den Tag darauf. So ging eine Woche vorüber, und länger konnte ich die Sache nicht mehr aufschieben, mein Kontrakt mit der Sorbonne war eben ausgelaufen. Von Montag an mußte ich für das Hotelzimmer aus eigener Tasche zahlen. Um ehrlich zu sein, stand es seit Monaten leer, weil Aleksander und ich in seinem Zimmer lebten. Dennoch war das meine eigene Wahl gewesen. Jetzt wäre ich ganz und gar auf ihn angewiesen.

Wie schnell doch alles vorübergegangen war, ich hatte das Gefühl, als hätte ich gestern erst Nadja beim Fahrstuhl getroffen. Nach ihrer Abreise hatten wir nie von ihr gesprochen. Ich wußte nicht, ob Aleksander mit ihr Kontakt hielt, ihr schrieb oder sie anrief. Nichts deutete darauf hin, daß er Post von ihr erhielt. Es ging mich zwar nichts an, doch schielte ich immer zum Papierkorb auf der Suche nach einem Moskauer Kuvert, adressiert mit weiblicher Handschrift. Vielleicht würden die Briefe ja auftauchen, wenn ich erst abgereist war. Vielleicht tauchte die Absenderin sogar selbst auf. Aleksander würde noch bis zum Herbst hierbleiben. Und es wäre durchaus natürlich, beide waren sie jung, schön. Ich aber . . . wenn ich morgens ins Bad ging, versuchte ich, mich nicht anzusehen. Ich hatte geschwollene Augen, Fältchen vom Kissenabdruck. Es wollte mir absolut nicht gelingen, die ganze Nacht auf dem Rücken zu schlafen, immer und immer wieder kehrte ich zu meiner geliebten Seitenlage zurück, die Knie beinah bis zum Kinn angezogen. Seit wir ein Bett teilten, ringelte ich mich zwar nicht mehr zusammen, doch auch so blieben auf den Wangen deutlich sichtbare Striche zurück, selbst wenn mir die Schulter meines Geliebten als Kopfkissen diente. Ich hatte nie zuvor Kosmetika benutzt und nicht gelernt, wie andere Frauen Schönheitsfehler zu vertuschen. Jetzt bedauerte ich das sehr, kaufte sogar Make-up und Rouge, verstand aber nicht damit umzugehen. Die Schminkerei, selbst ausgeführt, machte mich noch älter, so schien es mir wenigstens. Möglich, daß eine professionelle Kosmetikerin mein Gesicht hätte attraktiver wirken lassen können, doch für Besuche im Kosmetiksalon reichte mein Budget nicht. Ich überstrapazierte es ohnehin mit den paar Sachen, die ich mir zum Anziehen kaufte. Aleksander bemerkte stets die neue Bluse oder das neue Halstuch.

Ich raffte mich also endlich auf und ließ mir einen Flug nach Warschau reservieren. Später wanderte ich durch die Straßen von Paris, um Abschied zu nehmen, die Stadt war die Stadt der Liebe im wortwörtlichen Sinne für mich gewesen. Diese Gassen, an deren Ausgang der Himmel zu sehen war . . . Kirchtürme und kleine Cafés, die ich so gern besucht hatte, sowohl wenn ich unbeschreiblich glücklich war als auch in Verzweiflung, wenn ich mich am Boden zerstört fühlte. Jetzt gehörte das alles der Vergangenheit an.

Abends, als Aleksander das Licht gelöscht hatte und sich neben mir unter die Decke schob, sagte ich: «Übermorgen reise ich ab.»

«Wohin?»

«Ich kehre nach Warschau zurück.»

Stille.

«Ich hab bereits das Flugbillett, und meine Tochter ist von meiner Ankunft in Kenntnis gesetzt . . .»

«Und mich informierst du ganz zum Schluß», hörte ich seine Stimme.

«Das Schwierigste laß ich mir immer bis zum Schluß.»

Stille. Dann seine Stimme im Dunkeln: «Ich habe einen anderen Vorschlag für dich, ich möchte nämlich, daß du mit mir nach Mallorca fährst.»

«Nach Mallorca? Du willst da hinfahren? Wozu?»

«Ein Verwandter von mir wohnt dort. Er lädt uns beide für die zwei ersten Juniwochen ein.»

«Uns? Und woher weiß er von uns?»

«Von mir. Falls es keine medizinische Gegenanzeige gibt, können wir schon packen.»

Ferien? Das wären meine ersten Ferien seit Jahren. Vor langer Zeit war ich einmal an der Ostsee, in Jurata, gewesen, wo unsere Universität ein Ferienheim besaß. Ich fuhr für eine Woche hin in der Meinung, daß ich mir länger nicht erlauben könnte. Ein zu großer Zeitaufwand. Ich war Wissenschaftler, und wenn man Wissenschaftler ist, kann man nichts anderes sein. Und schon gar keine Frau, die, mit den Sandalen in der Hand, am Meeresufer dahinschlendert. Damals, in Jurata, ging ich täglich ans Meer, um den Sonnenuntergang zu betrachten, andere gingen auch dorthin, aber das waren ausschließlich Paare. Arm in Arm liefen sie am Ufer entlang, und das Salzwasser umspülte ihre Füße. Auch mir umspülte das Meer die Füße, doch auf dem Sand war nur mein Schatten zu sehen. Dieses eine Mal hatte ich bedauert, daß ich niemanden liebte . . .

Nach Mallorca zu fahren . . . das war wie die Aufschiebung einer Urteilsvollstreckung. In Paris konnte ich nicht länger bleiben, denn mein weiterer Aufenthalt hier würde sich in keiner Weise rechtfertigen oder auch nur erklären lassen. Denn als was sollte ich mich jetzt hier aufhalten? Als Aleksanders Geliebte? Das mochte für Nadja in Ordnung sein. In ihrem Fall wäre nichts Merkwürdiges daran, in meinem Fall wäre es eine Demütigung. Ich mochte auf meine Liebe angewiesen sein, aber nicht auf einen um viele Jahre jüngeren Mann. Aleksander in der Rolle meines Geliebten, ja, das war zu akzeptieren. Aber ich in der Rolle der Geliebten . . . Scheinbar dasselbe, dennoch, welch ein riesiger Unterschied. Bis zur Stunde war mein Aufenthalt an meinen Beruf gebunden und somit gerechtfertigt gewesen.

Professor Mouilland war von dem Einfall nicht gerade begeistert. Ein Klimawechsel wäre in meiner Situation ein Risiko und dann noch ein so heißes Klima . . .

«Und wenn Sie einen Blutsturz erleiden?»

Ich erzählte das Aleksander nicht, denn ich wollte mit ihm wegfahren. Natürlich fürchtete ich mich, doch ich beschloß, das Risiko auf mich zu nehmen. Ich warf meinem Körper, der mich in letzter Zeit so dominierte, gleichsam den Fehdehandschuh hin. Er stellte eine große Unbekannte dar, jeden Augenblick konnte er mich überrumpeln, meine Pläne verändern, mich in ein Krankenhausnachthemd kleiden oder die Zärtlichkeiten des Geliebten zulassen. Mir kam sogar die Idee, daß wir im Bett ein Dreieck bildeten. Er, ich und – er. Immerhin geschah alles, was uns betraf, mit seiner Erlaubnis. Jetzt aber war ich entschlossen, ihm Widerpart zu bieten, ein Risiko einzugehen. Vielleicht würde er mich bestrafen . . .

Ich rief Ewa an.

«Du fährst nach Mallorca? Allein?»

Ich zögerte.

«Nein, mit diesen Russen.»

Ich wagte es nicht einzugestehen, daß ich nur mit ihm fuhr.

«Mit dieser Nadja und mit Sascha?»

«So ist es.»

«Ich hatte angenommen, Nadja wäre nach Moskau zurückgekehrt», insistierte meine Tochter.

«Ja, ist sie auch und wieder hergekommen . . .»

«Na, dann amüsier dich gut.» Ewas Zweifel waren ausgeräumt, mit meinen sah es anders aus.

Orly, vierzehn Uhr fünfzehn

Die Stunden hier, in diesem Lärm und Gedränge, haben mich erschöpft, die Flughafenhalle hat nichts von einer Kathedrale . . . Dennoch habe ich gerade diesen Ort für meine klägliche Gewissenserforschung ausgewählt.

Wir landeten am frühen Nachmittag auf dem Flughafen in Palma. Schon beim Verlassen des Flugzeugs umwehte mich feuchtheiße Luft. Ich kam mir wie in einer Sauna vor, das Kleid klebte mir beinah sofort am Körper. Es war ja auch wie ein Nebelschleier, hauchzart, aus Seide. Ich hatte es kurz vor unserer Abreise von Aleksander bekommen. Als ich ins Zimmer trat, lag es ausgebreitet auf dem Bett, lang und sehr weit, mit schmalen Trägerchen, dunkelrot mit Jugendstilblumen. So ein Schnitt würde mich viel plumper aussehen lassen, ging mir durch den Kopf, doch als ich das Kleid anprobierte, stellte ich fest, daß es mir gar nicht schlecht stand, daß ich größer aussah, als ich in Wirklichkeit war, und – wohl auch jünger. Für einen kurzen Augenblick fühlte ich mich jung, ich drehte mich auf Zehenspitzen inmitten des Zimmers, das schmiegsame Material schlang sich sacht um meine Beine. In dem Moment trat Aleksander ein. Er pfiff beeindruckt. «Was für ein tolles Mädchen besucht mich denn da?» fragte er lachend.

Meine gute Laune war auf einmal dahin. Kein Mädchen, ein altes Weib in Verkleidung, ging mir durch den Kopf. Doch davon durfte man nicht sprechen. Nicht einmal denken durfte man daran. Folglich trug ich dieses Kleid und mochte es. Ich zog es sogar zur Reise an. Im Flugzeug tranken wir Wein, und irgendwann wurde mir leicht schwindelig. Vom Wein? Schickte sich mein Körper an, mir eine neue Überraschung zu bereiten? In Warschau hätte ich solche Signale auf die leichte Schulter genommen, wie ich das die ganze Zeit über getan hatte. Beim Zahnarzt tauchte ich immer erst dann auf, wenn mir ein Zahn dermaßen zusetzte, daß ich nicht mehr normal funktionieren konnte. Bei allen Erkältungen und Grippen kurierte ich mich selbst oder eigentlich eben nicht. Sogar mit Fieber ging ich zur Universität. Aber jetzt war das etwas anderes, jetzt hatte ich mich in etwas verstrickt, das sich Liebe nannte, und ich wollte jung und gesund sein, mein alternder Körper aber stand dem entgegen. Ich empfand daher Widerwillen gegen ihn, hatte sogar angefangen, ihn zu fürchten. Zu Unterhandlungen jeglicher Art bereit, wenn er mich nur bei leidlicher Gesundheit bis zum Ende meiner Romanze durchhalten ließ.

Ich befand mich mit Aleksander in der riesigen Halle, wo die Paßkontrolle stattfand. Es wimmelte nur so von Menschen, ein Meer von Köpfen. Ich fürchtete, daß wir bis zum Abend nicht wegkämen von hier, doch es gingen so viele Reisende durch die Kontrollen, wie Passagiere aus gerade gelandeten Maschinen wieder dazukamen. In der Ankunftshalle wurden wir von Aleksanders Onkel erwartet. Ein älterer Mann von gleichem Wuchs wie Aleksander, nur bedeutend gewichtiger. Sein gewaltiger Bauch bildete eine Art Puffer. Die Knopfleiste seines Hemdes sperrte, und Dimitr Pawlowitsch, wie er sich mir vorstellte, ließ darunter nackte Haut blitzen. Die kurze Hose wurde mit einem Gürtel festgehalten.

«Nun, wie war die Reise?» dröhnte der ältere Herr. «Also, dann zeig mal deine Dame her, freilich, freilich, da kann man nichts sagen, erste Wahl, und ich kenn mich aus mit Frauen . . .»

Endlich setzten wir uns ins Auto, der Fahrersitz war bis aufs äußerste zurückgestellt, folglich konnte niemand dahinter Platz nehmen. Aleksander schlug vor, ich solle vorn sitzen, doch ich quetschte mich nach hinten. Die ganze Fahrt über unterhielten sie sich, ich sagte kein Wort. Ich guckte zum Fenster hinaus. Vorläufig konnte ich nichts besonders Sehenswertes entdecken, wir fuhren Autobahn, die nichts Malerisches hatte. Erst als wir die Hauptstraße verließen, änderte sich die Landschaft. Sträucher, mit Blüten übersät, Gruppen von Palmen und andere, mir unbekannte Flora tauchte auf. Der Weg führte jetzt bergauf, ich sah unten das Meer und am Ufer inmitten von Grün weiße, verstreute Villen. Wir bogen in das Städtchen ein, in dem Dimitr Pawlowitsch wohnte.

Aleksander hatte mir gesagt, daß der ältere Herr den größten Teil des Jahres auf Mallorca verbrachte und über die Wintermonate zur Tochter nach Amerika fuhr.

Die Gasse, in der sein Haus lag, stieg steil an, die Villa war auf zwei Ebenen errichtet und besaß zwei separate Eingänge. Wir erhielten den Schlüssel für unsere Tür. Das Innere des Hauses betraten wir über eine mit Kletterrosen überwucherte Terrasse, die, voll erblüht, einen starken Duft verströmten. Im Haus war es düster, und die ungelüfteten Matratzen verbreiteten Modergeruch. Die Räumlichkeiten wurden im Winter nicht geheizt. Wir trugen die Matratzen in die Sonne hinaus, und bis zum Abend war die unangenehme Muffigkeit verschwunden. Unsere Wohnung bestand aus zwei Zimmern, Bad und Küche. In den Wandschränkchen in der Küche gab es Geschirr und Besteck. Auch ein Kühlschrank war da, den man für uns gut bestückt hatte. Wir konnten hier also ganz für uns leben.

Abends wurden wir zum Abendessen eingeladen, ein paar gute Bekannte von Dimitr Pawlowitsch kamen zu Besuch. Alle hatten sie Häuser in dieser Straße und verbrachten wie Aleksanders Onkel hier den größten Teil des Jahres. Die Gespräche beim Abendessen drehten sich um die Vergangenheit, die Zeit vor der Revolution, die sie selbst nicht erlebt hatten. Ihre Eltern waren rechtzeitig emigriert und hatten so den eigenen Kopf und den ihrer Kinder gerettet. Man gedachte einer gewissen Anna Nikolajewna, die in ihrem fünfundneunzigsten Lenz in einem Altersheim im fernen Philadelphia verblichen war.

«Ja, ja, meine Teure», wandte sich Dimitr Pawlowitsch an mich, «der Wind der Historie hat uns in alle Ecken der Welt verweht wie Abfall, den keiner braucht. Doch dafür fault unser Gebein auch nicht in irgendeiner Wolfsgrube oder einem stillgelegten Schacht.»

«Möchten Sie denn jetzt nicht Rußland besuchen?» fragte ich.

«O nein! Das ist nicht mehr mein Rußland, und wird es auch nicht mehr . . . Meines wurde mit der Zarenfamilie im Hause Ipatjewo erschossen. Nicht zufällig sitzt der, der den Befehl zur Sprengung des Hauses in Jekaterinburg gegeben hat, jetzt im Kreml. Doch das Verbrechen ein für allemal zu vertuschen, wird ihnen ohnehin nicht gelingen. Jetzt hat Sascha im Auftrag eines französischen Verlegers ein Buch darüber geschrieben. Die Wahrheit kommt immer an den Tag!»

«Ich habe immer gewußt, daß die Historie eine giftige Töle ist», mischte sich einer der anderen Gäste ins Gespräch. Er hatte schon ganz schön einen sitzen, denn seit Beginn des Abendessens hatte er fast keinen Bissen zu sich genommen, nur immer wieder nach seinem Glas gegriffen.

Sie hatten sich hier ein Getto geschaffen, auf der Straße hörte man nur russisch sprechen. Aleksanders Onkel hockte Stunden auf seiner Veranda und hielt alle paar Augenblicke einen Passanten an: *«Sdrastwuj, Wolodja, kak sdorowje?* Grüß dich, Wolodja, wie steht's mit der Gesundheit?»

«Äh, es geht so, immer langsam», erwiderte der Passant, erklomm gemächlich die steile Strecke, und Pawlowitsch begrüßte bereits jemand anderen. «Was gibt's Neues, Anna Pjetrowna, gut eingekauft?»

«Teuer, Dimitr Pawlowitsch. Alles wird immer teurer auf dieser verflixten Insel. Bloß wegen dieser Zugereisten . . .»

Mein Aufenthalt hier brachte mir viele neue Probleme ein, ein wesentliches war, daß man jetzt an den Strand mußte. Für Aleksander war das einfach. Er zog Shorts und ein Polohemd an, und am Strand entkleidete er sich bis auf die Badehose. Seine Haut nahm beinah sofort eine olivbraune Färbung an, was bei seinen hellen Haaren einen interessanten Kontrast schuf. Die Sonne, so grausam für mich, war ihm gnädig. Wenn er zum Wasser ging, folgten ihm alle Blicke. Sein schöner, muskulöser Körper, die breiten Schultern und die schmalen Hüften, lange Beine – erst hier erstrahlte seine männliche Attraktivität in vollem Glanz. Ich konnte nicht begreifen, wieso er sein Augenmerk auf eine physisch so wenig attraktive Person wie mich gelenkt hatte. Mein Gesicht war akzeptabel im Dämmer eines Pariser Cafés, doch in der grellen Sonne Mallorcas! Eine Katastrophe. Mein Körper aber war eine unvergleichlich größere Katastrophe. Das Kleid mit den Jugendstilblumen schützte vor dem Blick der anderen, doch Aleksander drängte darauf, daß ich mir einen Badeanzug kaufte.

«Ich muß mich erst an die Sonne gewöhnen», sagte ich und nahm meinen Platz unter dem Sonnenschirm ein. Und tief drinnen meldete sich Furcht. Er verlangte von mir, ich sollte mich vor aller Augen entblößen. Doch schließlich kannte er meinen Körper nicht so gut, wie ich selbst ihn kannte, wußte nicht, wie katastrophal sich ein sparsames Stückchen Stoff erweisen konnte.

«Ich soll nicht zuviel Wärme abbekommen, das weißt du doch», wehrte ich mich.

«Du mußt ja nicht in der Sonne schmoren, aber du kannst doch wohl baden, oder?»

«Das Wasser ist schmutzig . . .»

Aleksander musterte mich prüfend.

«Und worum geht es wirklich?»

«Um nichts . . . ich fühle mich in meinem roten Kleid am wohlsten . . .»

Ich bemühte mich, seinem Blick auszuweichen.

«Du willst dich nicht ausgezogen zeigen? Aber du hast einen schönen Körper . . .»

Alles mochte man von mir sagen, nur das nicht. Einen schönen Körper hatte das Mädchen, das diesen Morgen den Strand entlanglief. Eine Mulattin mit außergewöhnlich schönem Gesicht, üppigem, beinah blauschwarzem Haar und einer Figur, die Michelangelo hätte geschaffen haben können. Sie trug nur ein winziges Bikinihöschen, bei jeder Bewegung wiegten sich ihre großen entblößten Brüste sacht, sie waren wohlgeformt, mit hervorspringenden Brustwarzen. Dazu hatte sie eine unglaublich schmale Taille und Hüften von wunderbarer Form. Sie schritt lang aus auf ihren schlanken Beinen. Ja, sie hatte das Recht, ihre Nacktheit zu zeigen. Unter meinem Sonnenschirm hatte ich am gleichen Morgen das reinste Defilee entblößter Frauenkörper an mir vorüberziehen lassen. Intensiver als je ging mir auf, was alternde Materie ist. Der Strand auf Mallorca stellte für mich eine Art Laboratorium dar, in dem ich wie unter dem Mikroskop die Veränderungen verfolgen konnte, die die Zeit in uns bewirkt. Es liefen Mädchen an mir vorbei, die kaum mehr als einen Brustansatz zeigten, dreißig-, vierzig-, fünfzigjährige Frauen, aber auch siebzigjährige. Ein Hals, faltig wie der eines Puters, und traurige Hängebrüste gehörten einer Deutschen. Sie schritt stolz erhobenen Hauptes unter dem Banner dahin: Ich bin, wie ich bin, und niemanden hat das zu scheren. Nie und nimmer würde ich es über mich bringen, mich einem solchen Umzug anzuschließen. Mochte Aleksander reden, wie er wollte. Am liebsten hätte ich auf der Terrasse vor dem Haus im Schatten gesessen. Dort fühlte ich mich sicher, doch er ließ es nicht zu, zerrte mich an den Strand, ohne einzusehen, was für einen Verdruß er mir damit bereitete. Eines Morgens warf er mir, gerade zurück vom Einkaufen, ein Päckchen in den Schoß. Es war ein Badeanzug, einteilig zum Glück, doch im Rücken entschieden zu tief ausgeschnitten.

«Probier mal an.»

«Er ist zu klein . . .»

«Unsinn, er ist genau richtig. Wollen wir wetten?»

Ich erhob mich zögernd aus dem Liegestuhl und ging ins Bad. Der Badeanzug saß gut, dennoch zog ich ihn rasch wieder aus und das Kleid über.

Aleksander war enttäuscht.

«Tatsächlich zu knapp?»

Ich zögerte.

«Nein. Aber . . . ich seh wahrscheinlich fürchterlich aus. Badeanzüge haben mir nie gestanden, ich hab zu kurze Beine . . .»

«Die hast du ganz und gar nicht.»

Ich lächelte wehmütig.

«Ich weiß, daß ich für dich ein langbeiniges junges Mädchen bin, aber am Strand sind auch andere.»

«Was gehen dich denn die anderen an? Hast du gestern die Hundertkilofrau gesehen? Jede Brust so groß wie eine Melone, doch sie stolzierte als Nackedei . . .»

«Ich habe nicht die Absicht, als Nackedei zu paradieren. Und ich werde nicht an den Strand gehen. Und solltest du mich zwingen wollen, reise ich ab.»

Aleksander hockte sich neben mich.

«Ich werde dich zu nichts zwingen», sagte er warm, «ich wollte bloß, daß du mit mir zusammen ins Wasser gehst . . .»

Von diesem Gespräch an begannen die richtigen Ferien für mich. Ich lag im Liegestuhl und las haufenweise Zeitschriften, die Aleksander jeden Morgen besorgte. Auch er ging nicht mehr an den Strand, schwamm im Swimmingpool oder legte sich zu meinen Füßen in die Sonne.

«Weißt du, daß Dimitr mit seinen Kumpanen einen Ausflug macht und wir den ganzen Tag allein sind?» fragte er.

«Und?»

«Also, da du für mich ein langbeiniges junges Mädchen im Kleid bist, wirst du das auch im Badeanzug sein. Vielleicht bist du ja bereit, in den Swimmingpool zu steigen . . .»

Eine scharfe Erwiderung lag mir auf der Zunge, doch seine Miene war einfach entwaffnend.

«Wir werden es beide wagen», sagte ich und stand auf.

Ich zog den Badeanzug an, und als ich auf die Terrasse hinausging, war mir, als schritte ich über glühende Kohlen.

Aleksander nahm mich schwungvoll auf den Arm und trug mich zum Wasser. Es war sonnenwarm, ich fröstelte nicht wie sonst. Einzutauchen, das war so angenehm. Ich durchschwamm den Pool ein paarmal und setzte mich dann auf den Rand, mit den Füßen im Wasser. Wieviel habe ich noch versäumt, ohne es zu wissen, sinnierte ich.

Aleksander schwamm zu mir.

«Na, und, Langbein?»

«Großartig.»

Er umfaßte meinen Fuß und küßte ihn.

Später bereiteten wir beide das Mittagessen zu. Fleisch vom Grill und Rohkostsalat, dazu eine Flasche Rotwein. Wir aßen auf der Terrasse und gingen danach ins Schlafzimmer, wo Halbdunkel herrschte und es wunderbar kühl war.

«Weißt du, mir kommt es vor, als hätte ich zum erstenmal einen Tag erlebt wie andere Menschen.»

«Ich wäre froh, wenn du mir mehr vertrauen würdest», murmelte er.

Er legte die Hand auf meinen Bauch, ließ sie sacht tiefer gleiten, seine Finger wanderten zwischen meine Schenkel.

Er erhob sich auf dem Ellenbogen und schaute mir ins Gesicht. Unsere Blicke trafen sich.

Orly, vierzehn Uhr dreissig

Seit geraumer Zeit beobachte ich ein ungewöhnliches Paar, das nicht weit weg von mir sitzt. Eine ältere Dame und ihren Hund. Einen phantasievoll geschorenen Pudel. Er scheint jedes ihrer Worte zu verstehen. Er hält den Kopf schief, gähnt, was aussieht, als lache er. Und sie sagt zu ihm, daß sie sich leider für die Dauer der Reise trennen müssen, er in einem anderen Raum reise. Doch schon bald seien sie wieder zusammen, da müsse er sich keine Sorgen machen.

Und wenn ich mir einen Hund anschaffte ... Natürlich

nicht so einen. Mit einem weißen Pudel sähe ich albern aus. Es könnte ein schlichter Mischling sein, Hauptsache, er hätte kluge Augen. Ich könnte mit ihm reden, bräuchte nicht stundenlang zu schweigen . . .

Mallorca . . . eine wirklich sorglose Zeit in meinem Leben, die erste. Und mit Sicherheit die letzte. Das Übel lag auf der Lauer. Das, was in meinem Bauch versteckt war. Das, was in «ungute Richtung» ging, wie Professor Mouilland das ausdrückte. Und unsere Trennung. Doch vorerst waren Ferien.

Die Idee, einen Ausflug nach Valdemosa zu unternehmen, war gleich nach unserer Ankunft entstanden.

«Wenn schon eine Polin bei uns zu Gast ist», dröhnte Aleksanders Onkel, «wäre es einfach unverzeihlich, sie nicht zu den Stätten zu bringen, an denen ihr großer Landsmann einst wandelte.»

Zufällig wurde ich Ohrenzeuge dieses Gesprächs. Das Badezimmerfenster ging auf den Garten hinaus, und sie lagen in den Liegestühlen.

«Daß sie älter ist als du, ist nun so schlimm auch wieder nicht, aber eine Polin . . . Zwischen Russen und Polen wird niemals Einvernehmen herrschen. Dieses Volk hat immer wie ein wildes Tier nach uns geschnappt . . . Denk nur an das Attentat auf unseren Fürsten Konstantin Nikolajewitsch in Polen!»

«Onkel, wir haben Ende des zwanzigsten Jahrhunderts, nicht des achtzehnten oder selbst neunzehnten. Vergiß das bitte nicht!»

«Aber die Gene sind dieselben!»

In den frühen Morgenstunden brachen wir auf; Aleksander saß neben Pawlowitsch, ich saß hinten. Ich schaute zum Fenster hinaus. Die Schönheit dieser Insel war unbeschreiblich, wenn auch Aleksander die Ansicht vertrat, daß die Flora ein wenig monoton und nicht eben üppig sei, die rote

Erde vor allem springe einem in die Augen. Und die Palmen? Die Kakteen überdimensionalen Ausmaßes? Und die mir unbekannten, über und über mit Blüten bedeckten Sträucher? Ich hatte noch Kazimierz Wierzyńskis Erzählung über Chopin frisch im Gedächtnis; ich hatte sie, in französischer Übersetzung, unter den Polonica bei einem der Bouquinisten gefunden und erworben. Später dann, als ich auf der Terrasse bei den Rostows herumsaß und nichts zu tun hatte, bat ich Aleksander, mir das Buch mitzubringen. Wie hätte ich ahnen können, daß es mir als Führer über diese Insel dienen würde? Wie sahen Chopin und Sand Valdemosa? «In dieser seltsamen Einöde schien das Seltsamste der riesige, wie vom Himmel hinabgestürzte Bau zu sein. Mit einer Mauer umgürtet und auf eine Terrasse über einem Bergsturz gestützt, hatte sich hier eine Kartäusereinsiedelei hingebreitet. Durchschritten die Ankömmlinge ihr Tor, betraten sie eine Welt der Einsamkeit und Verlassenheit. Die Baulichkeiten, Türme und Kreuzgänge lagen versunken in ungetrübter Stille, und nur die Schritte hallten laut inmitten des Mauerwerks wider.» Eine Terrasse über einem Bergsturz, Mauern und Kreuzgänge, stimmt. Aber Stille? Hier waren eine Menge Menschen, die lauthals schwatzten, lachten, fotografierten, was sich nur immer fotografieren ließ. Bei jedem Schritt stolperte man über Andenkenbuden mit Miniaturklavieren nebst aufgeklebtem Chopinköpfchen. Oder bloß der Kopf. Ein engelschönes Gesicht, selbst die Nase hatte den charakteristischen Höcker verloren. Welch ein Rummel, dachte ich angewidert. Großen Eindruck machte auf mich Fryderyk Chopins Totenmaske in einer Vitrine. Schmerzhafte Züge, die Lider, die die Augen verbergen. Ganz so, als seien sie eben erst gesenkt worden, als sei es gelungen, den Moment der Trennung von der Welt festzuhalten. Später las ich seine Briefe. Ein merkwürdiges Gefühl war das: Da stand ich in dieser Zelle, die ihm vor über hundert Jahren als Zufluchtsort gedient hatte, und las:

«Die Zelle hat die Form eines hohen Sarges . . .» Irgendwann wurde ich mir der Stille ringsum bewußt. Ich sah mich um, Aleksander war nicht bei mir, es war auch sonst keiner da. Ich befand mich in einem langen Korridor mit niedrigem Gewölbe, es gab hier Türen über Türen. Ich schaute nacheinander in die Zellen, keine Menschenseele. Meine Schritte hallten weit zwischen den dicken Mauern. Ich wußte nicht, wie ich zum Ausgang gelangen sollte. Es verschlug mich in einen dunklen Gang, den ich für den hielt, über den wir das Kloster betreten hatten, doch der Gang erwies sich als Sackgasse. Mich übermannte die Furcht, nie mehr von hier fort zu können. Was war denn nur passiert? Eben war es hier noch gedrängt voll gewesen, wo waren nur all die Leute hin? Sie konnten doch nicht so einfach verschwinden. Und wo war Aleksander? Durch eine niedrige Pforte, so niedrig, daß ich beim Hindurchgehen den Kopf einziehen mußte, gelangte ich auf den Innenhof des Klosters hinaus, doch alle Durchgänge waren gesperrt, folglich trat ich erneut den Rückweg an. Und erneut hallten laut meine Schritte. Ich fand die Zelle wieder, die Chopin einst bewohnt und in der ich mich verloren hatte. Er war krank . . . Blut trennte ihn von der Geliebten . . . Die Sand muß verstört gewesen sein, sie wollte ihn nicht mehr in ihr Bett lassen . . . Ich hatte mehr Glück gehabt . . . Ich hörte Schritte, und kalter Schweiß trat mir auf die Stirn, ich war mir fast sicher, daß es einer von den beiden sein mußte. Er oder sie, wahrscheinlich er, schließlich war das seine Zelle . . . Doch es war die Museumsverwalterin, eine Mulattin, die über meinen Anblick sehr erstaunt war.

«Was machen Sie denn hier?» fragte sie.

«Ich habe nicht hinausgefunden. Alle Türen waren abgeschlossen.»

«Es war Pause. Zwischen zwölf und zwei ist das Museum für Besucher geschlossen.»

Draußen erblickte ich Aleksander. Er war sehr beunruhigt. «Ich suche dich seit zwei Stunden, wo bist du gewesen?»

Irrtümlicherweise hat man mich zu den Geistern gesperrt, dachte ich.

Die amerikanische Enkelin von Dimitr Pawlowitsch, Mary, oder eigentlich Mascha, denn so nannte man sie hier, kam nach Mallorca. Sie war groß, stattlich, der Tennistyp. Und es stellte sich heraus, daß sie tatsächlich Tennis spielte, ja sich kaum von ihrem Tennisschläger trennte. Ihre Stimme war weithin vernehmbar, und weil sie viel redete und lachte, hörte man sie dauernd im ganzen Haus. Ihre Leidenschaft für Tennisplätze erwies sich als Rettung, weil sie stundenlang verschwand. Aber eigentlich hatte ich sie gern. Wie es sich für eine Amerikanerin und emanzipierte Frau gehörte, wunderte sich Mary-Mascha über gar nichts. Mein Verhältnis mit Aleksander war für sie das Normalste auf der Welt. Sie lebte als Single und hatte nicht vor, das zu ändern.

«Einen Lover, ja», sagte sie, «einen Ehemann niemals. Ich kann mir einfach nicht vorstellen, mit einem Mann, mit irgend jemand zusammenzuleben», fügte sie hinzu. «Alleine fühle ich mich am wohlsten.»

Bis zu dem Zeitpunkt, dachte ich, an dem sich nichts mehr nachholen läßt . . . Ich habe vielleicht die Liebe nachgeholt, aber etwas ist unwiederbringlich dahin, verpaßt und versäumt. Ein mit einem Mann verbrachtes langes Leben, zum Beispiel. Niemand, der sich meiner erinnert, als ich jung war, niemand Nahestehendes, ich habe keinen Zeugen für mein Leben, und folglich ist es nicht beglaubigt. Alleinsein, das ist nicht Wahl, wie ich bislang geglaubt hatte, Alleinsein ist Sünde.

Ich grübelte darüber nach, während ich am Ufer entlangspazierte; alle anderen hatten sich zum Kartenspielen auf der Terrasse niedergelassen, mich langweilte das. Alle anderen, das hieß: Pawlowitsch, Aleksander, Mary-Mascha und George Muski, der auf ein paar Tage hereingeschneit war. Morgens, als er mit geschlossenen Augen im Liegestuhl lag, musterte ich ihn verstohlen. Er hatte bereits jemanden verloren, den er wahrhaft geliebt hatte. Wie kam er damit zurecht... Wie würde ich damit zurechtkommen... Zu Rande kommen mit dem Wissen über mich selbst, das mir über so viele Jahre gefehlt hatte. Schon als junges Mädchen hatte ich meine Wahl getroffen. Möglicherweise hatte ich geglaubt, mich auf diese Weise gegen die Vergänglichkeit absichern zu können, gegen das Alter. Alter betraf allein die Materie, und Materie war etwas, das, so stellte ich mir vor, mich nichts anging. Zu einer ersten Konfrontation war es auf dem Pariser Flughafen gekommen. Die Frau in der Scheibe der Pendeltür! Vielleicht war mir damals doch klargeworden, daß auch ich dem Ablauf der Zeit unterlag. War es genau dieses Wissen, das mich Aleksander in die Arme warf? Hatte ich mich darum auf das Spiel, welches Liebe heißt, eingelassen? Keine Rede von einem Man-selbst-Sein. Die Mitspieler versuchten, sich von der besten Seite zu zeigen, indem sie ihre Schwächen verbargen. Von daher meine Bestürzung damals in Reims und die Wehmut und die Wut auf den eigenen Körper, daß er sich nicht an die festgelegten Spielregeln hielt. Und sofern dem so war, gehörte er bestraft. Ich dachte nicht daran, daß das, was er erlitt, Schmerzen, Unbequemlichkeiten, schon eine hinlängliche Strafe darstellte. Ich fand, daß eigentlich ich es war, die bestraft wurde. Er eliminierte mich als Spieler, setzte meinen Wert in den Augen des Gegners herab. Genau so dachte ich damals. Daß der Mann neben mir mein Gegner ist. Ob wir beide das wollten oder nicht, der Feind Nummer eins war seine Jugend. Die wollte ich zähmen und auf meine Seite ziehen.

«Du bist so gut zu mir», sagte ich mit der Stimme eines braven kleinen Mädchens, denn damals, als wir aufbrachen aus Reims, hatte ich allerlei andere Sachen gesagt, gegen ihn, gegen unsere Liebe.

Er berührte meinen Kopf.

«Ich liebe dich ganz einfach», vernahm ich, doch es war wie eine Losung, die ich nicht verstand.

Etwas anderes, wenn ich frisch gebadet und duftend unter die Decke neben einen jungen Mann schlüpfte und selbst vorgab, jung zu sein. In so einem Augenblick machte es Sinn, von Liebe zu reden. Doch angesichts einer so offensichtlichen Katastrophe, da mein Körper plump war wie ein Sack Kartoffeln, da ich nach Krankenhaus stank, klang so ein Geständnis taktlos.

Ich trat durch die Gartenpforte und sah die anderen auf der mit Lampions erhellten Terrasse, sie hatten aufgehört, Karten zu spielen. Auf dem Kartentischchen stand jetzt ein Tablett und darauf eine Karaffe mit Likör. Aleksander saß mit dem Rücken zu mir in einem Korbsessel, ich sah seine breiten Schultern, auf die ungleichmäßig blonde Haarsträhnen herabfielen. Beim Klang der Schritte drehte er den Kopf, er blinzelte. So sah man in die Sonne. Ich aber war nicht die Sonne, konnte sie nicht sein. Er war einer Täuschung erlegen. Das waren wir beide. Ich sah das deutlicher als je zuvor, während ich zur Terrasse hinaufging. Und dennoch lächelte ich, als sei nichts geschehen. «Man könnte meinen, wir sind in Rußland», bemerkte ich fröhlich. «Über der Bucht holte mich eine Tenorstimme ein, und wißt ihr, was die sang?»

«*Otschi tschornyje,* schwarze Augen», antworteten die Anwesenden im Chor.

Ein Opernsänger russischer Abstammung hatte direkt auf dem Berggipfel seine Villa, besser gesagt, seine amerikanische Gönnerin und Geliebte, für die er abends jene berühmte Romanze zu singen pflegte.

«Auf Mallorca mag man die Deutschen am liebsten», sagte Dimitr Pawlowitsch. «Hitlers Geburtstag ist hier so etwas wie ein Nationalfeiertag.»

George Sand mochte recht gehabt haben, als sie sich mit einer solchen Abneigung über die Einheimischen äußerte. Auch sie umgab eine Mauer der Ablehnung, da die Ortsbewohner sich vor Chopins Krankheit fürchteten. Er spuckte Blut, also war er für sie ein Verseuchter.

«Woher diese Vorliebe für Hitler auf der Insel?» fragte ich Aleksander, als wir schon im Bett lagen.

«Nun . . . sie sehen ihn als Befreier an. Bevor die Faschisten gesiegt hatten, mordeten die Kommunarden, wen immer sie in die Finger kriegten: Anarchisten, Philatelisten, jeden, der nicht einer der Ihren war . . .»

Ich lag mit der Wange an seine Brust geschmiegt. Hörte sein Herz schlagen. Ein starker, gleichmäßiger Herzschlag. Und mein eigenes Herz beruhigte sich, hörte auf, so ängstlich zu flattern. Ein Urlaub von der Einsamkeit.

Als könnte er Gedanken lesen, murmelte Aleksander: «In ein paar Tagen sind die Ferien zu Ende. Und was dann?»

«Nichts. Du kehrst nach Paris zurück und ich via Paris nach Warschau.»

Er schwieg, doch sein Schweigen kränkte mich nicht. Schließlich war das die einzig vernünftige Lösung.

«Mir wäre es lieber, du gingest nicht nach Warschau zurück.»

«Ich muß.»

Darauf keine Antwort. Er schien eingeschlafen. Sein Herz hatte den Rhythmus nicht gewechselt, es schlug genauso ruhig wie zuvor. Ich empfand Dankbarkeit gegenüber diesem jungen Körper neben mir. Ich durfte so nahe bei ihm sein, seine Kraft und Wärme spüren. Mein Geliebter überraschte mich zuweilen. Ich war der Ansicht, er müßte sich verhalten wie andere, die gleich ihm jung, langbeinig und attraktiv waren. Zum Beispiel mit dem Schläger über den Tennisplatz jagen, wie das Pawlowitschs amerikanische Enkelin so erfolgreich tat. Es war fast eine Herausforderung. Aber er tanzte aus der Reihe. Trotz der vorschriftsmäßigen Bräune, der schlanken Figur, trotz der allerbesten Voraussetzungen spielte er kein Tennis, wie sich zeigte.

«Wie ist das möglich?» rief Mary-Mascha aus.

«Ich werde doch nicht wie ein Affe auf einem Platz hinter einem Ball her hopsen», entgegnete er. «Ich habe wichtigere Dinge im Kopf.»

Es mag albern sein, doch der Umstand, daß Aleksander verächtlich auf etwas herabschaute, was geradezu einer Manifestation von Jugendlichkeit gleichkam, gab uns beiden eine Chance. Aber vielleicht war ja nur ich auf der Suche nach einer solchen, wohl wissend, daß sie nicht existierte. Denn wie sollte ich mein Leben mit seinem Leben in Einklang bringen, meine Erfahrung mit der seinen? All die Jahre, die jeder für sich gelebt hatte, die Bilanz dieser Jahre, die konnte ja nicht übereinstimmen.

Diese Abendspaziergänge waren mir lieb geworden, deshalb machte ich mich auf den Weg, sobald sie den Kartentisch auf die Terrasse hinaustrugen.

«Wohin gehst du denn immer so bei Nacht, Liebe», fragte mich Aleksander irgendwann einmal. Er lachte, doch in seiner Frage schwang Unruhe mit.

Mit der näherrückenden Abreise wuchs die Spannung. Wir waren wie Vögel, die sich zum Abflug bereitmachten. Doch das Ziel unserer Wanderschaft stand noch nicht endgültig fest. Paris war ja nur ein Haltepunkt . . . Und später – ich nach Warschau, er nach Moskau. Nur . . . was würde mein Leben sein ohne ihn? Ich konnte mich an die Person, die ich in Warschau gewesen war, nicht mehr erinnern, ich erinnerte mich an Paris. Als hätte ich davor nicht existiert. Jetzt würde ich jenes Leben rekonstruieren müssen, ihm die Kontinuität verleihen, die mit der Abreise unterbrochen worden war.

Orly, fünfzehn Uhr

Der Koffer wird immer schwerer, ich schleppe ihn, trage ihn von einer Stelle zur anderen. Ich schlage Haken, als wollte ich meine Spuren verwischen. Und dabei weiß doch niemand, daß ich hier bin, und niemand würde mich hier suchen.

Vielleicht gelingt es mir ja, die fallengelassenen Maschen wiederaufzunehmen. Vielleicht schaffe ich es zum Beispiel, endlich Großmutter zu sein. Meine Enkel wachsen irgendwo weit von mir entfernt heran, ich habe nicht die einzelnen, im Leben eines Kindes so wichtigen Etappen verfolgt. Das erste Zähnchen, das erste Wort, und dann die unbeholfenen Schritte. Das alles hatten Ewas Kinder bereits hinter sich, aber ich hatte nichts davon mitbekommen. Und ich würde es nie nachholen können ... Warum hatte ich freiwillig auf eine Rolle verzichtet, die andere Frauen mit Freuden auf sich nahmen? Weil ich niemals war wie sie. Ich hatte zwar ein Kind geboren, doch meine Mutterschaft war verdorrt. Sie brachte mir keine Freude, war nichts, das ich mit Ungeduld erwartet hätte. In all den Jahren dachte ich keine Sekunde lang daran, daß ich ein zweitesmal gebären könnte. Im übrigen ... von wem hätte ich das Kind haben sollen? Schon Ewa war ein vaterloses Kind gewesen. Nie verschwendete ich einen Gedanken an den Jungen, mit dem ich ins Bett gegangen war. Er der Vater meiner Tochter? Sein Samen war durch Zufall in mich hineingelangt. Und durch Zufall kam es zu einer Geburt. Einfach ein Zwischenfall. Die Rolle hatte man mir aufgezwungen. Ich mußte eine Schwangerschaft durchmachen. Und eine Niederkunft. Wie die meisten Frauen. Doch das war die einzige Ähnlichkeit zwischen uns. Meine Mutterschaft entfaltete sich nicht zu einer ganz komplizierten Philosophie, sie wurde zum Problem, mit dem ich eigentlich nicht zu Rande kam. Vielleicht erregten deshalb Ewas aufeinanderfolgende Schwangerschaften meinen Widerwillen, ja, sie erregten sogar Furcht. Vielleicht fand ich, daß sie wie ich den Anforderungen des Mutterseins nicht würde gerecht werden können, und jedesmal, wenn ich sie in der Mutterrolle sah, verblüffte mich das. Ganz so, als wäre etwas Unanständiges daran, als belauschte, begaffte ich die eigene Tochter durchs Schlüsselloch . . . Doch sie brachte es wohl fertig, eine gute Mutter zu sein. Ganz bestimmt mochte sie Jasio, ihren Erstgeborenen, besonders, er ähnelte ihr übrigens sehr, doch sie kümmerte sich auch intensiv um die anderen Kinder, besonders um das jüngste. In der schlimmsten Lage war ihr zweites Söhnchen Marek, er war eines der mittleren Kinder und zu allem Überfluß auch noch recht zimperlich. Aus dem kleinsten Anlaß fing er an zu weinen. Immer trödelte er hinterher, blieb wieder und wieder stehen, häufig mußte man auf ihn warten. Bei Tisch war es ähnlich. Alle anderen waren längst beim Nachtisch, und er war noch nicht mit seiner Suppe fertig. Ein Kind, das zu lieben schwerfiel. Und ich hatte den Eindruck, daß Ewa es weniger liebte. Doch ich irrte mich, vermochte vielleicht nicht zu verstehen, daß eine Mutter all ihre Kinder gleich liebhat. Immerhin hatte ich keine Vergleichsmöglichkeit . . . Ich lernte das erst von meiner Tochter. Einmal glaubte ich, sie würde, ins Gespräch vertieft, nicht bemerken, daß ihr zweiter Sohn zurückblieb, und dennoch blieb sie stehen, ohne auch nur einen Blick nach hinten zu werfen, und wartete, bis er zu uns aufschloß. Ganz so, als hätte sie eine Art mystischen Blickkontakt mit ihrem saumseligen Kind . . . Für mich war es eine solche Überraschung, das Familienleben meiner Tochter. So verschieden waren schließlich unser beider Leben. Woher wußte sie, wie man in den mannigfaltigen überraschenden Situationen handeln mußte, ich wußte es schließlich nicht?

Sie tummelte sich in der Küche, immer mit dem Baby, das sie für gewöhnlich auf der Hüfte trug. Sie öffnete und schloß Schränke, stellte Töpfe um, nahm eine Pfanne heraus, danach ging sie ins Zimmer ihres Ältesten, um nachzusehen, ob er auch seine Schularbeiten machte. All das mit einem Säugling im Arm.

Während einer meiner seltenen Besuche am Tisch sitzend, schaute ich sie an, und das Gefühl der Leere wurde noch stärker in mir.

«Wart einen Moment, Mama», sagte sie, «ich schieb nur den Wagen auf die Terrasse hinaus und leg die Kleine schlafen, dann können wir uns unterhalten . . .»

Ich hatte geglaubt, daß mich all diese Probleme nicht mehr betrafen, daß sie zusammen mit der Jugend ein für allemal verschwunden waren, doch ausgerechnet dort, auf Mallorca, während einer meiner Abendspaziergänge am dunklen Meer, wurde mir unvermutet klar, daß ich mich nach – Mutterschaft sehnte. Nicht deshalb, weil sie nicht erfüllt worden war und ich statt mehrerer Kinder nur eine einzige Tochter geboren hatte. Es war vielmehr die Sehnsucht nach Mutterschaft im eigenen Körper. Er war es, der sie in mir wachrief, der reine physische Liebesakt reichte ihm nicht mehr aus, er wollte jetzt mehr. Forderte die Befruchtung. Anfänglich war dies ein schüchterner Gedanke, der hartnäckiger und hartnäckiger wurde. Das Einswerden mit einem anderen Körper, die Lust, die ich durch ihn erfuhr, schien nicht mehr auszureichen. Die Erkenntnis, daß der Unterleib eine so wichtige Rolle innehatte. Dort konnte sich der Samen einnisten, aus dem sich neues Leben entfaltete. Mich verlangte plötzlich auf so dramatische Weise danach, daß es mich entsetzte. Ich wollte noch mal ein Gefühl erfahren, an das ich mich nicht mehr erinnerte. Das Gefühl des Keimens, der Entfaltung. Des Anschwellens. Wenn man die Schwere des Kindes spürte und dann seine Bewegungen . . . Diese meine Sehnsüchte waren so unerwartet aufgetaucht, daß ich außer Bestürzung zunehmend Angst empfand. Etwas entschlüpfte meiner Kontrolle, konnte zu einer Katastrophe führen. Der Groll gegen den eigenen Schoß, der nicht mehr fähig war, eine Frucht zu tragen, war zugleich ein Groll gegen die Liebe. Mir war gelungen, sie nachzuholen, warum war das nicht auch mit der Mutterschaft möglich ... Ich nahm das auf einmal als eine Art Gebrechen, von dem ich erst jetzt erfuhr. Aber vielleicht hatte ich unbewußt immer so empfunden. Vielleicht war ich im Grunde, während ich wunder was für eine Vorstellung von mir selbst hatte, nur ein Weibchen, das bis zur Stunde nicht die richtigen Bedingungen zur Fortpflanzung gehabt hatte, doch sobald nur das Männchen aufgetaucht war ... Vielleicht resultierte ja mein schmerzliches Bedauern, daß Ewa diese Kinder gebar, aus etwas völlig anderem, als ich geglaubt hatte. Vielleicht ging es gar nicht darum, daß sie sich ihre Zukunft verbaute, sondern um gewöhnliche weibliche Eifersucht ... War das möglich, daß ich nicht imstande gewesen war, meine Empfindungen beim richtigen Namen zu nennen? War ich wirklich in einem solchen Maße behindert? Und wem sollte man das anlasten? Der Mutter, die in meiner Kindheit eigentlich nicht anwesend gewesen war? Dem Großvater? Er hatte mich ja gelehrt, Gefühle zu verachten. Und ich hatte mich als gelehrige Schülerin erwiesen.

Orly, fünfzehn Uhr vierzig

Ich fange etwas von dem Gespräch zweier junger Frauen auf. Daß sie jung sind, zeigt schon der Charakter ihrer Vertraulichkeiten. «Warst du im Bett mit ihm?» Aber ja, antworte ich ihr in Gedanken. Ja, obwohl ich längst aufgehört habe, daran zu glauben. Auch die, die mich kannten, hätten wohl nicht daran geglaubt. Ein Universitätskollege von mir hatte bei irgendeiner Gelegenheit halb im Scherz zu mir gesagt: «Du siehst wie eine Frau aus, die verklemmte Schenkel hat.» – «Ich habe eher ein verklemmtes Herz, wenn du weißt, was ich meine», hatte ich damals geantwortet.

Am Tag vor unserer Abreise veranstaltete Dimitr Pawlowitsch mit seiner amerikanischen Enkelin zusammen eine Gartenparty. Ein Barbecue auf der Terrasse, Mary-Mascha, ein Schürzchen vorgebunden, wendete mit einer langen Bratengabel rote Fleischstreifen. Es qualmte, und ein köstlicher Geruch breitete sich aus. Daneben, in Silberfolie gewickelt, brieten Kartoffeln.

«Die Amerikaner lassen es sich so jede Woche gutgehen», bemerkte Aleksander mit ironischem Unterton.

«Ja, und?» schnappte Mary-Mascha. «Besser als ein halber Liter mit den Kumpels unterm Zaun.»

«Und wer soll das sein da unter diesem Zaun?» erkundigte sich Aleksander schon ganz feindselig.

«Deine Landsleute, Sascha.»

«Und deine nicht, Maschenka?»

«Ich bin Amerikanerin.»

Krach hing in der Luft, doch zum Glück erschienen neue Gäste, Nachbarn aus der Straße. Der Geräuschpegel stieg, man brachte Trinksprüche aus, Gläser klangen, es wurde heftig diskutiert, wobei man sich gegenseitig überschrie. Mit jeder Minute gewann das Gartenfest an Temperament. Eine der Damen, die ein elegantes, schwarzes Kleid trug, begann ein bekanntes russisches Volkslied zu summen, andere fielen ein. Pawlowitsch holte die Ziehharmonika, stützte sie auf die Knie und begann die Sänger zu begleiten. Die Gäste bildeten jetzt einen harmonischen Chor, sangen aus voller Kehle.

«Wie du siehst, ist Rußland ewig», Aleksander lächelte. «Es läßt sich nicht aus der Seele vertreiben . . .»

Er mochte durchaus recht haben, denn sogar die sehr

amerikanische Mary-Mascha stemmte plötzlich die Hände in die Seiten und trug *tschastuschki*, Gelegenheitsgedichte, vor. Ich fühlte mich fremd in ihrer Mitte. Mit einem Glas Wein stellte ich mich abseits. Nach einer Weile schloß sich mir George Muski an. Wir schauten Aleksander zu, der einen komplizierten Tanz tanzte, in der Hocke bald das eine, bald das andere Bein von sich schleuderte, wobei er sich außerdem noch auf die Waden klatschte. Das nannte sich wohl *kasatschok*.

«Sie sind recht wenig russisch für diesen Abend», sagte ich.

«Weil ich nicht trinke und nicht das Maul aufreiße?»

«Sie freuen sich nicht Ihres Lebens.»

«So gesehen, bin ich kein bißchen russisch.»

Wie sehr mochte ich doch diesen wortkargen Mann. Schade, daß ich ihn wohl nie mehr wiedersehen würde. Es war ja mehr als gewiß, daß sich unsere Wege für immer trennen würden . . . Aleksander kam zu uns herüber, ein wenig atemlos nach den eben absolvierten Luftsprüngen.

«Was haltet ihr euch denn so abseits?»

«Wir sind nun mal keine *dansiory*, Sascha», lachte sein Freund.

Als Aleksander sich wieder entfernt hatte, fragte Muski, was zur Zeit das Thema in polnischen Kabaretts sei.

«Ich bin fast ein Jahr nicht dort gewesen.»

«Und bei Ihrer Abreise?»

«Geht es Ihnen um antirussische Witze?»

«Genau das.»

«Ich erinnere mich an einen: Wer regiert jetzt Rußland? Antwort: Rußland wird heutzutage von anderthalb Menschen regiert. Von Lenin, dem ewig lebenden, und Jelzin, dem halb toten.»

Muski lachte fröhlich.

«Die Polen sind wirklich ein witziges Volk.»

«Sie können bloß nicht über sich selbst lachen.»

Er schaute mich prüfend an. «Halten Sie das für einen Fehler?»

«Ja.»

Die Rückkehr nach Paris verlief ohne Zwischenfälle. Pawlowitsch brachte uns nach Palma. Das Flugzeug startete pünktlich und landete ebenso pünktlich hier, in Orly. Wir nahmen ein Taxi, das uns zum Hotel brachte. Aleksander trug meinen Koffer hinauf und stellte ihn vor der Tür ab.

«Zieh dich um, wir gehen was essen», sagte er und verschwand in seinem Zimmer.

Ich machte die Tür auf und stand im typischen Hotelinterieur. Ich ließ mich aufs Bett fallen wie damals, als ich das Zimmer zum erstenmal betreten hatte. Doch mit jener Frau von damals hatte ich kaum mehr etwas gemein. Wie sollte ich jetzt zu ihr zurück, wie mich selbst überzeugen, daß sie und ich ein und dieselbe Person waren? Die Warschauer Wohnung war in diesem Augenblick so wenig real wie eine im Ozean verlorene Insel. Also was weiter? Ich konnte weder hierbleiben noch dorthin zurückkehren. Konnte mich weder als die Frau damals noch als die jetzt akzeptieren. Beide waren nicht tragbar. Welchen Ausweg gab es also? Und der Tod? Immerhin gab es noch den Tod! Dieser Gedanke war wie eine plötzliche Erleuchtung. Warum war ich nicht früher darauf gekommen? Ich hätte mich doch viel sicherer gefühlt in meiner neuen Verkörperung.

Aleksander fand mich noch immer auf dem Bett sitzend. Der unausgepackte Koffer stand mitten im Zimmer. Er hatte es unterdessen geschafft, zu duschen und sich umzuziehen. Er trug eine dünne Sportjacke und Jeans.

«Was ist mit dir?» fragte er.

Was konnte ich ihm antworten? Daß ich mich aus seinem Leben, ja sogar aus dem Leben überhaupt zurückzuziehen beschlossen hatte? Er würde das nicht begreifen, so fremd mußte ihm meine Entscheidung vorkommen. Statt dessen eine Idee. Es war eine Idee, zu deren Realisierung ich noch nicht bereit war. Aber meine vibrierenden Nerven hatten sich unter ihrem Einfluß beruhigt.

Jetzt ging auch ich unter die Dusche und zog dann mein Lieblingskleid mit den Jugendstilblumen an. Wir gingen in die Stadt. Es war stickig, die sonnenwarmen Mauern verstärkten die Hitze noch. Mir war, als umgäbe mich statt Luft ein dichter Stoff, in dem es mir zu atmen schwerfiel. Aber dennoch freute ich mich, daß ich wieder hier war. Ganz so, als wäre ich heimgekehrt. Das Hotelzimmer war viel mehr ein Zuhause als die Wohnung, in der ich die überwiegende Zeit meines Lebens verbracht hatte.

Wir gingen Hand in Hand, denn es war zu heiß, um sich zu umarmen. Paris im Sommer ist nicht dieselbe Stadt wie im Frühling oder Herbst. Auf den Straßen trifft man völlig andere Menschen, meistens Touristen. Wie Aleksander das umschrieb: Die Atmosphäre setzt sich. Wir spürten das beide, obwohl keiner von uns etwas sagte. Wir legten an diesem Nachmittag Gott weiß wie viele Kilometer zurück, durchstreiften den Boulevard an der Seine der Länge und der Breite nach, hielten an den Ständen der Bouquinisten und sahen die Drucke und Radierungen durch. Aleksander stieß auf eine sehr alte Ausgabe des *Orlando furioso* von Ariost und kaufte sie, ohne zu feilschen.

Eine ziemlich teuere Angelegenheit. Wenn einer von uns für sich etwas fand und das Buch anzuschauen begann, was gut und gerne seine Zeit dauern konnte, wartete der andere geduldig an seiner Seite. Das war wirklich wunderbar, diese fehlende Ungeduld. Wir verstanden es, aufeinander zu warten. Verstanden es, miteinander zu sprechen. Und verstanden es zu schweigen. In dieser Hinsicht hatten wir uns gesucht und gefunden wie selten ein Paar. «Ein Bücherwurm ist einem anderen Bücherwurm begegnet», lachte Aleksander. Was mich anbelangte, war das eine gute Umschreibung. Aber er? Er hockte nicht über seinen Aufzeichnungen so wie ich, saß nicht stundenlang in Bibliotheken. Für ihn arbeitete ein ganzes Forscherteam, das sein französischer Verleger engagiert hatte. Wenn Aleksander irgendwelche Informationen brauchte, fragte er seinen Computer ab.

«Wenigstens habe ich Zeit, ab und an einen Blick aus dem Fenster zu werfen und zu sehen, ob die Sonne scheint», sagte er. «Dieses Glück war meinem Professor nicht beschieden. Sicherheitshalber hatte er deshalb immer einen Regenschirm bei sich, oder wir trugen ihm den hinterher . . .»

Gegen Abend langten wir bei unserem kleinen Restaurant auf dem Montmartre an, wir waren schachmatt und hungrig. Wie schmeckte mir alles, was Aleksander bestellte, die Platte mit kaltem Braten und der trockene Wein dazu!

«Schaffst du es noch, ein Stückchen zu gehen?» fragte er.

«Wie weit?»

«Zwei Straßen von hier.»

Die Riemchen meiner Sandalen schnitten mir schmerzhaft in die Füße, nur mühsam ließen sich die Zehen bewegen.

«Ist es unbedingt nötig?»

«Könnte man sagen, ja.»

«Also, einverstanden.»

Nach einer ungefähr zwanzigminütigen Wanderschaft, meine Füße trugen mich kaum noch, zeigte mir Aleksander ein pockennarbiges Mietshaus, das zwischen die Nachbarhäuser wie eingequetscht wirkte. Es hatte ein steiles, rotes Ziegeldach mit zwei Luken darin.

«Siehst du das Fensterchen im Dach auf der rechten Seite?»

«Ja, ich sehe es.»

«Das ist unser Fenster.»

Ich starrte ihn verblüfft an.

«Was soll das heißen, unser?»

Er lächelte geheimnisvoll.

«Ich habe uns eine Wohnung gemietet.»

Und plötzlich kam mir alles so einfach vor. Wozu hatte ich mich so gequält! Wenn wir uns liebten, warum sollten wir dann nicht zusammen wohnen? Immerhin hatten wir die schwierigste Prüfung in unserer Beziehung schon bestanden: dieses Zusammengedrängtsein in einem Hotelzimmer, das Schlafen in einem unbequemen Bett, dieses ständige Sich-im-Weg-Sein. Und trotzdem hatte sich keiner von uns beklagt. Wenn er oder ich das Hotel verlassen mußten, wurde stets gefragt: «Wann kommst du zurück?»

Ich erklomm die schmale, dunkle Treppe mit dem Gefühl, daß sie die schönste Treppe der Welt sei, führte sie doch zu unserem Zuhause! Ich war etwas außer Atem, denn es ging in den vierten Stock. Aleksander schloß auf und ließ mich als erste eintreten. Eine enge Diele, braungemustert tapeziert. Von hier hatte man Zugang zur Küche und zu einem Zimmer, das durch eine Tür mit einem anderen, bedeutend kleineren Zimmer verbunden war, in dem nur eine breite Couch und ein Nachtschränkchen standen. Eine weitere Tür führte zum Bad. Dort gab es Dusche, Klosett und Waschbecken. Die Wohnung mußte lange leergestanden haben, denn der Geruch von Staub und, offen gesagt, altem Schmutz behauptete sich hartnäckig. Die Wohnung war ganz entschieden renovierungsbedürftig.

Ich trat ans Fenster und öffnete es weit. Ein angenehmer Lufthauch fächelte mir das Gesicht.

«Na, und?» fragte Aleksander mit sehr unsicherer Miene.

«Der Ausblick ist überwältigend.»

«Nicht wahr?» Er freute sich wie ein Kind. Er kam zu mir und nahm mich in den Arm; wir schauten auf ein Lichtermeer.

«Hier wird aufgeräumt, du wirst sehen, alles wird blitzblank», sagte er.

Ich schüttelte den Kopf. «Die Tapete muß gewechselt werden.»

«Na, dann wird sie halt gewechselt», sagte er rasch.

Und auf einmal nahm er mich auf den Arm und trug mich ins andere Zimmer. Dort ließ er mich auf die Couch fallen. Staub stieg mir in die Nase.

Aleksander legte sich neben mich. Über uns die graue Zimmerdecke und die nackte, mit Fliegendreck besprenkelte Glühbirne.

«Wir sind so viele Stunden in der Stadt herumgelaufen, weshalb hast du mich nicht gleich hierhergebracht?»

«Ich hatte Angst.»

«Wovor?»

«Davor . . . daß du nicht mit mir zusammenbleiben willst . . . immer hast du ‹nein› gesagt . . .»

«Also hast du beschlossen, mich erst mit einer Wanderung durch Paris kleinzukriegen?»

«Etwas in der Art.»

Ich legte die Hand auf seine Stirn.

«Du hast für uns beide die Entscheidung getroffen. Und so soll es denn sein», sagte ich nachdenklich.

Zart schob er meine Hand von seiner Stirn auf die Augen, ich spürte seine Lider unter den Fingern. Sie zuckten sacht.

«Wenn du fortgingest, wäre ich für immer allein.»

Zum Hotel kehrten wir in einem Taxi zurück. Es war zu heiß, um zusammen zu schlafen, ich ging folglich zu meinem eigenen Zimmer. Irgendwie wollte ich nicht das Bett benützen, in dem Nadja früher geschlafen hatte. Es war das Bett, das an der Wand zu meinem Zimmer stand.

«Nimm den *Orlando*», sagte Sascha, als ich schon an der Tür war.

«Das ist doch dein *Orlando.*»

«Ich habe ihn für dich gekauft.»

Mein Herz krampft sich zusammen. Vor Angst. Daß das nicht dauern kann. Seine Güte. Sein An-mich-Denken.

Überlegungen, womit er mir eine Freude machen kann. Und das Wichtigste: sein Entschluß, die Verantwortung für mein Leben zu übernehmen.

Im Raum gab es keine Klimaanlage, es war drinnen genauso stickig wie draußen. Das Nachthemd klebte mir am Körper, ich hatte nasse Haare. Sie waren nachgewachsen und bedeckten wieder den Nacken. Aleksander hatte mich schon darauf aufmerksam gemacht und gesagt: Das ist doch keine Länge. Ich sollte mit ihnen etwas anstellen, doch ich fürchtete mich davor, daß die Schere des Friseurs etwas in meinem Gesicht bloßlegen könnte, was bis zur Stunde noch nicht augenfällig geworden war, daß sie das Alter bloßlegen könnte. Ich war ja ständig unsicher, jeder Tag konnte eine Änderung bringen, die ich nicht erwartete. Mir hatte sich eingeprägt, was ich einmal gehört hatte: «Sie ist über Nacht gealtert.» Jetzt fürchtete ich das mehr als den Tod. Jetzt. Da ich mich für die Jugend entschieden hatte. Für die Liebe. Für die Bindung an einen Mann. Aber den Tod . . . könnte ich mir erlauben. Meine Mutter hat ihn sich erlaubt . . .

Damals bin ich überzeugt gewesen, daß sie aus Liebe starb und daß Liebe etwas ist, woran man stirbt . . . Sie war so ruhig. Lag da mit übereinandergelegten Händen, der Rosenkranz darumgewickelt, das Holzkreuzchen mit dem Miniaturjesus aus Blei, die Arme ausgebreitet wie sie damals am Fenster der Veranda, war ihren Fingern entglitten und lag auf dem Schoß, der vierzehn Jahre zuvor mich zur Welt gebracht hatte. Hatte ich damals gedacht, daß auch ich aus Liebe sterben könnte? Ich erinnere mich nicht. Doch heute morgen dachte ich das, während ich auf dem Hotelbett saß . . . Nur daß sie den Tod nicht gewählt hatte. Und auch ich würde ihn wohl nicht wählen können, wäre nicht imstande dazu. Selbst der Entschluß, mir die Haare kürzen zu lassen, schien über meine Kräfte zu gehen, von einem Entschluß, sich das Leben zu kürzen, ganz zu schweigen. Das war nur eine melodramatische Version, zu der mir der Mut fehlte. Folglich kann ich mich nicht sicher fühlen, bleibt mir nur das Spiel mit der Zeit. Mit dem eigenen Körper. Würde ich mit ihm um die Jugend spielen können? Obgleich ... die finsteren Szenarien Professor Mouillands sich irgendwie nicht bewahrheitet hatten. Mallorca hatte mir gutgetan, ich fühlte mich körperlich kräftiger. Meine abendlichen Wanderungen ... das Bewältigen ansteigender Strecken schaffte ich mühelos, wo ich doch vor der Abreise den ersten Stock zu erklimmen schon als Strapaze empfunden hatte, einmal auf der Treppe sogar ohnmächtig geworden war. Vielleicht also ... vielleicht war Reims nur ein Zwischenfall, der sich nicht wiederholen würde. Meine Einwilligung, mit Aleksander zusammenzuziehen, basierte hauptsächlich auf diesem Vielleicht.

Orly, fünfzehn Uhr fünfzig

Die Frau hinter der Bar beugt sich zu mir herunter. Ihr Gesicht wirkt besorgt.

«Brauchen Sie etwas?» fragt sie.

Also steht es so schlecht, daß andere das bemerken? Es steht schlecht, sehr schlecht sogar, weil ich wieder nicht Herr meines Körpers bin, der sich schlichtweg von hier hinwegheben will. Er will zurück, braucht die Nähe jenes anderen Körpers, fordert sie beinah ... Ich bin erschrokken, denn mir kommt es vor, als verliere ich die Kontrolle über die Situation, und mein rebellischer Körper reißt mich mit sich fort ... Wir steigen in ein Taxi, dann steigen wir aus; die Treppe, die Tür, er macht auf ...

«Trinken Sie einen Kaffee?»

Wortlos nicke ich.

Als ich in Aleksanders Zimmer George Muski antraf, dachte ich, daß sich doch nichts voraussehen ließ. Vor einer Woche auf Mallorca hatte ich für immer Abschied von ihm genommen, und da stand er nun vor mir und lächelte freundlich.

«Darf ich dir unseren Wirt und Wohltäter vorstellen?» sagte Aleksander.

Die Wohnung, die wir beziehen wollten, gehörte also ihm. Er vermietete sie uns für einen symbolischen Preis und verpflichtete sich auch noch, bei der Renovierung zu helfen. Auf dem Tisch lag die Liste der dringendsten Besorgungen. Ich warf einen Blick darauf: Neben einem neuen Badezimmerofen waren auch Tapeten, Teppiche und sogar ein neues Klo und ein Waschbecken aufgeführt.

«Das wollt ihr alles selbst auswechseln?» fragte ich leicht verblüfft.

«Wir hatten schon ganz andere Aufgaben zu erfüllen», entgegnete Aleksander.

Ich stand diesem Vorhaben ziemlich skeptisch gegenüber, doch die beiden hegten keinerlei Zweifel, daß sie zu Rande kämen. «Hauptsache, sie stört uns nicht.» Also machte ich mich rar. Aleksander verschwand nun den ganzen Tag, kehrte oft erst spät in der Nacht zurück und fiel todmüde ins Bett. Ich erkundigte mich nicht nach dem Fortgang. Tat es lieber nicht. Allein auf mich angewiesen, durchlebte ich ein ständiges Auf und Ab der Gefühle. Voller Optimismus und Zukunftsplänen wurde ich unvermutet von Zweifeln übermannt. Die Entscheidung, die wir getroffen hatten, kam mir auf einmal verrückt vor; ich fand, ich müßte den Koffer packen und auf der Stelle abreisen. Doch dafür war es längst zu spät. Die Renovierungsarbeiten dauerten an . . . Ich sehnte mich nach Aleksander, seiner körperlichen Nähe, an die ich mich während all der Monate gewöhnt hatte. Auch wenn ich wußte, daß seine Abwesenheit voll und ganz begründet war, fühlte ich mich dennoch vereinsamt. Er kam stets so erschöpft zurück, daß wir uns nicht einmal mehr unterhalten konnten. Wenn ich ihn etwas fragte, antwortete er: «Morgen, Liebe . . .»

Doch ich hatte einige schwierige Dinge bereits heute zu erledigen. Dinge, die nicht warten konnten. Nur, daß ich mit diesen Sachen selbst fertig werden mußte und seine Anwesenheit dabei keine Rolle spielte. Problem Nummer eins: Ewa. Wie sollte ich ihr das alles beibringen? Meine Ankunft hatte ich schon einmal verschoben. Jetzt galt es, das ein zweites Mal zu tun. Doch wie eingestehen, daß ich nicht mit «*diesen* Russen» nach Mallorca gefahren war, sondern mit «*diesem* Russen»? Mit einem Mann, der mehr oder weniger in ihrem Alter war, also gut und gern mein Sohn sein konnte? Für Ewa würde eine feste Beziehung von mir eine große Überraschung sein, von einer Beziehung zu Aleksander ganz zu schweigen. Die mochte selbst Fremde in Erstaunen versetzen, Leute, die mein Leben nicht so gut kannten wie sie. Und wie ihr das vermitteln? Per Telefon . . . Mit Sicherheit war das keine Telefonnachricht. Ewa konnte mich jeden Augenblick mit der Frage «Wie alt ist er denn?» unterbrechen. Also ein Brief. Doch wie schreibt man, «daß er zwanzig Jahre jünger ist»? Ein solches Eingeständnis klänge auf Papier besonders grausam. Vielleicht umging man also besser diese Angelegenheit. Schrieb nur, daß da ein Mann war, mit dem man zu leben beschlossen hat. Ohne weiteres offenzulegen. Nur für wie lange? Immerhin würde sie mich mit Fragen überschütten. Und ich würde diese Fragen beantworten müssen. Nun ja, aber erst später. Dieser spätere Termin, das war doch schon etwas, woran ich mich klammern konnte. Ein Brief. Ein Brief wäre mit Sicherheit besser . . . Nur, daß ich nicht imstande war, ihn zu schreiben. Ich saß über dem leeren Blatt, und mir ging zu meiner nicht geringen Verwunderung auf, daß dies mein erster Brief an die eigene Tochter werden sollte und ich mir einfach der Anrede nicht sicher war. «Liebe Ewa», «Teure Ewa» oder vielleicht einfach nur «Ewa»? Ich schrieb keine Briefe an sie, weil ich niemals für länger verreiste. Meine Kurzreisen zu wissenschaftlichen Symposien machten keine Korrespondenz erforderlich, die Zeit der Trennung war nicht lang genug. Ich schrieb ihr auch von hier nicht. Wir unterhielten uns per Telefon. Ich hätte eigentlich gerne gewußt, ob es auf der Welt eine zweite solche Mutter gab, die ihrer erwachsenen Tochter noch nie auch nur einen einzigen Brief geschrieben hatte. Jetzt mußte ich das wiedergutmachen, aber ich hatte fürchterliche Schwierigkeiten damit. Selbst als es mir gelang, mir ein paar Sätze abzuringen, knüllte ich das Blatt zusammen, weil ich mit mir unzufrieden war. Ich war mir einfach ihrer Reaktion nicht sicher. Wie sie sich zu all dem verhalten würde. Vielleicht kam ich ihr albern vor . . . Mir fiel ein, daß ich die Neuigkeit erst einmal mit jemand anderem teilen könnte, um zu sehen, wie derjenige reagierte, ob er sich vielleicht aufregte. Welch eine Miene würde jene Person ziehen, wenn ich ihr von meiner Entscheidung, mit einem so viele Jahre jüngeren Mann zusammenzuleben, erzählte? Ich mußte jemanden wählen, der mir wohlgesinnt war, sich jedoch gleichzeitig nicht mit meiner Situation auskannte. Katja kam nicht in Frage. Sie selbst hatte sich auf eine wenig konventionelle Verbindung eingelassen, würde also einer ähnlichen von Herzen beipflichten. Nein, Katja wäre kein objektiver Zeuge . . . Ich dachte: Zeuge, dabei suchte ich jemanden, der mich beurteilte. Mir fiel Edith Mouilland ein. Ich rief sie an und schlug ihr ein Treffen vor, doch sie lud mich ein, sofort zu ihr zu kommen.

«Ich warte mit dem Abendessen», erklärte sie entschieden.

Nun, wenn ich zum Abendessen eingeladen war, würden wir nicht allein sein, im besten Falle leistete uns ihr Mann Gesellschaft. Ich hatte nichts gegen ihn, mochte ihn sogar, verdankte ihm auch eine Menge, doch seine Anwesenheit würde eine ehrliche Unterredung unmöglich machen. Sofern ich mich überhaupt dazu durchrang. Denn mein Geständnis würde Edith zumindest überraschen. Wir waren im selben Alter, doch man konnte sie für älter halten. Vielleicht lag es an ihrer Art, sich zu kleiden. Alles, was sie trug, war äußerst geschmackvoll, doch es war der Stil einer älteren Dame. Während ich mit meiner Kurzhaarfrisur, mit meinen x-beliebigen Röcken und Blusen ... Ihr Leben verlief ohne größere Überraschungen, in Wohlstand und in dem Gefühl der Sicherheit. An der Universität geschätzt, von ihrem Mann und den schon erwachsenen Kindern geliebt, durfte sie sich in Eintracht mit sich selbst und der Welt glauben. Und ich, ich hatte in puncto Mann oder Kindern weder das eine noch das andere erreicht. Und dennoch beneidete ich sie ganz und gar nicht, das heißt, ich beneidete sie inzwischen viel weniger als bei meinem ersten Besuch. Damals trat ich in ihr geordnetes Haus und in ihr geordnetes Leben als eine innerlich ziemlich ungefestigte Person, als eine alleinstehende Frau, deren Verhältnis zur eigenen Tochter als nicht eben gelungen angesehen werden konnte und deren berufliche Karriere, na ja ... Und jetzt ... Jetzt war ich innerlich genausowenig gefestigt, vielleicht sogar noch weniger als damals, aber ich war eine Frau, die geliebt wurde. Ich glaube nicht, daß das Paar, mit dem ich nun zu Tisch saß, eine solche Liebestrunkenheit, das Berauschtsein vom Sex und der Nähe des anderen noch erfuhr. Sie waren schon viele Jahre zusammen, und es war nicht sicher, ob sie noch miteinander ins Bett gingen. Es schien nicht wahrscheinlich, daß sie einen Geliebten hatte. Doch er, wer weiß? Vielleicht betrog er sie, und sie wußte davon, tat nur so, als sei sie ahnungslos. Auf einmal schämte ich mich meiner Gedanken. Schließlich hatten mir beide soviel Freundlichkeit erwiesen, als ich krank war.

Der Professor fragte lächelnd: «Und vergessen Sie auch nicht, sich um Ihre Gesundheit zu kümmern?»

Ich wußte nicht, was ich antworten sollte. Ich hatte es restlos vergessen. Nicht einmal die Medikamente, die er mir verordnet hatte, hatte ich gekauft. In Warschau sei noch Zeit genug dafür, glaubte ich.

«Ich fühle mich durchaus wohl», entgegnete ich schließlich.

«Das freut mich.»

Er erhob sich und ließ uns allein. Edith schlug Kaffee im kleinen Salon nebenan vor. Dort war es gemütlich, das gedämpfte Licht schuf eine intime Atmosphäre.

«Vielleicht bleibe ich für länger in Paris . . .»

«Ach ja?» Sie reagierte lebhaft. «Haben Sie Ihren Vertrag verlängert?»

Ich schüttelte den Kopf.

«Meine privaten Pläne haben sich geändert.»

Ich sagte nichts weiter zu diesem Thema, ihr höfliches Lächeln hielt mich zurück. Wenn sie die Wahrheit erfuhr, würde dieses Lächeln verlegen werden. Das konnte gar nicht anders sein. Meine Beziehung zu Aleksander mußte für einen Außenstehenden unbegreiflich erscheinen. Das allerschlimmste aber war, daß auch meine Tochter jemand Außenstehendes war. Bis zu diesem Zeitpunkt hatte ich alles, was sie in ihrem Leben getan hatte, einer Beurteilung unterzogen. Jetzt war die Beurteilung an ihr. Und das erschreckte mich. «Wovon werdet ihr leben?» hatte ich sie seinerzeit gefragt. Jetzt konnte sie mir diese Frage stellen. Als ich mich entschloß, in Paris zu bleiben, hatte ich nicht einmal die Chancen für eine Arbeit geprüft. Die Sorbonne kam kaum in Frage, mein Jahresvertrag war abgelaufen, und man hatte mir keine Verlängerung angeboten. Ich wußte, daß an anderen Lehreinrichtungen Philologen für den Sprachunterricht der Slawistikstudenten gesucht wurden. Einer meiner Assistenten erteilte einen solchen Unterricht. Doch das war wirklich nichts für mich. Ich konnte nicht an der Tafel stehen und den Studenten erklären, daß dies der Vokal a und das der Konsonant b ist. In meinem Alter durfte man mit solcherart Beschäftigungen nicht die Zeit verlieren. Doch was konnte ich hier anderes tun? Selbst wenn ich ein Thema für eine wissenschaftliche Abhandlung fand, die meinen Aufenthalt in Paris erforderlich machte, wovon sollte ich leben? Ich durfte es nicht zulassen, daß Aleksander mich aushielt. Wir hatten nicht davon gesprochen, doch er mochte durchaus ähnliche Probleme haben. Im September sollte sein Buch in Frankreich erscheinen, doch man durfte nicht damit rechnen, daß es viel einbrachte. Und was weiter? Der französische Verleger würde Aleksanders Aufenthalt nicht länger finanzieren. Wir konnten in eine sehr schwierige materielle Lage geraten. Allerdings würden wir die Wohnung fast umsonst bekommen, doch man mußte etwas essen, Kleidung kaufen, Fahrkarten . . . Daran dachte ich, als ich an der Metro-Station wartete. Als ich nach oben kam, war Aleksander bereits da. Er saß im Bademantel am Tisch und blätterte die Zeitung durch. Er war eben aus der Dusche gekommen, und die feuchten Haare kringelten sich. Er sah so jung aus.

«Wo warst du?» fragte er.

«Bei den Mouillands.»

«Und wie geht es ihnen?»

«Sie wissen nicht, auf was wir beide uns eingelassen haben.» Meine Stimme schwankte, ich brachte kein Wort mehr heraus.

«Und auf was haben wir uns eingelassen, Liebe?» fragte er ruhig.

«Daß du nicht begreifst, daß wir eine Verrücktheit begehen! Wovon werden wir leben, zum Beispiel?»

Lange sah er mich schweigend an. Furcht überkam mich, daß er mir recht geben, unsere sämtlichen Zukunftspläne zunichte machen könnte.

«Wovon wir leben werden, ist meine Sache, nicht deine», sagte er langsam.

So war es also. Ein anderer entschied über mein Leben, zum erstenmal war ich nicht allein. Ich schmiegte mich an ihn, das Herz voller Dankbarkeit. Er legte seine Arme um mich. Wir liebten uns auf dem schmalen Hotelbett. Ich fühlte, wie er in mich eindrang, und ich konnte mir nicht vorstellen, daß es etwas Schöneres geben konnte. Jede Liebesgeste war etwas Außerordentliches, jede Bewegung seines Körpers nahm ich mit meinem ganzen Körper entgegen. Das waren die Augenblicke, in denen ich nicht an seiner Liebe zweifelte. Und das Fehlen solcher Zweifel, das war ganz einfach das Glück. Obwohl ich etwas nicht gelernt hatte, meinen Platz im Leben nicht zu finden wußte, wurde ich jetzt der wichtigsten Empfindungen teilhaftig, derer, die aus der Gemeinschaft, dem Zusammenleben mit einem anderen Menschen entsprangen. Und längst erstaunte es mich nicht mehr, ich hatte mich nach und nach an den Gedanken gewöhnt, daß ich allein kein Ganzes bildete, daß diese Ganzheit erst wir beide waren. Und diese im Duett mit einem Mann auftretende Frau war ich sogar bereit, ins Herz zu schließen. Mag sein, daß die Abneigung gegen mich selbst in der Vergangenheit daher kam, daß ich mich in der Rolle der alleinstehenden Frau nicht mochte. Überhaupt in der Rolle der Frau. Weil ich ihr nicht gerecht zu werden wußte. Es genügte, den Inhalt meiner Handtasche mit dem irgendeiner meiner Bekannten zu vergleichen. Wichtig war nicht, ob Chaos herrschte, wichtig war, was fehlte. Es fehlte die Puderdose! Ein Ding, ohne das eine Frau den Fuß nicht aus dem Haus setzt. Wie oft habe ich diese Geste gesehen: das Herausnehmen dieses kleinen Gegenstands aus der Handtasche und der kritische Blick in den Spiegel. Wie anders war meine Tochter in dieser Hinsicht. Sie verstand, was für mich unerreichbar war. Sie brauchte sich nur auf phantasievolle Weise ein Tuch umzubinden, schon sah sie völlig anders aus. Manchmal waren es Ohrklipps oder eine Spange im Haar. Für mich waren all diese Attribute der Weiblichkeit wie Schwarze Magie; selbst wenn ich gewollt hätte, hätte ich dergleichen nicht zu praktizieren gewußt.

«Warum lackierst du dir nie die Fingernägel, Mama?» fragte mich Ewa einmal. «Du hast doch schöne Hände.»

Ich war dermaßen verblüfft über diese Frage, daß ich nicht wußte, was ich sagen sollte. Sie sprach da eine Sprache, die ich nicht verstand.

Schließlich und endlich rief ich sie an.

«Was ist los, Mama, wann kommst du zurück?»

Einen Augenblick Angst, wie vor einem Sprung ins Wasser. «Ich weiß noch nicht.»

«Du willst bis zum Ende der Ferien bleiben?»

«Vielleicht sogar länger . . .»

«Dein Hotelaufenthalt ist doch zu Ende.»

«Ich habe mir eine Wohnung gemietet, notier dir meine neue Telefonnummer . . .»

Das war alles, was ich fertigbrachte, die halbe Wahrheit gestehen. Sie war zu aufregend, als daß ich gleich alles hätte gestehen können. Ich wollte sie meiner Tochter stückweise präsentieren . . .

In den ersten Augusttagen zogen wir in die renovierte Wohnung um, all meine Sachen hatten in einem Koffer Platz, Aleksander dagegen packte seine Papiere in große Pappkartons, mit denen er das ganze Hotelzimmer vollstellte.

«Vielleicht solltest du einen Teil wegwerfen», schlug ich schüchtern vor.

«Du willst wohl mein Archiv vernichten!» empörte er sich.

Ich schämte mich auf einmal. Bestimmt würde ich mich ähnlich verhalten, wenn ich meine Warschauer Wohnung auflöste. Vorläufig drohte mir das nicht. Vorläufig unternahmen wir den Versuch eines gemeinsamen Lebens, und wohl keiner von uns beiden hätte sagen können, wie er ausgehen würde. Vielleicht war sogar das «Wann» wichtiger als das «Wie». Der Hauptregisseur dieser Geschichte war schließlich die Zeit. Die mir jetzt sehr gnädig war. Die Unbequemlichkeiten des Umzugs, die mit ihm verbundenen Aufregungen hatten sich vorteilhaft auf meine Linie ausgewirkt. Ich war gerade um so viel schlanker geworden, daß sich mein Gesicht und meine Figur jünger präsentierten. Ich riskierte auch einen Besuch beim Friseur, der mir die Haare so schnitt, daß sie fransig auf Hals und Wangen fielen. Kleidsam, wie ich fand. Zum erstenmal gefiel ich mir sogar selbst. Das dachte ich, als ich zufällig meinem Spiegelbild in einer Schaufensterscheibe begegnete. Leichtes Erstaunen, daß ich das war, daß ich jetzt genau so aussah. Einen Moment lang hatte ich das Gefühl, meinen eigenen Körper unbeteiligt zu beobachten. So wie nach der Ankunft hier, beim Anblick meines Spiegelbilds im Glas der Pendeltür. Jene Frau in einem zu langen, unmodernen Mantel und diese Frau, schick frisiert, im kleidsamen Kostüm, übrigens meine neueste Errungenschaft, das waren zwei verschiedene Dinge ...

Die Wohnung roch nach Sauberkeit. Neue, helle Tapeten verliehen ihr ein ganz anderes Aussehen, ließen sie größer aussehen, als sie in Wirklichkeit war. Ich hatte nicht viel Zeit, mir darüber Gedanken zu machen, denn beide hatten wir alle Hände voll zu tun, Aleksanders Archiv aus zahlreichen Akten, Mappen und Aufzeichnungen unterzubringen. Wir packten das alles auf den Hängeboden. Sascha stand auf einem Hocker, während ich die Kartons leerte. Erleichtert atmete ich auf, als bei dem letzten der Boden zum Vorschein kam. Meine Kehle war wie ausgedörrt. Ich ging in die Küche und goß mir Mineralwasser ein. Am Fenster stehend, blickte ich auf die steilen roten Ziegeldächer der Wohnhäuser auf der anderen Straßenseite, und einmal mehr wurde mir so richtig bewußt, daß ich in Paris war. Paris war eine Realität, meine Realität. Das Realste in meinem Leben. Ewa hatte ständig wiederholt, daß man so wie ich doch nicht leben könne. «Warum triffst du dich mit niemandem, Mama?»

«Ich treffe mich mit vielen Leuten», verteidigte ich mich.

«Aber du hast keine enge Freundin, nie lädst du Gäste ein.»

Gäste? Gäste, das war ein Begriff, wie er mir fremder nicht sein konnte. Manchmal kam jemand zu mir, doch stets in beruflichen Angelegenheiten. Jemand von der Hochschule, ein Student, Kollegen, ein Dozent oder eine Dozentin. Üblicherweise bot ich Tee an. Aber Gäste einzuladen . . .

Und jetzt, jetzt luden wir ein. George sollte kommen, der Paris einige Tage später verließ, und die Rostows. Ich sorgte mich natürlich, wie das alles gehen würde, immerhin hatte ich vom Kochen keine Ahnung. Zum Glück galt das nicht für Aleksander, so behauptete er zumindest.

Die erste Nacht in dieser Wohnung. Die breite Couch, auf der man sich ausstrecken konnte. Kaum zu glauben, daß wir beide darauf lagen und es bequem hatten.

«Hast du keine Sehnsucht nach unserem Bett?» fragte Aleksander, als wir das Licht löschten.

«Stell dir vor, nein», lachte ich.

«Aber ich», seufzte er.

«Für dich muß es doch noch unbequemer gewesen sein, du bist größer.»

«Ich bin bloß länger!»

In Abwandlung eines Zitats von Napoleon. Leider hatte ich bisher nichts geleistet, was mein Dasein in besonderer Weise charakterisiert hätte. Ich war ein durchschnittlicher Professor an einer durchschnittlichen Lehranstalt, und wer ich von nun an sein würde, war nicht klar.

Aleksanders Lobeshymnen auf die eigenen kulinarischen Fähigkeiten waren keineswegs übertrieben. Als erstes stellte er eine Liste der notwendigen Einkäufe zusammen. Ich sollte ihm bei den Besorgungen helfen, doch offensichtlich brachte er mir auf diesem Gebiet nicht allzu großes Vertrauen entgegen, denn die Mehrzahl der Sachen, das heißt

Fleisch, Gemüse und Wein, behielt er sich selbst vor. Mir blieben Nudeln, Mehl und andere Zutaten.

Am Tag, an dem die Gäste kommen sollten, war unsere kleine Küche mit Produkten aller Art vollgestopft. Von früh an machte sich Aleksander darin zu schaffen, brutzelte und schmurgelte. In einem großen Topf köchelte Gemüsebrühe. Er tat sehr geheimnisvoll, wollte nicht verraten, was er zu servieren beabsichtigte.

«Wird es russische Küche sein?» versuchte ich ihn auszufragen.

«Französische», brummte er widerwillig, und dann warf er mich aus der Küche, mit dem Zusatz, daß er es vorzöge, wenn ich überhaupt das Haus verließe.

«Auf dem Rückweg kauf Blumen», rief er mir hinterher.

«Was für welche?»

«Margeriten, einen großen Strauß.»

Ich hatte mich mit Edith Mouilland zu einem Spaziergang verabredet. Wir setzten uns in ein Straßencafé, es war voll, doch es waren noch keine Pariser, sondern zum überwiegenden Teil Touristen. Am Tisch nebenan saß eine Gruppe Deutscher, die Bier tranken und lauthals debattierten. Ein dicker Mann mit rötlichem Stoppelbart und rotem, sommersprossigem Gesicht brach alle Augenblicke in ein kehliges Lachen aus. Mir ging das ziemlich auf die Nerven, und ich schlug Edith vor, ein paar Schritte zu gehen. Wir liefen in der Gegend von Notre-Dame herum. Die Füße fingen an, uns weh zu tun, und wir ließen uns auf einer Bank nieder.

«Wie wohnt es sich denn so in der neuen Wohnung?» erkundigte sich die Französin mit liebenswürdigem Lächeln.

Einen Moment zögerte ich.

«Ich wohne dort nicht allein . . .»

«Aha.»

Wir sahen zwei Sperlingen zu, die zu unseren Füßen die merkwürdigsten Hüpfer vollführten. Vielleicht war das eine

Art Vogelliebesspiel, dieses Heran- und Wiederweghüpfen, ihre oder seine Drehung um die eigene Achse. Der Partnerin, falls sie das war, mit dem kleinen Schnabel übers Köpfchen fahren, ein possierliches Sträuben der Schwanzfedern.

«Ich habe mich für eine Beziehung mit einem jüngeren Mann entschieden», sagte ich und fügte dann masochistisch hinzu: «Einem viel jüngeren . . .»

«Aha», wiederholte Edith, und das war ihr ganzer Kommentar.

Ich hätte es dabei bewenden lassen können, doch plötzlich wollte ich um jeden Preis ihre Meinung zu einer Verbindung wie der meinen hören.

«Sie würden sich vermutlich nicht für dergleichen entscheiden . . .»

Ziemlich lange sagte sie nichts, und ich glaubte, sie würde mir nicht antworten.

«Wenn ich jemandem begegnete wie ihm», sagte sie schließlich.

«Wie wem?»

«Wie diesen blonden jungen Mann, der sie seinerzeit von der Universität abholen wollte. Um den handelt es sich doch, nicht wahr?»

Ich nickte stumm.

Als ich die Treppe in die Wohnung wieder hochstieg, dachte ich über ihre Antwort nach. Dachte sie wirklich so, oder wollte sie nur höflich sein? Sie war mir ehrlich vorgekommen. Es war allerdings ein leichtes, sich eine solche Ehrlichkeit zu erlauben, wenn man sich in einer lang währenden Beziehung sicher fühlte. Dann konnte man ruhig von einem jungen Geliebten träumen. Anders sah das aus, wenn man eine solche Bindung einging. In der Realität mochte sie sich durchaus als Falle erweisen. Ich hatte es freiwillig getan und mir kein Hintertürchen offengelassen. Und obwohl ich deswegen noch immer beunruhigt war, hatte ich das Schlimmste vermutlich hinter mir. Die Schwelle, die ich überschritten hatte, die wir beide, Aleksander und ich, überschritten hatten, war das schwierigste gewesen.

Da ging ich also zu ihm, nur ein paar Stufen trennten uns. Gleich würde ich die Tür aufmachen. Plötzlich überkam mich eine unbändige Freude, ihn jetzt zu sehen. Sein Gesicht. Seine Augen, die mich warm anschauten. Aleksanders Körperlichkeit schützte mich mehr als seine Worte vor dem Zweifel. Ich brauchte mich nur an ihn zu schmiegen, und alle Angst war fort.

Der Tisch war für fünf Personen gedeckt, und weil ein Stuhl fehlte, hatte Aleksander einen Koffer aufgestellt und mit einer Decke bedeckt.

«Hier sitze ich», sagte er, als er meinen Blick sah.

Ich schüttelte den Kopf.

«Wir werden künftig immer nur zwei Personen einladen können. Es sei denn, du sitzt auf meinem Schoß.»

«Aber ja doch. Kann ich dir bei etwas helfen?»

«Hast du die Blumen gekauft?»

«Nein», gestand ich beschämt, «ich habe sie total vergessen.»

«Ich lauf an die Ecke», sagte er und löste das Geschirrtuch, das er um die Taille gebunden hatte.

Er war nicht böse auf mich, nicht einmal ungeduldig. Ein solches Abendessen vorzubereiten mußte ihn viel Kraft gekostet haben, und ich, ich hatte ihm nicht nur nicht geholfen, ich hatte auch noch die Blumen vergessen.

«Ich gehe schon, nur was soll ich für welche kaufen? Du hast gesagt . . . weiße?»

«Wozu sollst du die Treppe rauf- und runtergehen», rief er von der Tür aus, «ich bin in fünf Minuten zurück . . .»

Er war schon verschwunden, und ich stand mitten im Zimmer, ohne zu wissen, was ich mit mir anfangen sollte. Ganz so, als befände ich mich rein zufällig in einem Haus, in dem ein junger Mann lebte. Dieser Mann hatte gerade Gäste eingeladen. Ich sollte gehen, damit ich ihnen nicht im Wege war . . .

Die Rostows erschienen als erste, und es entstand ein Durcheinander. Katja redete die ganze Zeit, und keiner war imstande, sie zu unterbrechen. Bei ihr zu Hause war diese Geschwätzigkeit nicht so lästig, denn Katja hatte zahlreiche Pflichten, zu denen sie immer wieder zurückmußte, so daß sie mitten im Satz abbrach. Sie besaß aber ein ausgezeichnetes Gedächtnis, und wenn sie zu ihrem Gesprächspartner zurückkam, brachte sie den angefangenen Gedanken zu Ende. Jetzt hatte sie sich auf dem Fensterbrett niedergelassen und begeisterte sich für den Ausblick. «Siehst du, Aljoschenka, Paris ist nun mal Paris . . . Hier kann man richtig atmen.»

«Bei uns atmet es sich bedeutend besser, es gibt nicht so viele Abgase», mischte sich ihr Mann ein.

Katja zuckte die Achseln. «Ich denke an das geistige Leben!»

Aleksander rief sie zu sich in die Küche, und mir war das unangenehm. Ich hätte dort hingehört, zum Essenkochen, nicht er und schon gar nicht einer von den geladenen Gästen. Doch ich hatte ja vom Kochen keine Ahnung. Das war eine weitere Sache, der ich als Frau nicht gerecht wurde. Wenn ich es über mich gebracht hätte, in unserer engen, dunklen Küche etwas zu brutzeln, wenn ich mit Ewa sonntags zu Hause Mittag gegessen hätte und nicht im Restaurant, vielleicht hätte sich unsere Beziehung anders gestaltet. In unserem Fall hatte das Durchtrennen der Nabelschnur ein unvermeidliches Sich-voneinander-Entfernen bedeutet, ein Entfernen bis zur Fremdheit. Möglich, daß sich deshalb diese Mutterschaftssehnsüchte, die ich neuerdings verspürte, um meinen Bauch herum konzentrierten, der so erbarmungslos leer war. Vielleicht sehnte ich mich ja gar nicht nach einem neuen Kind, sondern nach meinem Kind, das ich verloren hatte. Die so spät entdeckte

Liebe für einen Mann hatte mich verändert, mich zu einer Frau wie die anderen gemacht, und jede Frau sehnt sich nach Mutterschaft. Wenn sie nicht voll und ganz wirklich geworden ist. Wie in meinem Fall. Diese nachgerade unbegreifliche Furcht schon allein vor dem Begriff Mutterschaft begleitete mich jahrelang, um sich nunmehr unvermutet ins Gegenteil zu kehren, in ein wehmütiges Verlangen nach einem veränderlichen Zustand, einer grotesken Deformation der Figur. Ich erinnere mich, mit welchem Verdruß ich stets auf meine schwangere Tochter geblickt hatte . . .

Katja brachte eine dampfende Terrine herein, die wir übrigens mitsamt dem restlichen Geschirr und dem Besteck für diesen Abend von ihr ausgeliehen hatten. Aleksander trug die Platte mit den Entrees herein. Er und Katja wanderten so zwischen Stube und Küche hin und her, bis endlich zu Tisch gebeten wurde.

Es war einfach erstaunlich, wie viele erlesene Gerichte Aleksander zuzubereiten geschafft hatte. Alles ganz allein. Muscheln, Krabbensalat, Schildkrötensuppe, gefüllte Wachteln. Als Dessert hatte er einen köstlichen französischen Kuchen besorgt. Wo? Er wollte es nicht verraten.

Katja gab alle Augenblicke Entzückensschreie von sich. «Nein, Sascha, wirklich, du hast deinen Beruf verfehlt. Du solltest ein Restaurant eröffnen, hier ganz in der Nähe, auf dem Montmartre.»

«Wer weiß», entgegnete er, «wenn mein Buch ein Reinfall wird . . .»

«Und wann soll es erscheinen?» interessierte sich Katjas Mann.

«Dieser Tage, das heißt Anfang September. Hier und gleichzeitig in Amerika, zwei Premieren auf einmal. Doch auf die Yankees zähle ich eher nicht . . .» Er winkte geringschätzig ab.

«Das solltest du aber», mischte sich George ins Gespräch, der bislang geschwiegen hatte.

«Amerika liebt Romanzen mit Happy-End, und ich habe eine ohne geschrieben, also reden wir nicht darüber.»

Alle lachten, ich auch, obgleich mein Lachen künstlich klingen mußte. Ich fühlte mich fatal in meiner Rolle als Pseudo-Hausfrau, als Pseudo-Dame des Hauses. Ich war alles andere. Hatte keinen Finger gerührt. Aleksander hatte alles arrangiert und ausgeführt, er durfte sich mit Recht hier zu Hause fühlen. Ich besaß Gastrecht, wie die übrigen in diesem Zimmer. Es wäre ganz natürlich gewesen, wenn ich nach dem Abendessen zusammen mit den anderen diese Wohnung verlassen hätte . . . Unsere Blicke trafen sich, ich saß ein wenig höher an der Spitze der Tafel und er auf seinem Kofferplatz. Er hatte den Kopf gehoben, um mich anzusehen.

«Hilfst du mir beim Abräumen?» fragte er schüchtern.

Erschütternd sein unbeirrbares Sichauskennen in meinen Stimmungen, meinen Zweifeln, unguten Gedanken.

Gehorsam erhob ich mich, Katja bot ebenfalls ihre Hilfe an, doch Aleksander protestierte energisch.

Wir stapelten einen Haufen schmutziges Geschirr in den Ausguß, und dann brühte er Kaffee. Wir saßen jetzt gemeinsam auf einem Stuhl am Tisch, denn auf allgemeinen Wunsch war Aleksanders bisheriger Sitzplatz beiseite gestellt worden. George hatte vorgeschlagen, seinen Kaffee auf dem Fensterbrett sitzend zu trinken. Doch das war nicht notwendig, ich rückte auf meinem Stuhl zur Seite, um Aleksander Platz zu machen. Seine unmittelbare Nähe entwaffnete mich, wie immer. Zweifel verschwanden spurlos.

«Und wißt ihr, was Julia mir übelgenommen hat?» fragte Aleksander lachend. «Daß ich, statt sie zur Schnecke zu machen, selbst die Blumen holen gegangen bin, die sie zu kaufen vergessen hatte.»

«Weil sie sich fürchtet, Sascha», sagte Katja völlig ernst.

«Fürchtet, wovor?» Aleksander war verblüfft.

«Um das verstehen zu können, müßtest du eine Frau sein ...»

Katja und ihr Mann gingen als erste, man konnte sehen, daß es dem Professor nicht sehr gutging. Er mußte wirklich krank sein, denn er war alt geworden seit der Zeit, da ich ihn zum letztenmal gesehen hatte, und das war kaum ein paar Monate her. Er war abgemagert, die Falten in seinem Gesicht hatten sich vertieft. Besonders schlecht hatte er bei der Begrüßung ausgesehen, weil er unsere vier Treppen hinaufgestiegen war. Die vor Jugend und Gesundheit strahlende Katja sah neben ihm wie seine Enkelin aus. Es war rührend, wie sehr sie sich um ihn sorgte. Obwohl, wer wußte schon, woran sie wirklich dachte. Vielleicht war sie sich seit langem der Vergeblichkeit ihrer Gefühle bewußt, und vielleicht waren es ja auch schon keine Gefühle im erotischen Sinne mehr, sondern geschickt kaschiertes Mitleid. Ihre Beziehung mit dem Professor war das Gegenstück zu meiner mit Aleksander, welche von uns beiden es schwerer hatte, ließ sich schwerlich sagen.

Nachdem sie gegangen waren, machte sich Aleksander ans Abwaschen, ich trocknete ab. George hatte sich ans Fensterbrett gelehnt und rauchte eine Zigarette.

«Rostow sieht gespenstisch aus», sagte er.

«Im Spätsommer und im Frühling fühlt er sich immer elend, doch das geht dann vorüber», bemerkte Aleksander ruhig.

«Ich glaube kaum, daß es diesmal vorübergeht.»

«Katja päppelt ihn wieder auf, sie ist eine couragierte Frau.»

George zuckte die Achseln.

«Da hat sie sich aber auch was aufgehalst – Krankenschwester für einen Greis.»

Was mochte George über uns denken? schoß es mir durch den Kopf. Bestimmt versteht er das ebenfalls nicht.

«Na, wie wohnt es sich denn so?» wandte er sich an mich.

«Gut», antwortete ich scheu.

Aleksander drehte mir den Kopf zu.

«Fürchtest du dich schon wieder? Vielleicht vor George?»

«Nein . . . woher denn.» Meine Wangen brannten.

Später, als wir längst im Bett lagen, machte ich ihm Vorwürfe. Daß er mich in eine ungeschickte Lage bringe.

«Das sind Freunde, Julia. Ihnen kann man alles sagen.»

«Warum hat dann dein Freund George die Verbindung der Rostows auf so grausame Weise abgetan? Vielleicht geht es ihm um Katja?»

«So ist er nun mal. Er zürnt dem Leben, empfindet Wut auf die Krankheit des Professors.»

«Aber vielleicht ist er ja eifersüchtig wegen Katja?» drang ich in ihn.

«Für ihn existieren Frauen nicht. Und haben nicht existiert. Außer Mascha.»

«So großartig ist sie gewesen?»

Er dachte einen Moment nach.

«Sehr durchschnittlich und nicht einmal besonders hübsch. Aber sie lebte nur für ihn. Und für ihn ist sie gestorben.»

Und ich wollte für mich sterben, dachte ich auf einmal beschämt.

Orly, sechzehn Uhr

Keine zwei Stunden mehr, und mein Flugzeug . . . Es ist nicht so lange her, daß ich Georges Flugzeug habe abfliegen sehen.

Er kam, um sich zu verabschieden. Bestimmt hatte er gehofft, Aleksander vorzufinden. Leider war der nicht da.

«Wir haben dein Pariser Zuhause mit Beschlag belegt», sagte ich.

«Es ist nur eine Wohnung. Das hier und das dort in New York.»

Nun, da wir beide allein waren, fühlten wir uns nicht wohl in unserer Haut, beide waren wir wortkarg. Eine höfliche Konversation zu führen war in einer solchen Situation nicht eben leicht.

«Du fährst wieder nach New York zurück . . .»

«In zwei Stunden geht mein Flugzeug, mit Zwischenstopp. Nach Sarajewo.»

Das war eine solche Überraschung, daß ich länger keinen Ton sagte. Wir schwiegen beide.

«Soll ich Sascha etwas bestellen?»

George machte eine unbestimmte Handbewegung.

«Nun . . . daß ich vorbeigeschaut habe und daß ich mich melde . . .»

Wir standen bei der Tür, er in seiner ewigen Militärjacke, den Rucksack über eine Schulter geworfen, als mir plötzlich ein Einfall kam. Ich griff nach dem Mantel. «Ich bring dich zum Flughafen.»

«Aber nein, nicht doch, nicht nötig», wehrte er ab.

Doch ich bestand darauf. Im Taxi schwiegen wir die ganze Zeit, erst als wir uns in der Flughafenbar niederließen, um einen Kaffee zu trinken, begannen wir miteinander zu reden.

«Wie sich das alles wiederholt», sagte ich irgendwann. «Damals haben sie einen Menschen gekreuzigt, zweitausend Jahre später kreuzigen sie vor den Augen der ganzen Welt eine Stadt.»

«Doch die Technik hat Fortschritte gemacht», meinte er. «Ich fahre, um Aufnahmen von diesem Kreuz und dem blutenden Körper zu machen . . . Ansonsten bin ich nur Begleitperson, wichtiger ist mein Kumpel. Ein Starjournalist. Im irakisch-iranischen Krieg haben sie ihn als Geisel genommen, zwei Wochen lang wußte keiner, ob er noch lebt. Viele Fernsehsender der Welt zeigten damals sein Bild, einen mit Amateurkamera gedrehten Film: mein Kollege Paul Slate, die Hände auf dem Kopf gefaltet; zwei irakische Soldaten richten die Waffe auf ihn. Selbst unser Präsident bemühte sich um seine Freilassung. Und später knipste ich die beiden vor dem Weißen Haus. Er müßte eigentlich gleich hier sein . . .»

Diese Mitteilung scheuchte mich auf.

«Dann werde ich mal gehen», sagte ich und erhob mich halb von meinem Platz, doch wider Erwarten hielt mich George am Ellenbogen fest.

«Wenn du es nicht sehr eilig hast, wäre es mir lieb, wenn du noch einen Moment bleibst. Paul beißt nicht . . .»

Ich mußte lachen.

«Na, bestimmt nicht.»

Plötzlich war die Verlegenheit, die ich die ganze Zeit in seiner Gegenwart empfunden hatte, spurlos verschwunden. Der Impuls, der mich geheißen hatte, den Mantel zu nehmen und diesen zierlichen Mann zu begleiten, war wohl aus der Überraschung geboren, daß er sich da mitten hinein in die Hölle begab. Ich wollte etwas für ihn tun, und das einzige, was mir einfiel, war, ihn auf den Flughafen zu begleiten.

«Fahrt ihr dort zum erstenmal hin?»

«Nein, das wird unser zweites Material. Beim anderen haben wir keinerlei Fotos machen können . . . Slate und ich haben zehn Tage in einem Sarajewoer Hotel gewartet, hatten keine Möglichkeit, durch die Blockade zu kommen. Wir haben Whisky gesoffen und Hunderte von Zigaretten gequalmt. Schließlich kamen wir durch, doch Aufnahmen machen durften wir nicht.»

Er holte ein Päckchen Camel heraus, ehe er sich eine ansteckte, fragte er, ob mich der Rauch nicht störe.

«Weißt du, ich hatte angenommen, daß mich nichts mehr überrascht, doch das Maß an Grausamkeiten gegenüber den Besiegten spottet jeglicher Beschreibung. Dort findet eine ethnische Säuberung statt, selbst die Hitlerfaschisten hatten keine so ausgeklügelte Phantasie hinsichtlich der Foltermethoden. Jüdische Kinder hat man zwar ins Gas geschickt, das war aber noch human –»

«Auch die jüdischen Kinder hätten leben wollen», unterbrach ich ihn scharf.

Sein Lächeln war bitter.

«Doch man hat ihnen vorher nicht noch die Genitalien abgeschnitten. Wir beide, Slate und ich, hatten Gelegenheit, mit einem jener Schlächter zu sprechen, den die Moslems gefangengenommen hatten. Es zeigte sich, daß er die Unterstützung seines Anführers beim Begehen all dieser Verbrechen hatte. Mit Stolz verkündete er, daß er Dutzende von Frauen vergewaltigt habe. Ein Alkoholiker und Perverser, der zuvor eine Außenseiterexistenz geführt hatte ... Jetzt bekam er auf einmal die Chance, zu zeigen, was in ihm steckte. Auf Slates Fragen antwortete er bereitwillig, er schien sich der Schwere seiner Verbrechen nicht bewußt zu sein. Für ihn war es eine Art grausames Spiel. Er wußte, daß ihn die Moslems umbringen würden, doch das machte auf ihn keinen besonderen Eindruck. Er sagte, daß er, wenn sie es ihm erlauben würden, auf ihrer Seite morden und vergewaltigen würde, obwohl er Serbe sei.»

«Der Krieg zieht Menschen an, die sich an der Grenze der psychischen Norm befinden», sagte ich. «Während des Warschauer Aufstands 1944 ließen die Deutschen ganze Bataillone ähnlicher Elemente auf Warschau los, die ermordeten wehrlose Zivilisten, vergewaltigten Frauen und sogar kleine Mädchen ...»

«Was heißt da psychische Norm», fuhr George auf. «Das ist der typische Abschaum, der sich immer an den Faschismus hängt. Im ehemaligen Jugoslawien haben sich verschiedene paramilitärische Gruppierungen gebildet, die gerade solchen Auswurf wie unseren Gesprächspartner in ihre Reihen aufnehmen. Slate und ich überlegen wie alle anderen hin und her, was man tun könne, was der Westen tun könne, um endlich dieses sinnlose Massaker zu beenden. Vor allem in Bosnien ... Außer Serben und Kroaten leben ja dort auch Moslems.»

Er streckte mir sein Zigarettenpäckchen entgegen, hatte vergessen, daß ich nicht rauche, steckte sich die nächste Zigarette an und nahm einen kräftigen Zug.

«Slate und ich haben etliche Tage im Lager der Moslems zugebracht. Slate sprach mit ihren Anführern. Sie sind in dieser Gegend deutlich in der Mehrzahl und wollen einen islamischen Staat errichten. Doch ich bezweifle, daß das möglich wäre, selbst wenn es dort keinen einzigen Serben oder Kroaten gäbe. Denn weder Serbien noch Kroatien würde die Nachbarschaft eines islamischen Staates dulden –»

«Überall dieser immerwährende Fanatismus», mischte ich mich ein.

«Es ist nicht nur das. Auch das restliche Europa würde vermutlich derartiges auf dem Balkan nicht dulden. Ich persönlich bin der Ansicht, daß ein islamisches Bosnien ganz und gar keine Bedrohung für die moderne Welt wäre. Obgleich ... schaut man diesen Menschen in die Augen, sieht man bei vielen etwas, das einen schaudern macht. Sie scheinen zu allem bereit. Diese Art Fanatismus, Entschlossenheit, diese Akzeptanz des größten Leidens, eigenes und das der eigenen Familie, habe ich so viele Male in meinem Leben mit ansehen müssen. Ich will nicht mehr, will keines dieser Blutbäder mehr sehen, die sich überall gleichen!»

Er war jetzt sehr blaß, alles Blut schien aus seinem Gesicht gewichen. «Wenn du diese verstümmelten Jungen gesehen hättest ... Einige starben vor unseren Augen, an Blutverlust, an Infektionen, andere lagen im Fieber. Ein kleiner Siebenjähriger wußte, daß er sterben würde, aber er erzählte dem Dolmetscher, daß er keine Angst vor dem Tod habe, weil er für das Vaterland sterbe. Er wollte, daß wir das in unserer Zeitung schreiben, er wollte, daß andere das erfuhren. Dabei geht es um ein Streifchen Land, auf dem alle diese Menschen Platz finden könnten . . .»

Er verstummte. Der lange Monolog schien ihn restlos erschöpft zu haben; ich hatte ein schlechtes Gewissen, weil ich ihn in das Gespräch hineingezogen hatte. Dieser wortkarge Mensch hatte nervös Satz um Satz herausgeschleudert, als könnte er nicht mehr an sich halten. Ich hatte zugehört.

«Du hast wenigstens gewußt, was du mit deinem Leben anfangen sollst, um es zu einem sinnvollen zu machen», ließ ich mich nach längerem Schweigen vernehmen. «Im Gegensatz zu mir.»

Er blickte mich an, als verstünde er nicht, dann verzog er das Gesicht. «Ich bin ein Globetrotter, ein Vagabund.»

«Was du tust, hat Gewicht.»

Offenbar hatten ihn meine Worte verstimmt, denn er sah mich ziemlich feindselig an.

«Ich wate in der Scheiße, entschuldige! Aber genau so ist es. Ich habe das einzige Wesen getötet, an dem mir je wirklich gelegen hat.»

Ich wußte, es handelte sich um seine Frau. Ich hätte gern protestiert, doch mir fiel nichts Passendes ein. Was hätte ich ihm sagen sollen? Daß sie sich selbst umgebracht hatte?

Mir schien, George habe genug von meiner Gesellschaft, sei unzufrieden mit sich, weil er zuviel gesagt hatte. Ich war Zeuge seiner Schwäche geworden, und solche Zeugen mag man nicht. Ich überlegte gerade, wie ich mich am taktvollsten zurückziehen konnte, als ein wuchtiger Mann an unseren Tisch trat, in einer ähnlichen Jacke, wie George sie trug, nur um etliche Nummern größer. An ihm wirkte alles zu groß: der Kopf mit einem Wust gelockter Haare, die langen Arme mit den Riesenhänden und die nicht minder riesigen Füße. Er sank auf einen Stuhl und richtete seine Augen auf mich. Eine Whiskyfahne wehte von ihm herüber.

«Wer ist die Dame, George?» fragte er auf englisch. «Du hast dir ein Mädchen angelacht?»

George wurde rot bis an die Haarwurzeln.

«Das ist die Frau meines Freundes», entgegnete er in scharfem Ton und wandte sich dann auf französisch an mich: «Ich weiß nicht, ob du Englisch kannst . . .»

«Soviel, um mitgekriegt zu haben, daß dein Freund mir ein Kompliment gemacht hat.»

George lächelte. Und das war ein verständnisvolles Lächeln. Und später, beim Abschied, hielt er meine Hand fest. «Ich habe das von den jüdischen Kindern gesagt, weil . . . ich bin selbst Jude . . . daher bin ich der Meinung, ich darf das. Aber du hast wohl recht . . .»

«Das mußt du mir wirklich nicht sagen.»

Und dann tat er etwas völlig Unerwartetes, er nahm mich fest in die Arme. Er war ein bißchen kleiner, deshalb fühlte ich mich linkisch, ich ging sogar ein wenig in die Knie.

In Begleitung dieses Riesenkerls, neben dem er noch zierlicher wirkte, ging er davon. Wie Dick und Doof sahen sie aus, doch die Reise, die sie nun antraten, war ganz und gar nicht vergnüglich.

Orly, kurz nach sechzehn Uhr

An den Nachbartisch setzt sich eine junge Frau mit einem Säugling, knöpft die Bluse auf und gibt ihm die Brust. Bis zu diesem Augenblick habe ich wirklich nur meine Tochter ihre Kinder stillen sehen. Ein für mich unangenehmer Anblick, denn sie sah meistens so elend aus, während ihr neues Baby mollig war, mit kleinen Speckröllchen an Armen und Beinen. Ich beobachtete, wie Ewa den Kopf neigte, die typische Handbewegung, mit der sie die Brust voller Milch leicht anhob, und daneben das winzige Gesichtchen, die fest geschlossenen Lider und die sich bewegenden Lippen. Doch sie waren für mich nicht Mutter und Kind, sondern meine Tochter und ihr Kind . . . Die Szene mit Mutter und

Kind beobachte ich gerade. Es ist, als sei die junge Frau hier erschienen, damit Schluß sei mit meinen Mutterschaftssehnsüchten. Ich kann mich mit eigenen Augen davon überzeugen, was ich niemals mehr erleben werde ...

Ich wachte mitten in der Nacht auf, ohne zu verstehen, was mich aus dem Schlaf gerissen hatte. Dann merkte ich, daß mir das Nachthemd am Körper klebte. Ich glitt aus dem Bett und tastete mich, so leise es ging, im Dunkeln ins Bad. Da stand ich, barfuß auf den Fliesen, und brachte den Mut nicht auf, das Licht einzuschalten. Ich glaubte Blut zu sehen, sobald die Glühbirne anging. Es mußte wieder das sein. Die wohlvertraute Schwäche in den Knien ... Ich zog das Nachthemd aus und strich die Nässe von den Schenkeln. Mit zunehmender Verzweiflung glitten meine Hände über meinen nackten Körper. Ich hatte feuchte Brüste, einen feuchten Bauch ...

Helligkeit blendete mich, automatisch schloß ich die Augen, und als ich sie wieder öffnete, sah ich Aleksander in der Tür stehen. Er hatte das Licht angemacht.

«Was ist passiert? Warum bist du nackt?»

Ich blickte auf meine Hände. Kein Blut. Ich blinzelte, begriff nicht.

«Ich weiß nicht ... ich bin ganz naß ...»

«Das ist nichts weiter», sagte er in beruhigendem Ton. «Das nennt sich Nachtschweiß ...»

Stumm sah ich ihn an.

«Und ... es passiert den Frauen ...»

«Woher weißt du das?»

«Ich habe mir ein Buch gekauft.»

Ich verstand immer noch nicht.

«Ein Buch übers Klimakterium ...»

Ohne recht zu wissen, was ich tat, warf ich mich mit Fäusten auf ihn. Er hielt meine Hände fest. Einen Moment lang rangen wir schweigend.

«Warum?» brachte ich endlich hervor.

«Ich will alles wissen, was mit dir geschieht.»

Ich schüttelte bloß den Kopf, brachte wieder nichts heraus. Der Wunsch zu fliehen war schier übermächtig. So weit es irgend ging, fort von ihm, von mir . . . Ich wehrte mich nicht mehr, Aleksander rieb mich mit einem Handtuch ab und half mir dann in ein frisches Nachthemd. Wie einer Kranken, dachte ich. Und ich war krank an etwas, von dem man nicht genas.

«Julia, ich liebe dich so, wie du bist.»

Er umarmte mich, diesmal jedoch vermochte mich seine Nähe nicht mit dem eigenen Körper zu versöhnen, diesmal überschattete mein Haß sogar die Liebe.

«Komm», sagte er sanft.

Widerstandslos ließ ich mich zum Bett führen. Ich lag in der Dunkelheit. Was würde mir sonst noch nicht erspart bleiben, was mußte ich außerdem erfahren, um nur ja nicht zu vergessen, daß ich geradewegs auf die Vergänglichkeit zuging, auf den Tod?

Am Morgen gab ich vor zu schlafen. Aleksander versuchte so leise wie möglich zu sein, dann verließ er die Wohnung. Erst da stand ich auf. Der Kaffee, den er gebrüht hatte, war noch warm, ich trank ihn am Küchenfenster stehend. Und hinter dem Fenster war das herbstliche Paris. Paris, das die Szenerie abgab zu meiner Liebe. Doch diese Liebe war zu Ende. Man hatte mir nicht erlaubt, sie bis zum Schluß zu erleben. Irgendeinen Schluß, in zwei, drei Jahren. Mit mehr hatte ich nie gerechnet. Ich mußte abreisen, mußte diesen meinen mißlichen Körper, der Abscheu in mir erweckte, von hier fortbringen. Mir wollte nicht in den Kopf, daß ich auch er war. Ich fühlte mich wie eine Gefangene in meiner eigenen Haut.

Als das Telefon klingelte, machte ich fast einen Satz zu ihm hin.

«Bist du schon auf?»

«Wozu rufst du an?»

«Es ist soweit, mein Buch ist heute erschienen. Morgen ist Präsentationsabend im Verlag.»

«Gratuliere.»

«Du solltest mir lieber Courage wünschen. Es scheint, sie wetzen schon die Messer.»

«Wer?»

«Die Kritiker. In *Le Figaro* wird eine vernichtende Kritik erscheinen. Doch erst morgen, heute lade ich dich zum Mittagessen ein.»

Ich hatte beschlossen abzureisen. Am Fenster stehend und auf die Dächer von Paris schauend, sagte ich meiner Liebe adieu. Doch sie, sie hielt mich fest. Ich konnte ihn doch jetzt nicht verlassen. Er hatte so große Hoffnungen an das Buch geknüpft, nicht nur er, auch sein Verleger.

Als ich auf der Treppe Schritte hörte, schlug mein Herz höher. Was würde er für ein Gesicht machen?

Mit Einkäufen beladen kam er herein und reichte mir ein Päckchen. «Zieh an.»

«Was ist das?»

«Eine Abendtoilette», erwiderte er geheimnisvoll.

Ich warf ihm einen skeptischen Blick zu. Machte er Spaß?

«Wir gehen zum Ball auf der ‹Titanic›, das heißt zum Bankett, das zu meinen Ehren gegeben wird.»

«Aber du hast doch gesagt . . .»

«Na und, ich wollte dich überraschen.»

Ich wickelte das Papier ab. Zum Vorschein kam ein schwarzes Kleid, das im Licht schimmerte. Ich hätte nicht sagen können, was es für ein Material war. Doch mit Sicherheit ein wahnsinnig teures, wie die ganze Kreation überhaupt.

«Gefällt es dir?» fragte er.

«Wieviel hat es gekostet?»

Er lachte lauthals.

«Im schlimmsten Falle verkaufen wir es später, probier es an.»

Ich ging ins Bad wie zu meiner Hinrichtung. Ich wollte mit ihm jetzt nicht streiten, ihm nicht widersprechen, doch das war kein Kleid für mich. Zu elegant. Solche Sachen mußte man zu tragen wissen, ich konnte das nicht. Jahrelang hatte ich es bei Strickjacke, Rollkragenpullover oder Hemdbluse sowie wadenlangen Röcken bewenden lassen. Wadenlang – meine Lieblingslänge, sicher, meiner Meinung nach, ich trug sie, ohne Rücksicht darauf, was gerade modern war. Und nun auf einmal dieses Kleid aus schmiegsamem Stoff, das raffiniert genäht war. Für eine solche Kreation bedurfte es des entsprechenden Rückens, sie ließ ihn völlig frei. Zum Glück war eine Art Korsage vorn eingenäht, was das Weglassen des Büstenhalters zuließ. Einen Moment lang glaubte ich, daß es ganz einfach zu eng sei. Ich konnte es nicht an mir herunterziehen. Doch allmählich dehnte sich der Stoff und schmiegte sich von ganz allein um meinen Körper. Das Kleid war lang, hatte dünne Trägerchen, das Rückendekolleté reichte tief hinunter. Mein Abbild im Badezimmerspiegel erfüllte mich mit Staunen. Ich sah ganz anders aus. Ähnlich wie nach dem berühmten Haarschnitt, nach der berühmten Kopfschur, erkannte ich mich kaum wieder. Ich hatte ein anderes Gefühl, eine andere Linie . . .

«Lebst du noch?» fragte Aleksander durch die Tür.

Ich trat aus dem Bad, von meinem Wandel wie betäubt. Das war nicht ich.

Aleksander starrte mich wortlos an.

«Du bist schön», sagte er schließlich.

«Aber . . . das ist nichts für mich –»

«Nur noch die Schuhe», unterbrach er mich ungeduldig. «Wir müssen sie passend zum Kleid aussuchen. Und wir haben wenig Zeit dafür! Zieh dich um, wir gehen in die Stadt.»

Als wir den Verlag betraten – alle Fenster hell erleuchtet, die Eingangshalle voller Menschen in Abendkleidung –, begann das Blitzlichtgewitter. Fortwährend zog jemand Aleksander beiseite, um ihm überschwenglich zu gratulieren.

«Großartig! Ein großartiges Werk!»

Man bat ihn um Interviews. Alles deutete auf einen Erfolg hin. Also hatte er mich angeschwindelt? Als ich mich endlich zu ihm durchgeschlagen hatte, fragte ich ihn direkt danach.

«Ich habe dich nicht angeschwindelt, Liebe. Das ist alles bloß Schein. Die Geier erscheinen zur passenden Zeit.»

Als Aleksanders Begleiterin weckte ich Interesse, man machte auch Aufnahmen von mir, auch wenn ich das zu vermeiden suchte. Denn wie könnten schon die Bildunterschriften aussehen: die Mutter des Autors, im besten Falle die ältere Schwester. Ich nahm nicht an, daß man mich für seine Partnerin halten könnte. Um so größer war meine Überraschung, als anderntags in einer Zeitung unter einer gemeinsamen Aufnahme zu lesen stand: «Der Autor mit seiner Ehefrau.» Und ein Pariser Nachmittagsblatt schrieb: «Diese geheimnisvolle Schöne ist die Freundin des Schriftstellers Aleksander N. Razumski.» Auf dem Foto stand ich mit einem Glas Champagner da und lächelte in der Tat geheimnisvoll. Die Aufnahme war außergewöhnlich gelungen. Das Kleid, die hohen Absätze, auf denen ich mich so unsicher fühlte, ließen mich wie umgewandelt aussehen. Als wir die Schuhe kauften, kam mir die Szene aus einem Film meiner Jugend in Erinnerung. Marina Vlady spielte darin eine Wilde aus dem Wald, die gewöhnt ist, barfuß zu gehen. Ihr Liebster bringt sie in die Stadt und führt sie zu einem Laden. Als richtige Frau wählt sie Pumps mit hohen Absätzen, auf denen sie sich nicht halten kann. Wie sehr ich sie jetzt verstand!

Aleksander strahlte, er schnitt sogar das Foto mit der Unterschrift aus und klebte es an die Tür des Küchenschranks.

«Die geheimnisvolle Schöne!» wiederholte er lachend. Und ich war natürlich erbost. Ich wollte den Zeitungsausschnitt sogar vom Schränkchen abreißen, aber er klebte zu fest. Und andere Zeitungsausschnitte? Der aus *Le Figaro* trug den Titel «Zauberkünstler A. N. Razumski und seine Tricks» und verhieß nichts Gutes. Der Autor der Rezension beschuldigte Aleksander, daß er die von anderen gesammelten Fakten nur aufwärme, ohne etwas Neues hinzuzufügen. Nun ja, vielleicht die eine sensationelle Entdeckung ausgenommen: das Verslein über den blondhaarigen Ertrunkenen. Das war eine offensichtliche Boshaftigkeit, und ich war schuld daran, weil ich Aleksander zugeredet hatte, das Volkslied in sein Buch aufzunehmen.

ORLY, SECHZEHN UHR SIEBEN

Seit meinem letzten Blick auf die Uhr sind erst fünf Minuten vergangen.

Warte ich auf irgend etwas? Warum folgt mein Blick so nervös dem Uhrzeiger? Sie haben ja noch nicht einmal mit der Abfertigung der Passagiere nach Warschau begonnen. Noch ist Zeit . . . bloß wofür? Wofür?

Er hat gesagt, daß er, bevor er mich kennenlernte, Gefühle geringgeachtet habe. «Auch jetzt weiß ich nicht, was Liebe ist», behauptete er.

«Warum sagst du dann wieder und wieder, daß du mich liebst?»

«Weil ich dir irgendwie mitteilen muß, was ich fühle, doch das, was ich für dich fühle, ist mehr als das berüchtigte ‹Ich liebe dich›, diese Banalität, die man sich gemeinhin wie Pingpongbälle zuwirft. Meine Gefühle für dich, Julia, sind einmalig und lassen sich nicht benennen . . .»

Er fiel fast mit der Tür ins Haus, ich hörte ihn bereits unten, mehrere Stufen auf einmal nehmend, stürmte er herauf.

«Hör dir das an! In der ersten Woche haben sie von *Die letzten Tage des Zaren* fünfzigtausend Exemplare verkauft! Weißt du, was das heißt?»

Verblüfft sah ich ihn an.

«Du hast doch gesagt, daß der Verkauf nur schleppend anläuft.»

Jetzt sah er mich an.

«In Frankreich. Aber in Amerika ist das Buch ein Erfolg. Wir werden reich. Wir sind schon reich! Und wir fahren nach New York!»

Doch am Ende fuhr er allein. Ich konnte nicht, weil ich mit dem Rektor der Universität in Nanterre verabredet war. Ich wollte das nicht aufschieben, obwohl Aleksander mich drängte. Es gab auch noch einen anderen Grund. Ich hatte mich bei Professor Mouilland zur Kontrolluntersuchung angemeldet, denn ich hatte mich doch zu einer Hormonbehandlung entschlossen. Der Professor hatte mir gesagt, daß ich nur eine Nacht im Krankenhaus verbringen müsse, falls es keine Komplikationen gäbe. Saschas Abreise kam mir also zupaß. Auch wenn er alles wissen wollte, was mit mir vor sich ging. Ich aber wollte nicht, daß er davon erfuhr. Bevor er abreiste, schlug er mir vor, für die Zeit seiner Abwesenheit meine Tochter nach Paris einzuladen.

Ich war von diesem Einfall völlig überrascht.

«Aber sie weiß doch nichts ... weiß nicht, daß wir zusammenleben.»

«Dann erfährt sie es eben», erwiderte er leichthin, als handele es sich um die einfachste Sache der Welt. «Falls du damit ein Problem hast, sag ich es ihr.»

«Nein! Nein!» rief ich erschrocken aus. «Das muß ich allein besorgen.»

Er kannte unsere Beziehung nicht, die eng war und locker zugleich. So locker, daß es mir schwerfiel, meiner

Tochter zu bekennen, was mich mit ihm verband. Für sie war er schließlich noch immer «dieser Russe». Und außerdem käme ihr Besuch jetzt wirklich nicht recht. Ich wollte immerhin ins Krankenhaus. Nur daß Aleksander das nicht wußte und um jeden Preis Ewa hier haben wollte. Er rief sie an, als ich nicht da war, und lud sie nach Paris ein.

«Und sie, was hat sie gesagt?» fragte ich tief erschrocken.

«Sie kommt.»

«Aber was hast du ihr gesagt, wer du bist? Und in welcher Sprache habt ihr euch verständigt?»

«Wir haben es auf polnisch versucht, doch es endete mit Französisch.»

Ich glaubte ihm noch immer nicht recht. War mir nicht sicher, ob er Ewa tatsächlich angerufen hatte, doch ich fürchtete mich, das zu überprüfen. Ewa war es, die schließlich anrief.

«Sascha hat mich nach Paris eingeladen», sagte sie zur Einleitung. «Und ich werde für drei Tage kommen können. Meine Schwiegermutter bleibt bei den Kindern.»

Drei Tage, überlegte ich. Also schaffe ich es noch mit dem Krankenhaus, ehe er zurückkommt.

«Und hat Sascha dir gesagt, wer er ist?»

«Ja, hat er.»

«Also wer?»

«Na, Sascha», lachte sie.

Als wir dann im Bett lagen, verlangte ich von ihm, mir genau zu sagen, was er meiner Tochter vorgeschwatzt hatte. Dunkelheit hatte mir schon immer Mut gemacht.

«Ich habe ihr gar nichts vorgeschwatzt, sie ganz einfach bloß eingeladen.»

«Und sie weiß, daß wir zusammenleben?»

«Sicher doch. Ich habe sie eingeladen herzukommen, weil ich fürchte, dich nicht mehr anzutreffen, wenn ich aus New York zurückkomme. Du trägst doch ständig das Flugticket nach Warschau mit dir herum . . .»

Wir gingen sie vom Flughafen abholen. Jetzt, nach einem Jahr, in dem ich sie nicht gesehen hatte, kam sie mir kleiner und schmaler vor. Im ersten Augenblick erkannte sie mich nicht; wie sie so dastand mit ihrem Köfferchen in der Hand, ließ sie ratlos den Blick schweifen. Ich winkte, doch ihr Blick glitt von mir ab, ich mußte zu ihr hingehen und sie am Arm fassen. Ihre Augen leuchteten. «Mama! No ... ich kann es nicht fassen, daß du das bist. Du siehst wie deine jüngere Schwester aus ... Diese Haare! Klasse! Einfach Klasse!»

Aleksander stand abseits und kam erst näher, als ich ihn rief. Ich durchlitt einen Moment abscheulicher Angst: Was würde passieren, wenn sich die beiden gegenüberstanden?!

«Also, ich bin der Typ, der deine Mutter liebt», sagte er.

Dieser Flughafen ... vor einem Jahr war er eine Art Anfang gewesen, wie ein Willkommen für mich, später für meine Tochter, und jetzt ging hier etwas zu Ende. Wie anders würde das Ende sein ...

Ewa und Sascha. Man hätte meinen sollen, zwei Welten stießen da aufeinander. Doch die beiden verstanden sich sofort.

«Mama, was für ein fabelhafter Mann», flüsterte sie mir ins Ohr, als Aleksander ein Taxi suchte. «Er ist super! Wirklich!»

Abends gingen wir zum Abendessen zu unserem Vietnamesen gegenüber von unserem alten Hotel, obwohl das ein ziemliches Stück von unserem neuen Zuhause weg war. Wir nahmen den gleichen Tisch wie damals, beim erstenmal, nur saß jetzt Ewa auf Nadjas Platz. Es zeigte sich, daß Ewa sich gar nicht so schlecht mit Französisch zu helfen wußte. Aleksander behauptete sogar, daß ihr Französisch Eleganz habe. Dabei hatte sie nur Schulkenntnisse.

«Ich beneide dich um Amerika, da möchte ich so gerne einmal hin ...»

Das zu hören tat mir weh. Sie hätte die ganze Welt sehen, auf verschiedenen Universitäten studieren können, ich hätte mich Kopf gestellt, um ihr das zu ermöglichen, doch sie hatte es vorgezogen, sich in der Warschauer Vorstadtprovinz zu vergraben und dem Ehemann sowie den dicht folgenden Kindern aufzuwarten.

«Amerika ist das Trojanische Pferd Europas», behauptete Aleksander. «Du meinst, wir säßen in einer kleinen Pariser Kneipe, aber in Wirklichkeit stecken wir im Bauch dieses Pferdes . . .»

Ewa lachte.

«Kein Witz, sieh mal aus dem Fenster, was für ein Plakat hast du da vor der Nase?»

«Aber das ist doch nur ein Plakat.»

«Schon, doch das Plakat macht Reklame für Euro-Disneyland. Und Moskau? Napoleon hat es nicht erobert, erst McDonald's ist das gelungen . . .»

«Hör auf, Sascha», mischte ich mich ein. «Jeder Pole liebt Amerika. Und Ewa ist keine Ausnahme.»

«Ich liebe Amerika nicht.»

«Dafür liebt Amerika dich.»

«Eben», griff Ewa auf. «Ich freue mich, daß dein Buch in den USA so einen Erfolg hat.»

«Offensichtlich haben sie ihren Geschmack geändert», entgegnete Sascha. «Neuerdings lesen sie lieber Romanzen ohne Happy-End.»

Wir lachten viel an diesem Abend, tranken Wein. Es war ein völlig anderer Abend als der vor einem Jahr. Aber es hatte sich schließlich so viel geändert. Sascha brachte uns bis vors Haus und ging dann zur Metro-Station. Er wollte diese Nacht bei den Rostows verbringen. In unserer Wohnung gab es ja nur eine Schlafgelegenheit.

Ich empfand Rührung, als Ewa aus dem Bad kam, das Licht löschte und neben mich unter die Decke schlüpfte. Wir beide schliefen zum erstenmal in einem Bett. Eigentlich war es eine breite Couch. Anfänglich lagen wir ziemlich weit voneinander, doch dann rutschte Ewa näher heran, und plötzlich schmiegte sie sich an mich. Ich nahm sie in den Arm.

«Als ich dich auf dem Flughafen sah, dachte ich, daß du meine richtige Mutter bist . . . ich weiß nicht, warum ich das gedacht habe, schließlich bist du es ja immer gewesen . . .»

«Aber ich war nicht imstande, dich zu verstehen.»

«Und jetzt?»

«Jetzt gebe ich mir wenigstens Mühe.»

Eine Weile lagen wir da und schwiegen.

«Ich weiß, daß du ärgerlich bist über mein Leben . . . daß du es lieber sähest, wenn es anders wäre . . .»

«Und du?»

«Ich hätte manchmal auch lieber ein anderes. Aber es ist nun mal, wie es ist. Grzegorz und ich verstehen uns oft nicht, Geld fehlt, wir zanken uns . . . er ist so dickköpfig, bittet mich nie um Verzeihung . . . Und dennoch empfinde ich etwas für ihn, und wir haben Kinder.»

«Das ist traurig, was du sagst.»

«So ist das Leben, Mama.»

«Aber du bist erst achtundzwanzig, du könntest neu anfangen.»

«Und du, Mama? Sieh mal, es sah aus, als ob du alles längst hinter dir hast, und dabei hat das Leben eben erst für dich begonnen. Du siehst phantastisch aus. Diese Haare. Und überhaupt bist du eine ganz andere, eine hübsche . . .»

«Das scheint nur so.»

«Nein, Mama, ich spüre, daß du wirklich glücklich bist.»

Aber wie zerbrechlich dieses Glück ist, dachte ich.

«Vielleicht ist es dir manchmal so vorgekommen, daß ich dich nicht liebe . . . ich liebe dich, Mama, sogar zu sehr . . . Nach deiner Abreise hatte ich eine Krise, einen psychischen Zusammenbruch . . . Es war, als würde ich mit deinen Augen auf Grzegorz schauen und nur allein seine Fehler sehen ... Ich sagte ihm, er solle seiner Wege gehen ... Darauf hat er gesagt, daß ich mir das gut überlegen solle, denn wenn er einmal fort wäre, würde er nicht mehr zurückkehren. Und ich habe ihm geantwortet, daß das nicht sein Haus ist, weil es von deinem Geld gebaut wurde. Da hat er seinen Rucksack gepackt und wollte das Werkzeug mitnehmen. Da hab ich geschrien, daß er dir noch nicht das Geld für die Säge zurückgezahlt hat. ‹Du denkst mit dem Hirn deiner Mutter›, hat er beim Weggehen gesagt. Ich weinte die ganze Nacht. Und früh, um mich zu beruhigen, begann ich vom Hustensirup der Kinder zu trinken. Er wirkt ein bißchen einschläfernd, ich wollte mich beruhigen, und ich hatte nichts anderes. Und so leerte ich, bis Jasio aus der Schule kam, die ganze Flasche ... Ich legte mich hin und konnte nicht aufwachen, ich hörte, daß mich die Kinder riefen, doch ich konnte die Augen nicht öffnen. Jasio rief die Schwiegermutter an. Sie kam, brachte mich ins Krankenhaus, und dort pumpten sie mir den Magen aus ... Ich wollte mir nichts antun, Mama, ich wollte mich nur beruhigen ...»

«Und du hast mir nichts gesagt ...»

«Du warst weit weg, wie soll man über so etwas am Telefon reden? Jetzt weiß ich, daß ich bei ihm sein muß ... als er weg war, fühlte ich mich entsetzlich ... ganz so, als hätte ich allen Halt verloren und stürze in die Tiefe, rettungslos ...»

«Ich mit meinem Unigehalt bin genauso arm wie ihr, das andere Geld stammte von Großvater.»

«Darum geht es gar nicht, Mama. Ich wollte ihn erniedrigen, habe wirklich grauenvolle Sachen gesagt. Daß er Geld von Frauen nimmt, sich aushalten läßt ... Später flehte ich ihn an zurückzukommen.»

«Ich hab doch nie gewollt, daß du ihn verläßt. Habe deine Wahl akzeptiert.»

«Nur oberflächlich.»

«Du irrst dich, trotz aller Vorbehalte schätze ich deinen Mann . . . diese seine Wunderlichkeiten sind vielleicht gar keine. Erinnerst du dich, als du mit Joasia, deiner Jüngsten, schwanger warst und er diesen kranken, zu einem Skelett abgezehrten Kater mit heimbrachte, den irgendwer auf die Treppe geworfen hatte . . .»

«Ich war mit Ania schwanger, Joasia ist die Ältere.»

«Mit Ania, entschuldige.»

«Ich weiß, daß du die Namen deiner Enkel verwechselst. Und ich habe mich längst damit abgefunden», sagte sie lachend.

«Laß mich das mit dem Kater zu Ende bringen. Wir beide haben ihn ausgeschimpft, daß er dich und die Kinder gefährdet. Doch was sollte er machen? Dieses sterbende Tier im Stich lassen?»

«Siehst du, du kannst nur über meinen Mann sagen, daß er gut zu Tieren ist», stellte sie mit Bitterkeit fest.

«Sicher würde ich es vorziehen, wenn dein Mann Doktor der Philosophie wäre, doch er könnte ein Karrieremensch und Kleingeist sein . . . Und ein Kleingeist ist Grzegorz nun ganz gewiß nicht . . .»

Wir unterhielten uns noch lange, Ewa fragte mich nach meinen Plänen. Ich erzählte ihr, daß ich mich um eine Stelle in Nanterre bemühte. In ein paar Tagen hätte ich mit dem Rektor ein Gespräch.

«Und welche Chancen hast du?»

«Irgendeine habe ich wohl.»

«Ich drücke dir die Daumen.»

Ich war erschüttert über das, was sie mir erzählt hatte. Erschüttert und voller Schuldgefühl. Denn ich war es ja gewesen, die sie in gewisser Weise veranlaßt hatte, Grzegorz vorübergehend aus dem Haus zu werfen.

«Ich habe auch Probleme mit mir», sagte ich, «und wollte ebenfalls nicht am Telefon darüber reden. Ich hatte vor ein paar Monaten einen Blutsturz . . . und jetzt gehe ich ins Krankenhaus zur Kontrolluntersuchung . . .»

Ewa setzte sich auf. Im Lichtschein vom Fenster her sah ich ihre schmalen Kleinmädchenschultern.

«Ins Krankenhaus?» fragte sie hilflos.

«Nichts Schlimmes, nur unangenehm . . . Doch damals habe ich geglaubt, es wäre Krebs.»

«Und was ist es?»

«Das Ende der Jugend, das Klimakterium.»

«Du siehst so jung aus, das ist nicht das Ende der Jugend. Man ist so alt, wie man sich fühlt.»

«Und du willst mir einreden, daß das Alter nicht kommt?»

«Mir scheint, daß wir selbst über den Beginn des Alters entscheiden. Wirklich zählt, wie wir im Inneren sind. Und du bist im Inneren jung, Mama.»

«Damit könnte ich leben», bekannte ich großmütig.

«Und dieses Krankenhaus ist wann?»

«Gleich nach deiner Abreise und kurz bevor Sascha wiederkommt.»

«Du darfst damit nicht allein sein, geh jetzt.»

«Ich möchte dir lieber Paris zeigen.»

«Nein, irgendwer sollte bei dir sein, wenn du aus der Narkose erwachst.»

Doch am Ende war sie damit einverstanden, daß wir drei Tage nur für uns hatten und kein Wort mehr über das Krankenhaus verloren. Fast den ganzen ersten Tag verbrachten wir im Louvre. Dann aßen wir im Quartier Latin zu Abend und bummelten noch durch das nächtliche Paris. Nach Hause kamen wir auf wunden Füßen, vor Müdigkeit fast in Trance. Beide schliefen wir wie tot. Das Telefon weckte mich. Aleksander war am Apparat.

«Wie spät ist es bei dir?» fragte ich noch halb im Schlaf.

«Viel früher.»

Anderntags schlug ich Ewa eine Schiffahrt auf der Seine vor, doch sie lehnte ab. Sie wollte alles von nahem betrachten, alles anfassen. Darum machten wir einen Fußmarsch, stiegen die Straßen des einstigen Dörfchens auf dem Montmartre empor. Ewa war entzückt von der Stimmung des Stadtteils.

«Ganz wie bei Utrillo, Mama.»

«Du hast recht. Wir können hier ganz in der Nähe ins Museum gehen, da zeige ich dir dann die Rekonstruktion seiner Lieblingskneipe, des Café de l'Abreuvoir.»

«Prima, gehen wir.»

Wir verbrachten eine Menge Zeit dort, Ewa war von den Modiglianis nicht wegzubekommen.

«Weißt du, seine Frauen da sind so traurig, so wie du und ich . . .»

«Wir sind traurig?» wunderte ich mich. «Wir kichern doch die ganze Zeit.»

«Doch was ist das für ein Gekicher!» gab Ewa den Ball zurück.

Als wir am Bistro La Mère Catherine vorbeikamen, schlug ich eine kurze Verschnaufpause und einen Schluck zu trinken vor.

«Schade um die Zeit», meinte Ewa.

«Du hast es so eilig wie jene Russen.»

«Was für Russen?» fragte sie erstaunt.

Ich lachte.

«Nach 1814 war das La Mère Catherine die Lieblingsschenke der Russen. Kaum hatten sie Platz genommen, schlugen sie auch schon mit der Faust auf den Tisch und riefen: *Bystro*, schnell! Daher die Bezeichnung ‹bistro› . . .»

«Das hast du bestimmt von Sascha.»

«Ist doch eine bekannte Anekdote.»

«Also eine Anekdote?»

«Inzwischen.»

Wir gingen hinunter zum Place Blanche. Danach kam

der Place Pigalle, wo wir uns eine Zeitlang amüsierten, und dann spazierten wir die Rue Frochot entlang zur Rue Victor Masse. Ewa blieb an dem schmiedeeisernen Tor stehen, das eine kleine Straße mit alten Villen versperrte. Sie guckte wie ein kleines Mädchen durch das Gitter.

«Können wir dort nicht rein?» fragte sie enttäuscht.

«Das ist eine Privatstraße, siehst du das rote Zeichen?»

«Privatstraße! So was!»

Nachmittags waren wir mit Katja in dem Restaurant am Place Saint-Michel zum Mittagessen verabredet, wo ich häufig mit den Studenten hingegangen war. Hier hatte ich beim Springbrunnen den einsamen Aleksander erspäht und mir zum erstenmal klargemacht, daß er mir nahestand. Wie gut war mein Inneres seit damals mit Gefühlen ausgestattet.

Katja war zu spät dran wie gewöhnlich, doch kaum war sie aufgetaucht, hatte sie schon alles in die Hand genommen. Sie wählte die Gerichte aus, bestellte den Wein. Sie konnte nicht begreifen, daß Ewa keine Fleischspeisen aß.

«Na, dann vielleicht Schnecken oder Muscheln?»

«Das ist doch auch Fleisch.»

«Was ist das schon für Fleisch», empörte sich Katja. «Und Fisch? Fisch auch nicht? Wovon lebst du denn, Mädchen, von Luft? Na ja, das sieht man!»

Schließlich fand sie jedoch für Ewa etwas, das auch sie zufriedenstellte: Spargelcreme und Brokkoli mit gebackenen Kartoffeln. Für sich bestellte sie Kalbsmedaillons. Ich fürchtete, diese Wahl würde Ewa verletzen, doch sie war zum Glück nicht so orthodox wie Grzegorz.

Katja fragte, was Ewa in Paris am meisten gefalle.

«Paris selbst», antwortete sie. «Seine Atmosphäre. Das hier ist mehr als eine schöne Stadt, sie ist wie ein Tempel, ein Heiligtum, in dem sogar ein ungläubiger Mensch beten möchte.»

Katja schüttelte den Kopf. «Ihre Tochter ist eine Dichterin.»

Und sie irrte sich nicht. Ewa hatte noch vor dem Abitur ein paar Gedichte geschrieben. Sehr schöne, meiner Meinung nach. Sie waren in einer Jugendzeitschrift erschienen, und jemand zeigte sie mir.

Kein Liebesgedicht

Etwas hat sich heute auf meine Lippen gesetzt
Ein Schmetterling?
Hockte sich sacht in die Mulde
des Winkels
Irgendein Windhauch?
Zart umriß es die Konturen
Ein Engelsbleistift?
Und später
Drang es in mich ein mit großer, süßer Kraft
und zerriß die Fesseln
Bitte, sag mir, was das war

Landkarte des Gesichts

So gerne hätte ich
Geographie lernen wollen von der Landkarte Deines
Gesichts
In die graublaue Tiefe des Auges blicken –
Azur sehen und dunkle Wolken
unruhiger Gedanken
Beharrlich auf den Nasengipfel steigen
Und danach
Weich hinunterfallen auf die Sommersprossenwiese
Behutsam in das Labyrinth des Ohres spähen
(du weißt nicht, was für ein Hasenfuß ich bin)
und prüfen, ob da nicht der goldene Ton
eines besseren Schicksals ist
Nur dem Abgrund des Mundes darf man nicht
zu nahe kommen.

Was ich nicht mag

ich mag keine Orthographie, Grammatik, Mathematik –
sie beschneiden mir die Flügel
ich mag keine Verbote, Befehle, Gebote –
sie beschneiden mir die Freiheit
ich mag keine Flegelei, Gaunerei
Selbstgefälligkeit
Und Dich mag ich nicht, wenn Du mich so anschaust –
mit zusammengekniffenen Augen

Zu den Gedichten hieß es, die Verfasserin sei Schülerin einer Warschauer Oberschule und habe erst unlängst mit ihren poetischen Versuchen begonnen. «Das ist ganz einfach ein Aufzeichnen von Empfundenem», schrieb Ewa über sich selbst. «Ein schönes Entwerfen von Erlebtem ist unehrlich, unaufrichtig. Meine Gedichte sind noch kindlich.» Und die Redaktion befand: «Angesichts der Derbheit einer modernen Liebesgeschichte sind die Realia des erotischen Rituals in den Gedichten ungemein subtil und suggestiv. Und dabei wieviel Wahrheit! Wieviel zarter, poetischer Ausdruck. Vielleicht erscheint da endlich in unserer Liebeslyrik ein neues, erhofftes Talent?»

Ich las das alles mit Erstaunen. Liebeslyrik von Ewa? An wen war sie gerichtet? Und existierte dieser Jemand, mit dem sie den goldenen Ton eines besseren Schicksals suchen wollte?

Kein Wunder, daß ich nichts von ihren Sehnsüchten wußte. Daß sie sich mir nicht anvertraute. Ich war von einem emotionalen Gebrechen gezeichnet und so bar jeglicher erotischer Phantasie, daß deren Vorhandensein bei meiner Tochter mich mit Angst erfüllte. Lange Zeit beob-

---

Die Gedichte von Tatjana Raczyńska (geb. 1967), Tochter von Maria Nurowska, veröffentlicht in der Zeitschrift *Razem*, wurden nicht nur von dem jungen Leserpublikum enthusiastisch aufgenommen.

achtete ich sie insgeheim. Sie wußte natürlich nicht, daß ich hinter ihr Geheimnis gekommen war. Ich konnte sie weder fragen, ob sie noch immer schrieb, noch sie dazu ermuntern. Das hatte nicht Platz in unserer Beziehung. Damals war es wohl, daß mir zum erstenmal aufging, was für eine unvollkommene Mutter ich war. Vor nichts vermochte ich meine Tochter zu bewahren, war nicht imstande, sie zu warnen, meine Erfahrungen an sie weiterzugeben. Meine Enttäuschung. Ich war sicher, daß sie das Ihre durchleben, ich aber niemals davon erfahren würde.

Ich brachte nie in Erfahrung, wer der Adressat dieser Verse war. Grzegorz? Ich wußte auch nicht, wie die Konfrontation meiner vergeistigten Tochter mit dem richtigen Sex ausgefallen war. Und was sie von jenen erotischen Phantasien in sich zu retten vermocht hatte . . . Vielleicht war nichts davon geblieben. Die zu frühe Mutterschaft, diese fast unmittelbar aufeinanderfolgenden Geburten. Der deformierte, Widerstand leistende Körper, zerrissen von unmenschlichen Schmerzen, Blut, Blut . . . Der Beistand fremder, fühlloser Menschen in weißen Kitteln. Sie entblößt, mit gespreizten Beinen . . . Ihrem Engel mußte der Bleistift aus der molligen Hand gefallen sein. Die Dichterin verstummte.

Aleksander hatte nicht ganz unrecht. Ich war gegen die ganze Welt eingenommen, weil sie mir meine kleine Tochter genommen hatte. Sie mir kaputtgemacht hatte wie eine Puppe.

Zum Kaffee siedelten wir in das kleine Café nebenan über, wo wir auf der Straße unter einem Sonnenschirm Platz nahmen. Es war ein warmer Nachmittag wie mitten im Sommer. Die Passanten hatten Jacken und Jacketts ausgezogen, man sah kurze Ärmel. Doch es war schon Herbst, man spürte ihn in der Luft.

«Ewa würde abends gern ins Cabaret gehen», wandte ich

mich an Katja. «Vielleicht geht ihr ja zusammen, und ich ruhe meine müden Knochen aus?»

«Großartig», freute sich Katja.

Ich hatte bemerkt, daß ihr Ewas Gesellschaft Freude machte. Ganz so, als hungerte sie nach Jugend. Sie unterhielten sich wie Gleichaltrige, verstanden sich, wie sich allein zwei junge Frauen verstehen können.

«Du hast vier Kinder», begeisterte sich Katja, «das ist wie ein Lebensdiplom. Ich hätte auch gerne wenigstens eins, nur mein Aljoschenka ist so müde ... Aber ich habe Katzen ... jetzt ist uns die fünfte zugelaufen. Ich bin sogar noch ein bißchen besser als du ... Und wo würdest du hingehen wollen?»

«Nun, ins ... Folies Bergère ...»

Katja verzog das Gesicht.

«Dort gehen bloß Geschäftsleute und Touristen hin ... und es tanzen amerikanische Girls.»

Ewa lachte.

«Ich weiß, das Trojanische Pferd.»

«Was?» Katja sah sie an, doch mit ihren eigenen Gedanken beschäftigt, fand sie nicht die Zeit, eine Erklärung abzuwarten. «Wir könnten ins Folies Pigalle oder Balajo gehen, dort ist es teuer, aber die Stimmung ist toll ... bestimmt der beste Nachtclub ... Manchmal können Damen allein ohne Karte rein ...»

«Aber ich will nicht in eine Diskothek.»

«Das ist keine Diskothek! Folies Pigalle ist einer der originellsten Clubs in Paris. Man kann ausgezeichnete Musik hören, Wein trinken ...»

Ich sah, daß Ewa keine Argumente mehr hatte, aber ihr sehr an Cabaret gelegen war.

«Katja, einmal wenigstens sollte man ins Folies Bergère gehen, du warst schon dort, aber Ewa nicht.»

«Ja, man muß was haben, das man den Bekannten erzählen kann.»

Ewa kam gegen Morgen. Sie versuchte, sich möglichst leise auszuziehen.

«Ich schlafe nicht», meldete ich mich. «Wie war's?»

«Prima. Auch Katja ist prima, nur redet sie furchtbar viel und furchtbar schnell, die Hälfte habe ich nicht verstanden. Hast du dich nicht geärgert, daß ich mit ihr weggegangen bin?»

«Nein, ich habe das doch selbst vorgeschlagen.»

«Und doch wäre ich lieber mit dir weggegangen.»

Am letzten Tag stand Notre-Dame auf unserem Programm, obwohl meine liebste Pariser Kirche Saint-Germain-des Près ist. Doch dorthin konnte man jemanden erst führen, der mindestens schon einen Monat in Paris verbracht hatte, Paris nicht mehr verschlang und sich an seiner Größe verschluckte. Wenn die Übersättigung einsetzt, sucht man nach Stätten, die von der Bescheidenheit der Stadt zeugen; dann kann man getrost die spätromanische Kirche betreten und ihrer Stille lauschen.

Später war der Quai de la Seine an der Reihe. Wir gingen Arm in Arm spazieren. Die Sonne schien, und die Bäume waren herbstlich schön.

«Und was gibt es bei Grzegorz? Hat er Arbeit?»

«Zum Glück, ja. In letzter Zeit hat er zu Hause rumgehockt, weil es geregnet hat.»

«Euer Leben hängt davon ab, ob es regnet oder nicht . . .»

«Es ist nicht so schlimm, es regnet ja nicht das ganze Jahr.»

«Doch ihr habt ständig Geldsorgen, und wie ihr euch ernährt! Wie er sich ernährt, wo er doch so schwer arbeitet. Ich habe gesehen, was du ihm auf den Teller legst. Drei Kartoffeln und ein paar Bohnen. Das kann nicht gutgehen.»

«Mama, er fühlt sich prächtig, vielleicht schöpft er aus den Bäumen Kraft. So ein deutscher Naturkundler und -forscher, Manfred Himmel, vertritt die Meinung, daß der

Kontakt mit Bäumen heilkräftige Wirkung hat. Zum Beispiel können wir uns durch die regelmäßige Berührung einer Eiche von vielen Krankheiten heilen, die Eberesche stärkt unseren Willen. Die Weide weist starke Energiefelder auf, die unmittelbar auf die menschliche Psyche wirken. Und weißt du, daß die Kiefer ihre wohltuende Wirkung bis in einer Entfernung von fünf Metern auf uns ausübt?»

«Das hast du aus einem der Magazine, die Grzegorz abonniert hat?»

«Ja, und was ist schlecht daran? Nach dem Nervenzusammenbruch damals habe ich mich mehrmals täglich an eine Birke gelehnt, an die, die neben unserem Zaun steht. Und ich habe sie mit geschlossenen Augen umarmt. Weißt du, ich habe mich wirklich besser gefühlt. Die Birke heilt nämlich Depressionszustände. Dieser Forscher meint, daß ihre Ausstrahlung heilsame Gedanken für Auswege aus einer hoffnungslosen Situation auslöst . . . Und wir sind aus einer solchen hoffnungslosen Situation hinausgelangt.»

«Weil Grzegorz sich auch an die Birke gelehnt hat?»

«Warum redest du so? Das machen Leute, die an nichts glauben.»

«Ich freue mich, daß ihr, du und Grzegorz, an Bäume glaubt, doch warum fällt er sie dann?»

«Er heilt sie, Mama, hilft ihnen, indem er krankes Geäst entfernt und morsche Stämme auszementiert. Wenn er einen Baum fällen muß, macht ihn das fast krank, doch es ist schließlich sein Beruf . . .»

Sie blieb auf einmal stehen.

«Mama, diese Brücken über die Seine! Katja hat mich gefragt, was mir hier am besten gefällt, also, ich denke, die Brücken!»

«Du bist leicht zufriedenzustellen.» Ich schmunzelte.

«Und du bist von ihnen nicht begeistert? Sieh dir die vor uns an, ihr Joch!»

Wir hielten an einem der Bücherstände an, Ewa suchte

sich ein Plakat aus. Das Folies Bergère in den zwanziger Jahren. Sie wollte es zu Hause im Schlafzimmer aufhängen.

Sie fand die Zeit zu schade, in einem Restaurant zu sitzen, also kauften wir uns jeder ein kleines Baguette, ich mit Schinken und Salat, sie mit Käse. Wir aßen auf einer Bank, den Blick aufs Wasser gerichtet, auf dem Herbstlaub dahinschwamm.

Die Dämmerung überraschte uns auf den Stufen zu Sacré-Cœur, wo wir uns niedergelassen hatten, um auszuruhen. Wir fühlten die Kilometer dieses Tages in den Beinen. Unter uns ergoß sich nicht ein Lichtermeer, sondern ein Lichterozean, erst jetzt konnte man die enorme Ausdehnung dieser Stadt erfassen.

«Ich freue mich, daß du hier wohnst, Mama.»

«Ich wohne hier nicht, ich halte mich hier bloß auf. Und ich weiß nicht, wie lange noch.»

«Sprich nicht so. Er fürchtet solche Gedanken von dir. Und er hat sie auch keineswegs verdient.»

«Ich will nicht, daß mir irgend jemand – wer auch immer – meine Falten vorhält.»

Ewa fuhr auf. «Was redest du bloß! Deine Falten sind attraktiv. Du hast ein so interessantes Gesicht . . . Ich ziehe dein Gesicht dem von Katja vor, das sehr hübsch ist und überhaupt keine Falten aufweist . . . Ich wundere mich gar nicht, daß er sich in dich verliebt hat.»

«Nur ich müßte mich noch in mich verlieben.»

«Das war wohl immer schon dein Problem, Mama. Du solltest das wissen und auf die hören, die dich lieben.»

So gescheit war diese Ewa. So nah. Als Mutter und Tochter hatten wir uns nicht verstehen können, und nun hatten wir den Weg als zwei Frauen zueinander gefunden.

Orly, sechzehn Uhr fünfzehn

Auf der Anzeigetafel erschien die Nummer des Flugs nach Warschau. Ich könnte schon die Formalitäten erledigen, das Gepäck aufgeben. Mein Koffer ist auf einmal so schwer, daß ich nicht imstande bin, ihn hochzuheben. Seit den frühen Morgenstunden bin ich mit ihm durch den ganzen Flughafen gepilgert, und jetzt kann ich ihn nicht vom Boden hochbekommen. Ich stoße ihn über den glatten Fußboden vor mir her.

Das Krankenhaus ließ sich leichter ertragen, als ich angenommen hatte. Vielleicht war es eine Sache der inneren Einstellung. Ich sah das Ganze nicht mehr als Katastrophe an, sondern als eine wenig angenehme Notwendigkeit. Professor Mouilland hatte Wort gehalten, ich verbrachte in der Klinik nur eine Nacht, am nächsten Morgen wurde ich nach Hause entlassen. Ich ging sofort unter die Dusche, stand lange darunter, um den verhaßten Krankenhausgeruch so gründlich wie möglich loszuwerden. Ich freute mich, alles hinter mir zu haben und daß es mir gelungen war, Aleksander aus allem herauszuhalten. Wenn auch nicht restlos. Als er zurück war, mußte ich ihm von dem Eingriff erzählen, weil wir mindestens zwei Wochen lang keinen intimen Kontakt miteinander haben durften. Er war sogleich auf der Hut.

«Ist es so, wie du sagst, oder ist es etwas Schlimmeres?» fragte er.

«Es ist so, wie ich sage. Und nun lassen wir das.»

Amerika hatte Eindruck auf ihn gemacht, obwohl er das nicht zugeben wollte. Es hatte sich gezeigt, daß es dort – o Wunder – ein paar intelligente Leute gab, die keine Cowboyhüte und Stiefel mit hohen Absätzen trugen. Sein Buch befand sich auf Platz fünf der Bestsellerliste.

«Wir werden jetzt besser leben können», sagte er. «Mieten uns eine größere Wohnung. Vielleicht kaufen wir sie sogar.»

«Wozu?»

«Weil wir Wissenschaftler Platz brauchen. Und sei es nur für die Bücher.»

«Du bist ja vielleicht noch ein Wissenschaftler, aber ich stelle eher die Erinnerung an einen solchen dar.»

Er warf mir einen raschen Blick zu.

«Die Gespräche in Nanterre sind ergebnislos verlaufen?»

«Nein, das ist es ja gerade», erwiderte ich. «Du siehst einen Pauker vor dir.»

Er lachte.

Wir gingen zum Mittagessen in das Restaurant auf dem Montmartre, das er früher allein besucht hatte.

«Und wie ging es mit Ewa? Wie seid ihr auseinandergegangen?»

«Ich denke, in sehr gutem Einvernehmen.»

«Sie ist ein prachtvolles Mädchen.»

Er erzählte mir, daß er mir kein Geschenk mitgebracht habe, weil nichts aufzutreiben gewesen sei, das er als meiner würdig empfunden habe. Aber er habe da eine bestimmte Idee.

Ein paar Tage später fuhr er mit mir zum Flohmarkt mitten in der Stadt. Dort standen kleine Buden, eine neben der anderen, und dazwischen drängten sich die Menschen, hauptsächlich Touristen. Aleksander kannte sich hier bestens aus, er mußte schon früher hier gewesen sein, auch wenn keine Bücher zu sehen waren. Er schleppte mich zu einem der Stände, wo alter Schmuck, Porzellan und Silber zum Verkauf feilgeboten wurden. Hinter dem hölzernen Tisch saß eine korpulente, nicht mehr junge Frau mit Spuren einstiger Schönheit. Um die Schultern hatte sie ein buntes Tuch geworfen. Das graue Haar war zu einem Knoten zusammengefaßt. In den Ohren klimperten lange Ohrringe. Sie sah nach einer Zigeunerin aus.

«Nina Sergjejewna», wandte sich Aleksander auf russisch an sie, «ich habe die Dame meines Herzens hergebracht und würde ihr gern ein altes Schmuckstück überreichen.»

Ich warf ihm einen überraschten Blick zu, doch er gab mir zu verstehen, daß ich mich nicht mucksen solle. Die Frau taxierte mich. «So eine Person sollte eine Brosche haben. Doch eine solche Brosche findet sich hier nicht. Kommt abends zu mir nach Hause.»

Als wir den Rückweg antraten, fing ich an, ihm Vorwürfe zu machen. Wozu brauchte ich eine Brosche? Wer war diese Frau? Und mußten wir da überhaupt hin?

«Wir müssen», entgegnete er knapp. «Wenn Nina Sergjejewna einlädt, darf man nicht absagen. Und wenn sie meint, daß jemand eine Brosche braucht, heißt das, daß es genau so ist.»

«Und wer ist diese Nina Sergjejewna?»

«Sie ist eine bedeutende Persönlichkeit, die Stütze der gesamten Emigration.»

Die geheimnisvolle Händlerin, die Aleksander mit einer solchen Ehrerbietung behandelte, wohnte im reichen Stadtteil Marais, in einem kleinen Palais, vor dem auf einer sorgfältig gepflegten Rasenfläche eine ausladende alte Eiche stand. Ein älterer, gebeugter Mann kam uns zum Gartentor entgegen in Begleitung zweier schwarzer Dobermänner. Sie hatten etwas Böses in den Augen, und ich fürchtete mich vor ihnen. Der Alte merkte das und gab ein kurzes Kommando, worauf die Hunde verschwanden. Er brachte uns zu einem geräumigen Salon, der antik möbliert war. Der Luxus war augenfällig. Bilder in Goldrahmen, schöne Möbel, ein riesiger orientalischer Teppich. Nina Sergjejewna saß in einem Sessel neben einem Tischchen mit einem Samowar. Sie zeigte auf die Sitzgelegenheiten gegenüber. Sie wußte viel über Aleksander, nannte ihn Sascha. Sie erkundigte sich bis ins einzelne nach seiner Amerikareise. Dankte auch für die französische Ausgabe des Buches, das sie lesen würde, sobald es auf russisch erschien, wie sie sagte.

«Ach, dieser Sascha», wandte sie sich an mich, «das ist ein Mann mit vielen Talenten.»

Ganz meiner Meinung, nicht zuletzt wenn ich an seine kulinarischen Großtaten dachte, die er für die Einladung zur Einweihung unseres gemeinsamen Lebens vollbracht hatte. Nicht zu glauben, daß dieses Leben immer noch weiterging und den Anschein hatte, als würde es noch ein wenig andauern. So dachte ich bei mir, ohne zu ahnen, daß ich nur wenige Tage später meinen Koffer packen und mich aus diesem Leben fortstehlen würde.

Der Alte brachte Tassen auf einem Tablett sowie ein Teekännchen in einem Futteral aus bunten Perlen, das wie ein Huhn aussah. Er stellte das Teekännchen oben auf den Samowar. Nach etlichen Minuten füllte Nina Sergjejewna die Tassen. Ein kräftiges Aroma breitete sich im Salon aus. Das Getränk war von dunkelroter Farbe und schmeckte wunderbar, es war der beste Tee, den ich in meinem Leben getrunken hatte. Die Hausherrin und Sascha tranken ihn von der Untertasse und knabberten Würfelzucker dazu. Ich wußte, daß dies ein alter russischer Brauch war, aber ich folgte ihrem Beispiel nicht.

«Sie sind also Polin», sagte Nina Sergjejewna. «Die Polen sind ein schwieriges Volk. Doch sie bringen schöne Männer hervor. Ich selbst habe einmal einen gekannt, aber das ist lange her.»

Nicht ein einziges Mal kam sie auf den Zweck unserer Visite zu sprechen, und ich war froh darüber. Ich wollte nicht, daß sich Aleksander wegen eines Gegenstands in Unkosten stürzte, der für mich völlig überflüssig war. Unser Besuch zog sich bis spät in die Nacht hinein. Nina Sergjejewna holte die Gitarre hervor und fing an zu singen. Sie hatte eine herrliche Stimme. *Nje ujesschaj, ty moj golubtschik, pjetschalno schyt' mnje bjes tjebja, daj na praschtschanije ob-*

jeschtschanije, tschto nje sabudjesch ty mjenja. Fahr nicht weg, du mein Täubchen, es wird furchtbar schwer sein, ohne dich zu leben. Versprich mir zum Abschied, daß du mich nicht vergißt.

Als wir gingen, reichte sie Aleksander ein Schächtelchen. Er nickte nur.

«In diesem Schächtelchen ist vermutlich die Brosche», sagte ich im Taxi.

«Mit Sicherheit.»

«Aber wir haben nicht bezahlt.»

«Zerbrich dir deswegen mal nicht den Kopf. Du bekommst das versprochene Geschenk und basta.»

Nina Sergjejewna beschäftigte mich jedoch. «Wozu handelt sie, sie ist doch wohl reich genug?»

«Sie handelt, weil sie das gern tut», erwiderte er.

«Ich weiß nicht einmal, wie sie mit vollem Namen heißt.»

«Sie heißt Nina Sergjejewna Romanowa.»

Zu Hause betrachtete ich die Brosche. Sie war wunderschön; eine alte Arbeit, Silber wie Spitzengewebe mit Edelsteinen.

«Aber das ist doch viel zu kostbar!» rief ich aus.

Ich nahm dieses Geschenk nicht mit. Meiner Ansicht nach hatte Aleksander es einer völlig anderen Person gemacht als der, die ich inzwischen war. Ich riß mich gerade von meinem Pariser Leben los, verpuppte mich, was sehr schmerzhaft, aber unvermeidlich war. Unvermeidlich wie die Trennung. Ich wußte das die ganze Zeit, während unsere Romanze dauerte oder vielmehr unsere Liebe, denn das Wort «Romanze» paßte hier wohl nicht so recht . . . Aber vielleicht war es ja dennoch besser, das, was uns verband, eine Romanze zu nennen, denn die konnte man in jedem Augenblick beenden. Mit der Liebe ist es schwieriger, man kann sie nicht ablegen wie zu enge Schuhe, selbst wenn sie reibt und schrecklich weh tut. Sie ist da, dauert an, oft gegen unseren Willen. Denn sie ist es, die uns ihren Willen aufzwingt, uns zu Angst und Schmerz verdammt ...

Eines Tages fiel mir fettgedruckt die Schlagzeile auf der ersten Seite von *Le Monde* ins Auge: «Polen denken beim neuen Rußland an Armut, Schmutz und Mafia.» Die erste Reaktion: Zeitung verstecken. Doch dann fiel mir ein, daß Sascha sie ja auf den Tisch gelegt hatte. Also hatte er sie längst gelesen. Gleich darauf ein Gefühl der Scham. Einer entsetzlichen Scham. Daß ich so etwas hatte denken können. War das wirklich ich? Das war meine Angst, ein Bruchstück davon. Daß ich verlieren könnte, was man mir so unverhofft geschenkt hatte. Sascha war hier, ohne darum verdächtig zu sein. Sascha lebte sein normales Leben, ich war es, die es simulieren mußte ...

Orly, sechzehn Uhr dreissig

Ich sehe eine beeindruckende Parade: Eine Nonne schiebt einen Rollstuhl mit einem jungen Mädchen. Das Mädchen hat ein einnehmendes Gesicht voller Sanftheit und vielleicht Ausgesöhntheit mit einem Schicksal, das sie in diesen Rollstuhl gesetzt hat. Es läßt sich nicht ahnen, wann das passiert ist, in Kindertagen oder erst unlängst, durch einen Unfall. Wieviel innere Kraft mußte man haben, um nicht den Gedanken von einem verlorenen Leben an sich heranzulassen. Dem Mädchen scheint das gelungen. Im Gegensatz zu mir, obwohl ich gesunde Arme und Beine habe ...

Ich und die Personalpronomina, das gäbe gutes Material für einen Psychologen ab. In der Kindheit traten zwei am häufigsten auf: sie (Singular) und sie (Plural). Natürlich handelte es sich um meine Mutter und den Großvater. Während ich an sie sehr oft dachte, mich nach ihr sehnte, tauchte er in meinen Gedanken niemals einzeln auf. Es gab also sie – die Mutter. Und es gab sie im Plural – Mutter und Großvater. Später blieb nur noch der Singular, blieb nur noch sie. Allerdings nicht mehr die Mutter, sondern die Tochter. Ein einziges Pronomen. Bis zu den Pariser Zeiten. Hier erschien er. Ihn. Mit ihm. Über ihn. Doch niemals: mit uns, über uns . . .

Eigentlich sprachen wir wenig miteinander, und ganz bestimmt unterhielten wir uns nicht über das, was ringsherum geschah. Jedesmal, wenn ich ihn zu politischen Problemen in meinem oder seinem Land befragen wollte, wich er einer Antwort aus. «Ich bin kein Politiker», sagte er. «Frag mich in zwanzig Jahren noch einmal danach . . .»

In zwanzig Jahren bin ich eine Greisin, antwortete meine innere Stimme, zum Glück unhörbar für ihn.

Dieses Gespräch rief den Wunsch in mir wach, den Friedhof in Montmorency zu besuchen, wo die sterblichen Überreste vieler meiner berühmten Landsleute ruhen. Schon seit vergangenem Herbst trug ich mich mit der Absicht, doch irgendwie hatte ich sie nie in die Tat umsetzen können.

«Hat das für dich eine Bedeutung? Die Nähe der Gebeine von irgend jemandem?» fragte er.

«Für dich nicht?»

«Was weiß ich . . . wohl eher nicht . . . Ich erkenne die Verstorbenen an dem, was sie dachten. Ihre Überbleibsel, die sind wie vergessene Anzüge im Schrank . . .»

Aber er machte den Weg mit mir zusammen. Wir fanden das Grab Delfina Potockas, und auch die Grabstätte der Familie Mickiewicz, wo der Dichter Adam Mickiewicz Jahrzehnte geruht hatte, bevor er nach Warschau gebracht worden war. Mir lag viel daran, den Ort ewiger Ruhe von Tadeusz Makowski zu finden, den ich als Maler sehr schätzte. Es war an seinem Grab, als Aleksander, der sich auf einem Mäuerchen niedergelassen hatte, sagte: «Zuweilen gefällt mir meine Heimatlosigkeit sehr.»

«Unsere Heimatlosigkeit . . .»

«O nein, du trägst dein Haus in dir. Mir kommt es vor, als hättest du Warschau in Wahrheit nie verlassen.»

«Und du hast Moskau verlassen?»

«Wie soll ich sagen . . . ja und nein. Wenn ich dort nicht meine beruflichen Angelegenheiten hätte, müßte ich wohl nicht dorthin zurück.»

«Und du würdest Paris wählen?»

«Ist egal. Jeder Ort ist gut.»

«So? Und warum hast du mich dann in die russisch-orthodoxe Kirche mitgenommen? Du brauchtest die dortige Atmosphäre! Die von zu Hause.»

«Ich hatte eher die Bäckerei im Sinn», schmunzelte er.

Er erhob sich und klopfte den Staub von der Hose. «Vielleicht verschwinden wir jetzt besser von hier. Ich bin von dieser Stätte nicht gerade begeistert. Unsere Friedhöfe sind mir lieber, besonders die dörflichen . . . Dort kannst du die verschiedensten Vermutungen anstellen . . . Hier herrscht ein Gedränge wie im Quartier Latin am Sonntagvormittag, ein Grabmal neben dem anderen . . . Was für ein Einfall, einen Friedhof in der Stadt zu installieren . . .»

«Ich möchte nur noch Norwids Grab finden . . . das ist mir wichtig . . . Weißt du, wer Norwid war?»

«Ist das nicht euer Puschkin?»

«Ich denke nicht, daß man die beiden vergleichen kann.»

«Du mußt es ja wissen, du lehrst an der Sorbonne», entgegnete er mit leichter Ironie, «ich bin bloß ein einfacher Historiker.»

Ich stand vor ihm auf dem Pfad, die Sonne, die anfing unterzugehen, beschien meinen Rücken, ich spürte ihre milde Wärme. Die Strahlen fielen Aleksander direkt ins Gesicht, so daß er blinzeln mußte, während er mich ansah.

«Manchmal weiß ich wirklich nicht, wer du bist», sagte ich.

«Und das ist gut so, ein mysteriöses Element zwischen Liebenden ist sehr angebracht.»

«Siehst du, das sind so deine Antworten!»

Er ging jetzt ein paar Schritte vor mir, ich blickte auf seine breiten Schultern. Das also ist der Mann, der mein ganzes Leben verändert hat, dachte ich. Der ihm Farbe verliehen hat. Jeden Morgen sollte ich mit den Worten beginnen: «Ich danke dir.» Und dennoch habe ich ständig Vorbehalte gegen ihn. Frage ihn ständig aus, obwohl ich weiß, daß er das nicht mag. Doch wenn ich nicht frage, erfahre ich nichts.

Er wandte sich um, und dann blieb er stehen und wartete auf mich.

«Nie sagst du etwas zu dem, was bei euch geschieht . . .» begann ich. «Mir zum Beispiel tut das alles weh . . . weil es anders sein könnte.»

«Kann es nicht. Also lassen wir das. Du bist hergekommen, um Bekannte zu besuchen, dann tu das auch.»

Ich lachte. «Wenn schon, dann große Bekannte . . .»

«Meinetwegen.»

«Du bist ein Bürger deines Landes. Du mußt doch irgendwelche eigenen Prognosen haben.»

«Natürlich», erwiderte er ruhig. «Die Unsern bringen Dudajew um und damit Schluß. Tschetschenien kapituliert, man wirft ihm irgendeinen Brocken hin, eine innerregionale Selbstverwaltung, doch das Erdöl wird selbstverständlich uns gehören . . . und die Außenpolitik auch. Damit das passiert, muß Dudajew tot sein.»

Es lief mir kalt den Rücken hinunter.

«Du sagst fürchterliche Sachen. Der Mann lebt . . .»

«Aber es sind seine letzten Tage.»

Vor dem Einschlafen lasen wir für gewöhnlich, ich bei meiner Lampe, er bei der seinen. Anfangs genierte ich mich, daß ich dazu eine Brille aufsetzen mußte. Später dachte ich nicht mehr daran, doch immer wenn er sich mit irgend etwas an mich wandte, nahm ich sie rasch von der Nase. Ich kam diesem Moment sogar zuvor, seiner Kopfbewegung zu mir hin. Ich kontrollierte mich und ihn in einem Maße, daß ich schon spürte, wenn er mich etwas zu fragen beabsichtigte.

«‹Mit dem Strom schwimmt nur der Abfall›, wie heißt das genau?»

Ich sah ihn verblüfft an. «Ich weiß nicht mehr genau, ich glaube: ‹Wer mit dem Strom schwimmt, kommt nicht an die Quelle. Mit dem Strom schwimmt nur der Abfall.›»

«Eben.»

Ich sah ihn immer noch an. «Ich habe gerade an Zbigniew Herbert gedacht. Ich habe ihn in der Vorlesung behandelt, und einer der Studenten fragte mich, ob es stimmt, daß er sich zu Tode trinkt, weil er nicht den Literaturnobelpreis bekommen hat, sondern Czesław Miłosz.»

«Und was hast du geantwortet?»

«Nichts. Doch ich halte ihn für den größten lebenden Dichter der Welt.»

«Aber vielleicht lebt ja irgendwo im Busch ein noch größerer Dichter, nur daß man nichts von ihm weiß.»

«Möglich. Doch da ich schon von Herbert weiß, hätte ich den Nobelpreis gern für ihn.»

Sascha machte eine unbestimmte Handbewegung. «Preise», sagte er verächtlich. «Im Grunde sind sie ohne Bedeutung.»

«Doch wenn man sie schon vergibt, sollte Gerechtigkeit herrschen.»

«Du hältst das für ungerecht. Vom Standpunkt der Akademiegreise war es gerecht, den Nobelpreis Miłosz zuzuerkennen . . .»

«Und Pasternak.»

Sascha verzog das Gesicht, und ich lachte.

Orly, sechzehn Uhr vierzig

Ich beuge mich über ein Waschbecken der Flughafentoilette und versuche, dabei nicht in den Spiegel zu schauen. Ich will mein Gesicht nicht sehen. Ich stelle mir vor, wie es aussieht . . . wieder anders, erneut nicht wiederzuerkennen, nur diesmal im negativen Sinn. Das Gesicht einer unglücklichen Frau. Der Schmerz, der mich seit dem Morgen quält, muß wohl sichtbar sein. Wozu soll ein solcher Anblick gut sein! Ich werde schon noch in Warschau meiner ansichtig werden, wenn Ewa und ich uns begrüßen . . .

Der Brief von Sascha an mich . . . oder vielleicht ganz einfach: der Brief an mich . . . Zuvor habe ich nie Briefe bekommen. Mein langjähriger Geliebter schickte mir bloß Kartengrüße von der Reise. Ebenso meine Tochter. Als Kind kamen von ihr Ansichtskarten aus den Ferien. «Liebe Mama, hier ist es prima, heute habe ich im Mehr gebatet und die Hoosen verlohren. Tschüüs, Deine Ewa.» Ansichtskarten mit orthographischen Fehlern, die mit den Jahren weniger wurden, bis sie dann ganz verschwanden. Die Fehler sowohl wie die Karten. Seit Ewa von zu Hause ausgezogen war, hatte sie keinerlei Fahrten mehr unternommen. Und ich, ich war zu beschäftigt, um zu schreiben. Ich wußte auch nicht, worüber ich hätte schreiben sollen . . . Bei einem Streit hatte sie geschrien, ich würde meine Karriere mästen wie eine Weihnachtsgans. Und doch glaubte ich immer, sie sei nicht fett genug, gemessen an meinen Ambitionen. Meine Ambitionen . . . das war wohl nicht, was man gemeinhin darunter versteht, sondern stets diese Angst vor dem Leben eines Erwachsenen. Also tat ich alles, was nur irgend ging, füllte die Zeit mit zahlreichen Beschäftigungen aus, um nur nicht wirklich leben zu müssen!

Eine andere Sache ist, ob es wohl noch mehr Frauen gab, die so wenig Briefe erhielten. Private Briefe, denn amtliche Schreiben kamen zuhauf, bisweilen ein gutes

Dutzend auf einmal, wenn ich den Briefkasten aufschloß, fielen sie als Kaskade zu Boden. Sie dokumentierten die Jahre hindurch die Sprossen der Karriereleiter, die ich erklomm. Anfangs titulierte man mich Magister, später Doktor, noch später Dr. habil. und schließlich Professor, Prof. Dr., selbstverständlich. Und dann traf eines Tages ein Brief ein, dessen Kuvert nur mit meinem Vor- und Nachnamen versehen war. Ein Brief an Julia Grudzińska, eine Privatperson und Frau . . .

Aleksander schrieb mir aus Amerika, der Brief traf ein, als er längst wieder in Paris war, doch das hatte keinerlei Bedeutung. Es zählte allein das Faktum, daß er mir geschrieben hatte. Und auch das, was in dem Brief stand.

New York, 20. September 1995

Julia, Frau, Mädchen, Eheweib, Geliebte!
Das alles bist Du, nur Du und immer Du. *Merde,* Tatsache ist, daß ich nicht in der Lage bin, Briefe zu schreiben, und es hasse. Aber an Dich muß ich einfach. Will ich. Ich möchte unbedingt, und es verlangt mich danach. Denn ich sage sonst ja so wenig über Dich, über mich, über uns. Wer ich vor Dir war. Und wer ich bin, wenn Du bei mir bist. Was das Wort «Frau» vorher für mich bedeutet hat und was es jetzt bedeutet. Eine Frau für mich, Julia, das bist Du. Eine Frau für mich, das ist Deine Stimme, das sind Deine Schritte auf der Treppe. Das ist Deine Abwesenheit. Und Deine Gegenwart. Deine Bluse über der Stuhllehne. Und irgend etwas Besonderes in der Luft, Julia, etwas, das zuvor gefehlt hat und das aufgetaucht ist zusammen mit Dir. Ich versuche ein Poet zu sein, verdammt, und in Deiner Nähe bin ich der wohl auch. Denn mich rührt einfach alles. Und sei es ein Haar von

Dir, das an meinem Jackettaufschlag haftengeblieben ist.

Ich bin kaum imstande, Dir die Wandlung zu beschreiben, die mit mir vorgegangen und die nach außen hin nicht sichtbar ist. Ich bin noch derselbe Typ mit den langen Haaren, wie ein Weib, laut meiner Großmutter, aber bin es auch wieder nicht mehr. Meine Wunden sind geheilt, die Waffenruhe ist vollstreckt. Es hatte in der letzten Oberschulklasse begonnen. Sie war die Klassenschönheit, und alle Jungs waren verknallt in sie, ich natürlich auch. Keinem von uns schenkte sie ihre Aufmerksamkeit. Sie trug die Nase hoch. Später traf ich sie wieder, als ich im zweiten Studienjahr war. Sie studierte ebenfalls, Orientalistik an der Moskauer Universität. Sie war schöner als je zuvor. Sie war schlanker geworden, und ihre Gesichtszüge wirkten dadurch feiner. Sie hatte grüne Augen, von dunklen Brauen und Wimpern gerahmt, und hinreißend geformte, leicht hervorstehende Wangenknochen. Das Schicksal brachte uns in Dissidentenkreisen zusammen, alles schien sich zu ergeben, wie es sein sollte. Sie dachte so wie ich, war intelligent und einfach entzückend. Wir trafen uns ziemlich häufig, gingen ins Kino oder Eis essen. Schließlich, eines Abends, ich hatte sie nach Hause gebracht, wagte ich es, sie zu küssen. Zumindest wollte ich das. Sie stieß mich von sich und fing an zu lachen. «Was bildest du dir ein», sagte sie. «Glaubst du, du darfst mich anfassen? Denkst du, ich weiß nicht, was du für einer bist? Du bist der Onaniertyp, Sascha. Allnächtlich das Händchen unter der Bettdecke! Ich habe recht, oder?» Ich rannte davon. Es war eine panische Flucht.

Aha, dachte ich, nachdem ich diese Herzensergüsse gelesen hatte, daher das Ganze. Entweder ein junges Mädchen, hübsch und ein bißchen dumm, oder eine Frau, nicht mehr jung, im Kopf einigermaßen möbliert, nur nicht alles zusammen wie bei jener Angebeteten.

> Glaub nicht, ich hätte mir einen Komplex zugezogen, eher die Überzeugung, daß man in Gesellschaft einer Frau nicht man selbst sein kann. Viele haben mich seit jener Zeit geliebt, wirklich schöne und wertvolle Frauen. Doch das machte keinen Eindruck mehr auf mich. Ich glaubte, zu keinen tieferen Empfindungen mehr fähig zu sein. Bis zu dem Augenblick, als ich Dir begegnet bin. Du bist ins Zimmer getreten, Julia, und alles hatte sich verwandelt. Zum zweitenmal in meinem Leben erscheint mir alles, wie es sein soll. Ich hoffe, daß Du das nicht zerstören willst.

Was erwartest du, Sascha, dachte ich damals. Ich bin jemand, bei dem nie etwas war, wie es sein sollte . . . Dich hat ein grausames Mädchen verletzt und mich das Leben der eigenen Mutter . . . das läßt sich nicht vergleichen . . .

> Ich hatte geglaubt, es gäbe keine unentbehrlichen Menschen und daß ich ausgezeichnet allein zurechtkäme. Doch das war ein irriger Glaube. Ich komme nicht ohne Dich zurecht, Julia. Meine Reise hierher allein war ein Fehler. Hier, in New York, inmitten all dem Glas und Aluminium, fühle ich mich verloren wie ein dummer kleiner Junge. Ich brauche Dich!

Wenigstens kein Ödipuskomplex, sondern irgend etwas anderes, sehr gut, dachte ich, als ich den Brief zusammenfaltete. Jedwede Äußerung über Gefühle für mich, über meine Unentbehrlichkeit für sein Leben machte mich mißtrauisch. Ich glaubte ihm nicht, konnte nicht begreifen, aus welchem Grund er auf mich aufmerksam geworden war, in mir die

Frau entdeckt hatte, ich zweifelte an der Aufrichtigkeit seiner Worte. Jeden Augenblick konnte alles anders sein.

Die Zeit nach Aleksanders Rückkehr aus New York war eine gute Zeit, obgleich Sascha jetzt zu einem ungeheuer beschäftigten Menschen geworden war. Wir mußten ein Faxgerät in unserer Wohnung installieren, das unablässig ratterte. Entweder schickte Aleksander etwas weg, oder für ihn traf etwas ein. Man lud ihn aus allen Teilen der Welt zu Vorträgen, Lesungen, Autorentreffen ein. Der amerikanische Erfolg öffnete ihm die Tür zum wahren Ruhm. Doch dieser Ruhm gerade war es, der ihn irritierte, ihm zusetzte. Wir hörten auf, den Telefonhörer abzunehmen, erst wenn jemand auf Band sprach, fiel die Entscheidung, ob man sich meldete oder nicht.

Mir fiel auf, daß Aleksander aus Moskau sämtliche Anrufe entgegennahm. Einer bewegte ihn besonders. Ein Mann rief an. Ein gewisser Oleg. Er hatte schon seinen Namen auf Band gesprochen, bevor Aleksander den Hörer aufnahm. Er lauschte schweigend dem langen Monolog auf der anderen Seite der Telefonleitung, und dann sagte er: «Ich habe nicht geahnt, daß sie so dumm ist. Warum hat sie sich in dieser Angelegenheit nicht wenigstens an mich gewandt?»

Ging es um Nadja? Eine innere Stimme flüsterte mir zu, daß dem nicht so sei. Die Frau, die er dumm genannt hatte, war das wohl ganz und gar nicht, sonst hätte ihre Handlungsweise nicht diese heftige Reaktion bei ihm hervorgerufen. Es war eine andere Art von Zorn als der, den Nadja provozierte und ihre, offen gesagt, Dummheit oder auch Naivität. Ich war ziemlich neugierig, zumal Aleksander lange Zeit sichtlich aufgeregt war. Er setzte sich vor den Computer, doch nicht um zu arbeiten, sondern um sich von mir abzugrenzen, wie früher von Nadja. Der Bildschirm flimmerte, doch er merkte es nicht.

«Wenn du allein sein willst, verschwinde ich», ließ ich mich endlich vernehmen.

Er drehte den Kopf zu mir herum.

«Hast du mich etwas gefragt?»

«Nein, ich habe nur gesagt, daß ich irgendwohin gehe, wenn du alleine sein willst.»

«Wohin?»

«Egal. Spazieren.»

«Dann gehen wir doch zusammen», schlug er vor und erhob sich vom Stuhl.

Lange Zeit gingen wir wortlos, Aleksander schneller als sonst, und ich hatte es schwer, mit ihm mitzuhalten. So gelangten wir nach Montmartre, von wo aus man die gesamte Fläche dieser überaus seltsamen Stadt sah, dieser Falle von einer Stadt. Ihr Zauber jedoch wirkte auf mich unvermindert fort. Schwer zu erraten, ob Aleksander realisierte, wohin wir gewandert waren.

«Paris ist eine Messe wert», zitierte ich.

Überrascht sah er mich an.

«Heinrich IV. soll das an dieser Stelle gesagt haben», bemerkte ich lächelnd.

«Ich weiß, wen du zitierst!»

«Ich weiß, daß du's weißt, aber ich wollte ein Gespräch in Gang bringen.»

Er nickte.

«Moskau ist es, das eine Messe braucht. Nicht nur eine . . .» Und er versank erneut in Schweigen.

«Und du sagst mir nicht, was da passiert ist?» wagte ich endlich zu fragen.

Er blickte mich so feindselig an, daß ich unwillkürlich die Schultern hochzog.

«Du hast doch nicht etwa Angst vor mir?» fragte er weich und berührte meine Wange.

«Aber sicher habe ich Angst vor dir. Du wärst selbst erschreckt, wenn du dich im Spiegel sähest.»

Mein Geplapper hatte unverhofft die Spannung gelokkert.

«Ich bin wütend, werde immer wütend, wenn einer, der mir nahesteht, etwas Idiotisches tut! Ich habe eine Freundin, oder vielmehr hatte, denn es ist noch völlig unklar, was mit ihr wird. Ein entzückendes, begabtes Mädchen. Schauspielerin. Und weißt du, auf welche Idee sie gekommen ist? Sich für eine Junggesellenwohnung Geld von der Mafia zu leihen. Die Wohnung hat sie gekauft, doch sie konnte die Schulden nicht rechtzeitig zurückzahlen. Sie haben ihr also die Zähne ausgeschlagen, Arme und Beine gebrochen, sie massakriert. In lebensbedrohlichem Zustand liegt sie jetzt im Krankenhaus.»

«Mein Gott!»

«Ja, eben, mein Gott! Warum hast du Rußland verlassen!»

Schweigend gingen wir den Weg zurück, doch weil es jetzt bergab ging, fiel es mir leichter. Ich grübelte über das eben Gehörte nach. Das heißt, ich versuchte Mitgefühl aufzubringen für jene fremde junge Frau. Entzückend und begabt, wie er von ihr gesagt hat. Doch es wollte mir nicht so recht gelingen. Ich war schlichtweg eifersüchtig. Denn was hatte das zu besagen: seine Freundin? Seine Empörung, als er erfuhr, was ihr widerfahren war. Was verband ihn wirklich mit dem Körper, der da so schwer verletzt worden war?

Wir rannten jetzt beinah den steilen Hügel hinunter, er mehrere Schritte vor mir. Bestimmt dachte er in einem fort an sie, weder blickte er sich um, noch wartete er auf mich.

Aber ich durfte so nicht von ihr denken, das war unmenschlich, gemein. Ich hatte es geschafft, wegen Nadja nicht eifersüchtig zu sein . . . Nun ja, aber nur deshalb, weil ich mich ihr gegenüber ein wenig schuldig fühlte . . . Ob ich wollte oder nicht, Tatsache war, daß ich während ihrer Abwesenheit ihren Platz an Aleksanders Seite eingenommen hatte. Nadja also existierte in meinem Bewußtsein in Form von Gewissensbissen, doch andere Frauen? Diese schönen und klugen, von denen er im Brief geschrieben hatte? Was war mit denen ... Von einer hatte ich gerade erst erfahren. Ich verübelte mir selbst, daß es mir an Großmut mangelte und ich in «Bettkategorien» dachte, während dieses unglückliche Mädchen um sein Leben rang. Mir ging es um mich. Um meine Phantasien. Meine Ängste. Und den Schmerz, daß irgendwer ihn mir nehmen würde ... Ihn, Sascha.

Später im Bett fragte ich ihn: «Wie heißt deine Freundin?»

«Irina.»

Eine unheilvolle Stille zwischen uns, ich hätte diese Frage nicht stellen sollen. Doch ich konnte einfach nicht umhin, konnte nicht an mich halten beim Ergründen der Wahrheit. Der mir unzugänglichen Wahrheit. Und das war auch seine Schuld, weil er mir so wenig von sich erzählte. Richtig komisch, daß er sich zu einem Brief aufgerafft hatte. Zu so einem Brief.

«Wart ihr ... ähm ... eng zusammen?»

«Wozu fragst du? Was hat das für eine Bedeutung? Besonders jetzt.»

«Weil ich meine, du solltest jetzt im Flugzeug nach Moskau sitzen.»

Lange sagte er nichts.

«Oleg ist bei ihr.»

Und das mußte mir genügen.

Dieses mein Warten auf ihn, seine raschen Schritte auf der Treppe, war sogar angenehm. Ich freute mich, daß er gleich hereinkäme, daß ich seine vertraute Gestalt sähe, sein Gesicht. Das wichtigste war, daß ich mir seines Auftauchens sicher sein konnte. Noch ...

«Was würdest du sagen, wenn wir nach Moskau übersiedelten?» fragte er eines Tages.

Verblüfft sah ich ihn an. Auf einen solchen Vorschlag war

ich nicht vorbereitet, unser Gespräch auf dem Friedhof vor ein paar Wochen hatte in eine völlig andere Richtung gewiesen. Seine Rückkehr dorthin schien alles andere als sicher.

«Ich würde sagen, daß das keine gute Idee ist», erwiderte ich schließlich.

«Wieso?»

«Weil ich hier zur Not Pauker sein kann, dort wäre ich nun tatsächlich ein Niemand.»

Er nahm mein Gesicht in seine Hände und sah mir in die Augen.

«Du kannst wissenschaftlich arbeiten, Bibliotheken sind überall. Du kannst die Sprache.»

«Aber wir sprechen Französisch miteinander.»

«Literatur in den verschiedenen Sprachen gibt es dort, soviel das Herz begehrt.»

Ich schüttelte den Kopf.

«Ich rede davon, weil ich am Historischen Institut Seminare für Studenten abhalten sollte, mir hat das gefehlt, und außerdem muß ich mich auf die Habilitation vorbereiten . . . das macht ebenfalls meine Anwesenheit in Moskau erforderlich. Ich hatte angenommen, ich würde im Herbst dorthin zurückkehren, nun ja, eine Frau hat mich aufgehalten . . .»

«Und diese Frau bin ich?»

«Du! Du! Du! Und deine Ablehnung verdammt mich zur ewigen Wanderschaft.»

Er verstand nicht, daß Paris für uns der einzig sichere Ort war. Ich weiß nicht, warum das so war, aber hier fiel unser Altersunterschied nicht weiter auf, hier war es ganz natürlich, daß wir zusammen waren; es genügte jedoch, über das Weichbild der Stadt hinauszufahren, und wir fingen an, uns voneinander zu entfernen. Diese gräßliche Fahrt nach Reims, selbst Mallorca. Obschon es dort durchaus schöne Augenblicke gegeben hatte, fühlte ich mich an

Saschas Seite nicht an meinem Platz. Hier hatte ich diesen Platz mit Mühe gefunden. Nicht zuletzt auf Kosten meiner beruflichen Ambitionen, die bis zur Stunde das wichtigste für mich gewesen waren, auf Kosten der Trennung von meiner Tochter . . . Daß ich nicht nach Moskau umziehen wollte, war nicht Egoismus, ich spürte ganz einfach instinktiv, daß unser gemeinsamer Umzug die Niederlage für uns bedeuten würde. Nicht einmal deshalb, weil seine Familie und seine Bekannten unsere Verbindung mit kritischen Augen betrachten würden. Wir selbst wären in Moskau andere für uns. Hier war es leichter, uns zu verständigen, wir waren Gäste aus einer Welt, die mit der Wirklichkeit, in der wir momentan lebten, wenig zu tun hatte. Wir hatten uns unseren eigenen Code geschaffen, nicht nur der Liebe, sondern auch des Gedankenaustauschs, wir verstanden uns mit einem halben Wort. Nur daß das weder ein polnisches noch ein russisches war . . .

«Es gibt noch einen anderen Ausweg. Wenn deine Anwesenheit in Moskau unerläßlich ist, kehre ich nach Warschau zurück, und statt nach Paris kommst du dorthin zu mir . . .»

«O nein! Damit bin ich absolut nicht einverstanden», protestierte er.

«Warum nicht?»

«Weil Warschau dich mir wegnimmt.»

«Und dich nimmt mir Moskau!»

Wir kamen überein, daß ich nach Nanterre fahren und er anfangen sollte, seine beruflichen Angelegenheiten zu ordnen; er beabsichtigte auch, Material zu einem neuen Buch zu sammeln.

Er hatte sich zu einem Gespräch mit seinem Verleger auf den Weg gemacht und mir zuvor versprochen, gleich Bescheid zu sagen, was dabei herausgekommen war. Daher glaubte ich, als das Telefon läutete, daß er das sei. Doch es war George.

«Du willst sicher Sascha sprechen», sagte ich. «Leider ist er eben aus dem Haus.»

«Eigentlich rufe ich dich an», hörte ich zu meiner Verblüffung. «Rostows Frau hat erwähnt, daß du im Krankenhaus warst.»

«Einen Tag lang.»

«Aber ist alles in Ordnung?»

«Ja. In Ordnung.»

Eine Weile unterhielten wir uns noch über das Wetter in Paris und das Wetter in New York.

Ich erzählte Aleksander von dem Anruf.

«Was du nicht sagst, George hat selbst angerufen, aus eigener Initiative?»

«Was ist so sonderbar daran?»

Er lachte.

«Unser Freund ist ein ungemein sparsamer Mensch. Normalerweise muß man, wenn man mit ihm telefonieren möchte, dies auf eigene Kosten tun.»

Erstaunlich. Das alles war erstaunlich. Mein verrücktes altes Leben, das sich plötzlich entschieden hatte, jung zu sein. Früher einmal war es undenkbar gewesen, irgendwohin zu fahren, ohne dies zwei Wochen im voraus zu planen. Und nun stürmte Aleksander mit der Nachricht herein, daß wir ein verlängertes Wochenende vor uns hätten, vier Tage Normandie.

«Warum vier Tage und warum die Normandie?» erkundigte ich mich leicht verwirrt.

«Mein Verleger gibt uns die Schlüssel zu seinem Haus am Meer. Und vier Tage deshalb, weil zwei oder drei Tage zuwenig wäre, und mehr wiederum können wir uns nicht erlauben. Dein Nanterre! Wir müssen weg, ich will wenigstens eine Weile bloß mit dir zusammen sein.»

«Ich wundere mich, daß du dich gerade jetzt mit mir in irgendeine Einöde vergraben willst. Männer ändern nach einem Erfolg meist ihr Leben, verlassen zum Beispiel ihre Ehefrauen und nehmen sich neue ... aber ich bin ja nicht einmal eine Ehefrau.»

«Die könntest du sein, wenn du nur wolltest. Ich möchte es, sogar sehr», sagte er ernst.

«Das wäre das Dümmste, was uns einfallen könnte.»

«Warum?»

«Das weißt du genau. Du tust bloß so, als ob –»

«Bestimmt dreht sich's um deine fünfzig Jahre.»

«Eben.»

«Ich hab dir schon so oft gesagt, daß das für mich keinerlei Bedeutung hat.»

«Für mich aber schon. Und das mußt du einkalkulieren.»

«Ich darf dich doch trotzdem um deine Hand bitten, oder?»

Ich konnte nicht einschlafen, obwohl Aleksander schon lange schlief. Nach diesem Gespräch. Ganz ernst war es nicht gewesen, dieses Um-die-Hand-Bitten. Aber ich wußte, daß er daran dachte, daß er es in Betracht zog, und dieses Faktum allein stellte für mich schon eine Art besonderen Lebenserfolg dar. Immerhin hätte ich in einer anderen Situation davon geträumt, seine Frau zu werden. Niemals war ich irgend jemandes Frau, und vielleicht mußte ich da durch, wie durch alles andere. Blöd, was du da denkst, wies ich mich selber zurecht, durch eine solche Einstellung bin ich im ungeeignetsten Augenblick Mutter geworden. Doch schließlich habe ich Ewa auf die Welt gebracht. Wer wäre ich denn heute, wenn sie nicht erschienen wäre? Mit Sicherheit wäre ich absolut schrullig. Ewas Anwesenheit in meinem Leben war so etwas wie ein Schutzdamm ... Genauso wie jetzt seine Gegenwart ...

Wir brachen am frühen Morgen auf, diesmal mit dem eigenen Wagen. Aleksander hatte einen Toyota gekauft und es schon geschafft, sich auf den Pariser Parkplätzen Beulen zu holen. Es war unsere erste Fahrt durch Frankreich nach jener tragischen, als ich glaubte, es sei aus, nicht nur zwischen uns, sondern auch mit mir. Meine neuen Untersuchungsergebnisse hatte ich noch nicht abgeholt, was ich eigentlich schon hätte tun können, doch ich wollte es sofort nach unserer Rückkehr erledigen. Ich hatte keine bösen Vorahnungen, es handelte sich schließlich nur um eine Festlegung für die Medikamentation. Allerdings, Überraschungen blieben nie aus.

Das Haus aus Stein stand auf einem Felsabhang, unten sah man das aufgewühlte Meer, Schaumkämme auf den stahlgrauen Wogen. Über dem Haus hingen grauschwarze Wolken. Zum Glück kam immer wieder einmal kurz die Sonne durch.

«Eine großartige Szenerie für Selbstmörder», kommentierte ich.

Das Innere des Hauses war karg: ein kleiner Kamin im Parterre, ein paar schlichte Möbel: Tisch, Holzstühle, ein Sofa mit Felldecke. Es war sehr kalt, Aleksander machte sofort Feuer, doch ich wärmte mich erst einmal oben im Bett auf. Zuerst war die Bettwäsche so eisig, daß sie fast brannte. Aber dann lagen wir eng umschlungen, und bald war unser Lager mollig warm von unseren Körpern. Morgens machten wir uns zu einem Spaziergang auf, obschon ein eisiger Wind wehte. Das Meer war genauso aufgewühlt wie am Tag zuvor. Ringsherum Leere, nur Strand und Felsen. Allein hätte ich mich hier wahrscheinlich gefürchtet, doch mit Aleksander an meiner Seite konnte ich mich für die Wildheit der Umgebung begeistern. Meine Jacke erwies sich als zu dünn, Aleksander gab mir seine und hatte nun nur noch seinen Pullover an.

«Du bist in Sekundenschnelle durchgefroren», sagte ich. «Und dann kriegst du eine Lungenentzündung.»

«Ich bin kein Kanarienvogel», erwiderte er. «Und die Kälte spüre ich überhaupt nicht. Ich werde sogar ins Wasser gehen.»

Ich dachte, er mache Spaß, doch er zog sich völlig aus und stieg hinein in das eisige Element. Schon bei dem Anblick bekam ich Gänsehaut. Ich sah seinen Kopf inmitten der Wellen auf- und untertauchen. Nach etlichen Minuten kam er aus dem Wasser, zog die Sachen auf den nassen Körper und rannte, nachdem er mir seine Schuhe in die Hand gedrückt hatte, den Strand entlang, um sich warm zu machen. Ich sah der entschwindenden Gestalt mit plötzlicher Niedergeschlagenheit hinterher. Wieder einmal, zum x-ten Male, wurde mir klar, wie verschieden wir doch waren. Seine Jugend hatte sich sofort den strengen Bedingungen angepaßt, während ich mit Pauken und Trompeten durchgefallen war bei dem Kälte-und-grausame-Natur-Examen. Ich bibberte in zwei Jacken und sehnte mich danach, so schnell wie möglich ein Dach über den Kopf zu bekommen. Wir hätten uns ganz entschieden nicht von Paris entfernen sollen.

In der Ferne erblickte ich seine Gestalt, er lief jetzt in meine Richtung. Er kam näher und näher, bis er schließlich neben mir haltmachte, erhitzt, obgleich sein Haar immer noch naß war. Sein Körper strahlte vor Kraft und Gesundheit.

«Julia! Ich fühle mich wie ein junger Gott», sagte er.

Weil du einer bist, dachte ich.

Er setzte sich in den Sand und zog die Socken über die geröteten Füße, plötzlich hob er den Kopf, und unsere Blicke trafen sich.

«Was ist los?» fragte er erschrocken.

«Nichts, mir ist nur auf einmal fürchterlich unangenehm, daß ich nicht mit dir rennen konnte.»

«Wenn ich Lust hätte, mit jemandem zu rennen, würde ich mir einen Hund anschaffen», entgegnete er scharf. «Übrigens habe ich einen in Moskau. Er ist jetzt bei Mutter ...»

Du hast nicht nur einen Hund dort, sondern auch ein Mädchen, mit dem du dich Nacht für Nacht geliebt hast, ich habe es mit angehört, soufflierte etwas in mir. Das war die abscheuliche, zänkische Stimme, irgendwie mein schlechteres Ich, das mich fremdes Leben nicht voll und ganz akzeptieren ließ.

Er hatte die Schuhe angezogen, erhob sich oder vielmehr schnellte empor und nahm mich abrupt auf den Arm.

«Was machst du denn da?» Ich versuchte mich freizumachen, aber er hielt mich fest.

«Ich trage dich jetzt», sagte er lachend, «oder genauer gesagt: Ich werde jetzt mit dir rennen, wenn dir soviel daran liegt!»

«Du hast nichts kapiert!» wehrte ich mich.

«Mehr als du denkst, du dummes Weib!»

Und er trabte los und hielt mich dabei fest an sich gedrückt. So rannte er bis vor das Haus, den sich zwischen den Felsen windenden Pfad hinauf.

«Laß mich runter, du machst dir das Herz kaputt», protestierte ich.

«Wenn mir irgendwas das Herz kaputtmacht, dann du und deine ewigen Zweifel!»

«Du wunderst dich, daß ich die habe . . . Es ist unmöglich für mich, sie nicht zu haben . . . Wenn du an meiner Stelle wärst . . .»

«Wenn mich jemand auf Händen tragen würde, wäre ich hingerissen . . .»

Ach, dieser Sascha, man kam einfach nicht gegen ihn an, selbst in einer Situation wie dieser nicht, da er nach Luft keuchte. Sein Lauf wurde immer langsamer, doch er erreichte sein Ziel und trug mich bis zur Haustür. Sein Gesicht war vor Anstrengung feuerrot, der Schweiß lief ihm in Strömen herab.

Abends machten wir zusammen das Essen, er briet die Steaks, ich bereitete den Salat zu. Dazu Wein. Es war ein

Burgunder, ein bißchen zu schwer für mich, schon nach einem Glas wurde mir schwindelig.

«So lange sind wir schon zusammen, und heute erst erfahre ich, daß du einen Hund hast.»

Er schmunzelte.

«Zojka ist ein deutscher Schäferhund, acht Jahre alt. Ich hole ihn nicht her, weil ich immer noch hoffe, daß du mit mir nach Moskau gehst.»

Ich schüttelte nur den Kopf.

«Das Weib soll dem Manne folgen.»

«Selbst wenn sie weiß, daß der ein Phantast ist?»

Er blickte mich prüfend an. «So siehst du mich?»

«Was uns betrifft, ja. Und was für ein Mensch du bist, kann ich nur vermuten, da du ja nicht über dich sprichst. Du hast den Hund bei deiner Mutter gelassen, wie ist denn dein Verhältnis zu ihr?»

«Ziemlich kühl. Sie ist die typische Wissenschaftlerin, immer hat nur ihre Arbeit gezählt.»

Davon kann ich ein Lied singen, dachte ich.

Aleksander schenkte mir Wein nach.

«Trink aus, meine Liebe, das Leben ist kurz.»

Gehorsam nippte ich, der Wein war herb, fast bitter.

«Warum bist du eigentlich so ein Kinofreak?»

«Was weiß ich», antwortete er nachdenklich. «Vielleicht empfinde ich es ja als Erleichterung, wenn ich sehe, daß sich andere ebenfalls mit sich selbst rumquälen . . .»

Ich prustete los. «Das ist mit Sicherheit ein Grund. Vielleicht rührt ja meine Kinopassion ebenfalls daher. Und doch haben wir uns zusammen noch keinen Film angesehen.»

«Die Zeit läuft uns davon, Julia Stanislawowna, die Zeit!»

«Die Zeit», wiederholte ich bitter.

Aleksander schenkte Wein nach.

«Willst du, daß ich unter den Tisch falle?»

«Keine Angst, ich leiste dir dort Gesellschaft!»

Wir ließen die Gläser klingen.

«Ich möchte so gern den neuesten Michalkow sehen, *Die Sonne, die uns täuscht* war, glaub ich, der Titel.»

Aleksander zog die Nase kraus.

«Was willst du, ein wunderbarer Regisseur; seine *Unvollendete Partitur für ein mechanisches Klavier* hat mich begeistert, und *Fünf Abende*, das ist wahres Kino. Ich sag dir auch, daß ihr euch irgendwie ähnelt.»

«Was du dir alles ausdenkst!»

«Wenn du wüßtest. Etwas im Gesicht, der Gestalt . . . Erinnerst du dich an *Eine grausame Romanze* von Riazanow? Dort hat er mitgespielt . . . Und für die Dame seines Herzens hat er eine Droschke aus einer Pfütze an den Randstein versetzt. Und du hast mich heute einen Steilhang hinaufgetragen . . .»

«Mach keine Witze.»

«Ich mache durchaus keine Witze.»

Er war auf einmal zornig. Und er warf mir einen Blick zu wie früher Nadja, wenn sie ihn mit irgend etwas irritiert hatte.

«Ich kann ihn als Menschen nicht ausstehen», sagte er. «Das, was er jetzt daherplappert, sein Flirt mit der Kirche, während Papachen aufs Ganze ging mit seiner Stalinzuneigung.»

«Sein Vater, wie du sagst, nicht er.»

«Doch er hatte daraus Apanagen. Er und die ganze Familie. Folglich werde ich mir seine Filme nicht ansehen . . .»

Ich fand mehr und mehr Geschmack an dem Wein, ich trank ihn jetzt in großen Schlucken. Wir beide. Aleksander machte die nächste Flasche auf.

«Und was weiß ich noch nicht von dir?» fragte ich.

Er sah mir in die Augen.

«Immer so bescheiden. Selbst im Sex.»

«Und was erwartest du?»

«Nun . . . wir sind in Frankreich . . .»

«In der Normandie, genauer gesagt.»

«Also, dann wollen wir doch mal Liebe auf normannisch versuchen!»

Wir gingen nach oben. Trotz der eisigen Kälte lagen wir nackt und ohne Decke da. Der Wein rauschte in meinem Kopf, erhitzte mir das Blut. In dem einen einzigen, kurzen Augenblick schien mir, daß nur ich ein Recht auf diesen Mann neben mir hatte. Ich hatte es mir erworben durch die Wollust, die ich ihm gab und die seinen ganzen Körper erbeben ließ und derer er, so fühlte ich, beinah nicht Herr werden konnte. Er wand sich, erwehrte sich ihrer und nahm sie an mit einem Seufzer, der wie die schönste Weise meiner Liebe klang. Wir waren zusammen, wir waren wirklich eins. Die Nacht in dem ausgekühlten Haus war eine Nacht der Liebe, beinah bis zum Morgengrauen. Mein unersättliches Verlangen, ihn in mir zu spüren, seine Kraft machte mir beinah angst. Irgendwann ging mir durch den Kopf, daß ich das auf Vorrat brauchte. Ich nahm ja doch in Gedanken immerwährend Abschied von meinem Geliebten.

Hinter den Fenstern zeigte sich die erste Morgenhelligkeit, als wir beide unsere Erschöpfung spürten. Aleksander ging hinunter und holte mir ein Glas Wein. Er wärmte mich nicht, aber mir war auch gar nicht kalt. Nur sehr matt fühlte ich mich. Aber ihm ging es ebenso.

«Machen wir nicht irgendwas kaputt?» fragte ich.

«Wie kommst du denn auf den Gedanken?»

«Vielleicht will ich dir ja was beweisen . . .»

«Ja, das hast du wirklich getan!» erwiderte er lachend.

Auf dem Rückweg warf ich einen Blick in den Spiegel und war entsetzt: Ich hatte ein erschöpftes Gesicht, das älter aussah als sonst.

«Jeder sieht so aus nach einer Nacht ohne Schlaf und mit mehreren Flaschen Wein intus», sagte Sascha rasch, als wolle er mich vor mir selbst in Schutz nehmen. Vor den Vorwürfen, die ich mir gerade zu machen vorhatte. Mich rührte das, doch es stimmte mich gleichzeitig auch traurig.

«Meinst du nicht, daß du das irgendwann einmal satt haben wirst?»

Er drehte kurz den Kopf zu mir hin, doch es ging zu schnell, als daß ich den Ausdruck seiner Augen hätte deuten können.

«Ich hoffe, daß du es bist, die es satt bekommt und uns beiden endlich Ruhe gibt.»

«Man darf kein solches Gesicht haben!»

«Und wieso nicht?»

«Weil es nicht zur Liebe paßt.»

Er bremste dermaßen abrupt, daß der Gurt schmerzhaft einschnitt.

«Ich weiß nicht, was du für ein Gesicht hast, ich weiß nur, daß das dein Gesicht ist. Und daß es für mich sexy ist! Und andere Gesichter sind das nicht!»

«Ein sexy Gesicht!» wiederholte ich. «Ob das die richtige Beschreibung ist . . .»

Wir lachten. Das Gefühl für Humor, das wir gottlob beide besaßen, hatte schon mehrfach unsere Verbindung gerettet.

Ich bekam einen weiteren Brief aus Amerika, diesmal von George Muski. Ich war zugegebenermaßen verblüfft, als ich das Kuvert aufschlitzte.

New York, 6. Oktober 1995

Julia, meine Herzensfreude, sei nicht böse, daß ich da nun was zusammenkritzele an Dich, ich bin nicht sicher, ob ich's mit dem Gekritzel bis zum Ende schaffe, doch selbst wenn, ob ich mich entschließe, mein Krakelzeug an Dich abzuschicken. Wenn ich meine holde Leiblichkeit runterschleppe und den Brief einwerfe, dann mit Sicherheit ja, wenn sich aber die Whiskymenge in meinem Blut dermaßen vermehrt, daß sie mir alle Bewegungen unmöglich macht, nun ja, dann wird nichts mit der Korrespondenz.

Also, ich fühle mich nun mal verpflichtet, Dir zu erklären, warum mein Freund Sascha Dich liebt. Ich glaube, daß Du das nicht weißt und Deine Qualen daher kommen. Aber ich werde Dir das erklären. Also, liebe Julia, es gibt wirkliche Frauen und solche, die sich bloß dafür halten. Aber ein Mann, unter der Bedingung, daß er ein richtiger Mann ist, kriegt das sofort raus. Auch wenn sie sich wer weiß was für Mühe geben. Mit welchen Federn sie sich auch schmücken, sie werden demaskiert. Tja, und das ist das ganze Geheimnis. Ich und mein Freund Sascha, wir sind hier und da gewesen und haben die unterschiedlichsten Bekanntschaften gemacht. Auf den ersten Blick, ho, ho, was für Bekanntschaften, doch wir haben uns bloß angesehen.

Als ich Dich bei den Rostows gesehen hab, dachte ich, daß Du eine ungewöhnliche Person bist, und habe mich über das Geständnis von meinem Freund ganz und gar nicht gewundert. Er hat zu mir gesagt: Ich will mir Mühe geben, daß sie mich liebt. Und ich darauf: Macht die nie. Und er: Muß sie aber, sie hat keine andere Wahl. Nun also, Du hattest keine andere Wahl, liebe Julia. Niemand fragt uns danach, was wir wirklich wollen. Man gibt uns und man nimmt uns. Das, ja das ist das ganze Geheimnis dieses beschissenen Lebens. Mir hat man gegeben und genommen, Euch aber, Dir und Sascha, hat man vorläufig gegeben. Also, gebt Euch ordentlich Mühe. Und dann gelingt es vielleicht. Und warum sollte es auch nicht? Zwei so attraktiven Menschen, wie Ihr es seid, Du und er. Nur müßt Ihr Euch bemühen.

Ich aber habe mich nicht bemüht oder zuwenig. Ich

habe sie geliebt, habe sie wirklich geliebt, doch ich habe es ihr nie gesagt. Dennoch habe ich die Hoffnung, daß sie es wußte. Obwohl das schwierig genug gewesen sein muß, denn was soll man von einem Kerl denken, der auf zwei Wochen von zu Hause verschwindet und später mit blutunterlaufenen Augen wiederkommt. «Ich mach dir einen schönen Kaffee», sagte sie zur Begrüßung, wo sie mich doch mit dem Feuerhaken hätte empfangen sollen. Andere Frauen hat es auch gegeben. Eine ist sogar zu ihr gekommen. Und sie hat ihr entgegengehalten: «Wenn mein Mann sich von mir trennen will, wird er es mir selbst sagen.» Nur soviel. Und hat nicht mit einem Wort diese Stippvisite erwähnt. So ist sie gewesen, meine Mascha. Julia, ich verrate Dir eins: Ich bin, glaube ich, schon ziemlich betrunken. Aber trotzdem möchte ich Dir sagen, daß ich Dich sehr gern habe. Und achte. Schön zu wissen, daß da noch jemand wie Du ist auf dieser Welt. Und ich, was schon, ich bin ein Schiffbrüchiger, das ist alles. Mein Kumpel Slate macht mich oft runter für meinen Pessimismus, und seine Ausdrücke, mit denen er mich belegt, sind ziemlich unanständig. Einer von seinen Sprüchen klingt auf russisch ein bißchen zahmer: *Plochomu dansioru i jajca mjeschajut.* Einem miesen Tänzer verhaspeln sich sogar die Eier. Und ich bin so ein mieser Tänzer, Julia. Aber denk mal an mich.

George

Bestimmt würde ich in Bälde erfahren, daß wir es doch nicht geschafft haben. Nicht geschafft haben, obwohl sie beide mich überzeugen wollten, daß ich eine «wahre Frau» bin. Doch das ist ja eine alte Wahrheit, daß, wenn man sich genötigt sieht, von etwas überzeugen zu sollen . . . Soviel Mühe haben wir auf unser gemeinsames Leben verwandt, so sehr haben wir uns beide angestrengt, so wie George gewollt hat, und es ist nicht gelungen . . . Aber konnte es das überhaupt? Vielleicht doch, ein Teil von mir hatte schon daran zu glauben begonnen.

Was dieser Mann für mich ist, wurde mir wieder anläßlich eines kleinen Unfalls bewußt. Aleksander öffnete eine Konservendose und verletzte sich an der Hand. Ich sah das Blut und empfand auf einmal selbst physischen Schmerz.

«Warum bist du so erschrocken?» fragte er. «Das ist doch weiter nichts, ich habe mir bloß in den Finger geschnitten.»

Er steckte den Finger in den Mund, um das Blut zu stillen. Und ich starrte ihn unablässig an, von meiner Reaktion selbst überrascht, wohl auch verwirrt. Diese Distanz zu anderen Menschen war unvermittelt aufgehoben, und zwar total . . . Früher war ich niemandem zu nahe gekommen, so wie ich gelernt hatte, der Mutter nicht zu nahe zu kommen, aus Furcht, sie könnte vor mir zurückweichen.

«Nicht anfassen», sagte sie, «ich mag es nicht, wenn man mich anfaßt . . .»

Einmal hob sie mich hoch über ihren Kopf, und plötzlich fand ich mich auf dem Erdboden wieder, und sie wollte gehen. Als ich sie aufzuhalten versuchte, meinte sie ungeduldig: «Laß das, ich mag nicht, wenn man mich anfaßt . . .»

Und dann gingen wir doch zusammen ins Kino, in den Film *Die Sonne, die uns täuscht*, schon bald nach unserer Rückkehr aus der Normandie. Wir saßen in einer der letzten Reihen, Aleksander rutschte auf seinem Sitz vor und versuchte seine langen Beine zwischen den Vordersitzen unterzubringen. Er legte den Arm um mich, und ich lehnte meinen Kopf gegen ihn. So sah ich mir jetzt einen Film an. So sah ich mir diesen Film an. Ein schöner Film, mit großartigen Darstellern. Doch er schien das nicht gemerkt zu haben, beim Verlassen des Kinos verbreitete er sich mit ärgerlicher, streitsüchtiger Stimme darüber, daß der Regisseur einen verlogenen Film geschaffen habe. Man könne den Eindruck gewinnen, daß unter den Sowjets eine Idylle geherrscht habe, die erst in den dreißigern ein bißchen lädiert worden sei.

«Der Schöpfer eines Films hat nicht die Pflicht, uns zu sagen, was vorher war. Er darf uns erzählen, was in jenem Augenblick vor sich geht. Das ist sein Recht.»

«O ja! Mit Sicherheit! Das Recht eines Bolschewisten, andere Bolschewisten zu bedauern. Davon handelt dieses berüchtigte Werk.»

Ich blieb mitten auf dem Bürgersteig stehen. «Verschon mich damit.»

«Das könnte dir so passen. Euretwegen hat bis zur Stunde der Westen die Verbrechen des Kommunismus keiner moralischen Wertung unterzogen. Der Westen kann höchstens Michalkow mit dem Oscar ehren.»

«Und dieser Oscar bedeutet mehr als alle Erklärungen zusammengenommen.»

«Eben, du sagst es. Das ist ein Film gegen die alte russische Intelligenz!»

Ich machte auf dem Absatz kehrt und hastete davon, nach einer gewissen Zeit verlangsamte ich den Schritt. Ich glaubte, Sascha käme hinter mir her, doch da irrte ich mich. Ich ging allein nach Hause. Nach Stunden rief er an, um mir mitzuteilen, daß es spät werden würde.

«Oder zu spät», erwiderte ich wütend.

«Oder das.»

Diese Art der Leere . . . ich hatte das schon einmal erfahren . . . Unten war es merkwürdig still, ich nahm jedoch an, daß Mutter die Küchentür hinter sich zugemacht habe und deshalb von ihrer Geschäftigkeit nichts zu hören sei. Ich war ein bißchen hungrig und hätte auch gern etwas getrunken. Am Abend zuvor hatte ich nicht aufgepaßt und Teeflecke ins Tischtuch gemacht, was Großvater so sehr enervierte, daß er mich auf der Stelle nach oben schickte.

Ich hatte unverwandt auf Mutters Ärmel gestarrt, unter dem sich die bläuliche, verdickte Narbe, die von der Glasscherbe, hervorschlängelte. Ich war an der Tür, als Mutter leise sagte: «Sie sollte wenigstens fertig essen . . .»

Daher wartete ich mit der Hand auf der Klinke, doch Großvater blieb stumm. Ich drehte den Kopf und sah sie beide. Ihn, der den Tisch überragte, und sie, gebeugt. Ich gewahrte ihre schmalen Schultern, von denen die Trachtenweste herunterhing, am Hals zusammengezogen, unten steif abstehend; auf dem Kopf türmte sich ihr brandrotes Haar. So habe ich sie zum letztenmal lebend gesehen.

Ich lag da, die Arme unter dem Kopf, gelangweilt und voller Groll gegen mein Geschick, das meinen Geburtstag ausgerechnet auf einen Sonntag fallen ließ. Der Sonntag war der schlimmste Tag der Woche, weil ich den zu Hause verbringen mußte. Mit Erleichterung begrüßte ich den Montag. Am Montag war es einfacher, ich packte die Bücher zusammen und ging in die Schule. Schule mochte ich zwar auch nicht, dafür liebte ich den Schulweg. So viel war da immer los, unabhängig von der Jahreszeit. Einmal, im Frühling, hatte ich am Wegrand eine unbekannte kleine Blume gefunden, die das Jahr zuvor noch nicht an dieser Stelle gestanden hatte. Die Pflanze war fein und zart, zu beiden Seiten des Stengelchens befanden sich winzig kleine Blütchen von nie gesehener Form. Lange stöberte ich in der Schulbibliothek, bis ich endlich fand, was ich suchte: Mein Blümchen erwies sich als eine Orchideenvarietät. Eine Orchidee *en miniature.* An diesem Sonntag dachte ich an eben dieses Gewächs, während ich mit den Armen unter dem Kopf dalag und zur Decke schaute. Der Wegrand war eine wahre Schatzkammer, ich achtete selbst auf das unscheinbarste Gräslein, würdigte seine Schönheit und Präzision, mit der die Natur es gebildet hatte. Ich kehrte aus der Schule stets sehr gemächlich heim, hielt häufig an und betrachtete die Pflanzen, auf die ich stieß. Nie riß ich sie aus, schob nur mein Gesicht so nahe heran, wie es irgend ging, um sie richtig ins Auge fassen zu können; behutsam berührte ich die Blättchen, achtsam, sie nicht zu beschädigen, dann ließ ich sie weiter an ihrem Platz wachsen. Doch jetzt war es bis zum Frühling noch weit, der Schnee bildete eine dicke Decke, und wenn ich zur Schule ging, zwickte mich der Frost in die Wangen. Einerseits war ich froh, daß ich nicht in die Kälte hinaus mußte, andererseits verdarb der Sonntag die Stimmung.

Unten war es noch immer still. Mich überkam plötzlich Angst. Das Herz krampfte sich mir zusammen, ich hätte nicht zu sagen gewußt warum. Ich sprang auf und aus dem Bett. Und dann rannte ich im Nachthemd die Treppe hinunter. Ich war schon fast unten, als sich die Tür von Großvaters Arbeitszimmer öffnete. Er stand in einem Streifen Morgensonne. Wie er da so stand, kam er mir sehr alt vor, seine Haut war gelblich, und die Augen wiesen bläuliche Tränensäcke auf. Die Brauen waren gesträubt und wirkten wie angeklebte Halme vorjährigen Grases. Er sah mich an, und dann flatterten seine Augenlider, als er sagte: «Deine Mama ist heute nacht gestorben.»

Ich hob einen nackten Fuß und legte ihn über den anderen, in dieser Pose verharrte ich, als schickte ich mich an zum Tanz.

«Geh auf dein Zimmer und kleide dich an», sagte Großvater. «Dann bringe ich dich zu ihr.»

Zu ihr? Aber sie ist doch gar nicht mehr da, dachte ich. Noch am Abend zuvor hatte ich in meinem Bett gehört, wie sie in der Küche umherlief, Geschirr spülte und es später in die Kredenz stellte. Ich hörte sie auf Katzenpfoten sich über den Korridor stehlen: von der Küche ins Bad und vom Bad ins Schlafzimmer. Hatte sie es gewußt? Hatte Mutter gewußt, daß das ihr letzter Tag, ihr letzter Abend war? Nein, das konnte sie gar nicht. Sie starb plötzlich. An diesem Tag war sie so wie immer gewesen, das hieß abwesend. Und dennoch bedeutete ihre jetzige Abwesenheit mehr als jede andere ... Wie nun Saschas Abwesenheit ... Mir wurde das bewußt, als er auflegte und mich mit seinem «Oder das» zurückließ, was heißen konnte, daß er nie wiederkam – wie sie.

Der Sarg stand in der Kirche auf einem Podest, von weitem konnte ich die weißen Füße der Toten durch das dünne Schwarz der Seidenstrümpfe schimmern sehen. Mutters Fußsohlen sahen nunmehr wie zwei Schilde aus, die sie von den Lebenden abgrenzten. Man durfte so nicht sterben, sofern man zu Lebzeiten dermaßen karg, sofern man derart einsilbig und verschlossen gewesen war. Am letzten Abend hätte Mutter in mein Dachstübchen kommen, sich neben mich auf mein Bett setzen und sich mit mir über irgend etwas unterhalten sollen; wenigstens ein solches kleines unwichtiges Geplauder hätte sie mir hinterlassen müssen.

«Sie sollte wenigstens fertig essen» – das war so unpersönlich. Wenn sie dabei wenigstens meinen Namen genannt, ihm eine warme Färbung gegeben hätte!

Als sie zu Hause lag, auf dem straffgezogenen Laken, war sie trotz allem nicht so fern wie später in der Kirche. Gegen mich hatte sie die Füße eingesetzt, ich wußte das, spürte, daß die extra für mich steif über den flachen Sargrand ragten. Sie triumphierten. Nicht einmal weinen konnte ich, weil neben mir Großvater stand. Seine Anwesenheit verwehrte mir, mich von Mutter zu verabschieden, wie ich gewollt hatte, er störte mich erst im Schlafzimmer und dann in der Kirche. Mit Erschrecken dachte ich, daß sie jeden Augenblick den Deckel bringen und ich nichts in Erinnerung behalten würde als den kalten Spott ihrer Füße. Wie wird es jetzt sein ohne Mutter ...

Ich bemerkte, daß sie den Deckel herbeitrugen. Zwei Männer, die Gesichter so grau wie ihre Arbeitsanzüge, brachten ihn aus dem Seitenschiff. Das war der Augenblick, da ich mich auf den Katafalk werfen, seine Stufen erklimmen und mich an die Mutter schmiegen wollte. Meine Nase lief, ich hatte kein Taschentuch, ich zog also ein paarmal kräftig die Nase hoch. Im selben Moment deckten die Männer in den Anzügen den Sarg zu und begannen den Deckel festzuschrauben. Das hieß, daß der Sarg nunmehr geschlossen bliebe, sie ihn so, zugeschraubt, ins Grab betten würden und mir für immer nur der Anblick der Füße in schwarzen Seidenstrümpfen blieb. Ich sehnte mich nach Mutters Gesicht, den Schläfen, dem halbkreisförmigen Haaransatz über der Stirn. Die Angst überwindend, entschloß ich mich, die paar Schritte in Richtung Katafalk zu machen. Doch da hoben sie den Sarg herunter. Ich streichelte mit den Fingern das Kiefernholz und verspürte Erleichterung; die feindlichen Füße waren in dem Kasten eingesperrt, ich mußte sie nicht mehr sehen. Ich berührte das Holz, als legte ich die Finger auf Mutters gesenkte Lider. Ähnlich war die Sehnsucht nach Saschas Gesicht. Ich wollte es sehen. Und allein schon die Tatsache, daß das nicht unmöglich war, erfüllte mich mit Freude. Unser Streit nach Verlassen des Kinos – wie unwichtig er mir jetzt vorkam.

Er erschien gegen Morgen. Ich erkannte seine Schritte auf der Treppe und wartete an der Tür. Wir umarmten uns.

«Ich bin wirklich keine Kommunistin», sagte ich leise.

«Das weiß ich doch», er lachte plötzlich. «Doch beide sind wir Väterchen Stalins Waisenkinder, ob uns das nun paßt oder nicht.»

Orly, siebzehn Uhr

Eben habe ich den Koffer aufgegeben und die Bordkarte erhalten. Die Paßabfertigung habe ich noch vor mir. In fünfzig Minuten soll ich mich bei Eingang III einfinden.

Folglich schaffe ich den Anruf nach Polen noch.

Diesmal meldet sich Ewa.

«Grzegorz' Mutter hat mir bestellt, daß du angerufen hast.»

«Ich bin auf dem Flughafen, in nicht ganz einer Stunde geht mein Flugzeug.»

«Und wohin fliegst du?»

«Nach Warschau.»

Pause.

«Bist du allein?»

«Und wie.»

«Und er. Weiß er, wo du bist?»

«Nein.»

Erneute Pause.

«Mama! Das ist ein phantastischer Kerl. Den würde jede Frau wollen. Aber er liebt dich.»

«Ich komme zurück.»

«Mama», Ewas Stimme entfernt sich, ich höre sie durch das Knacken in der Leitung hindurch, «komm nicht zurück. Bleib bei ihm.»

«Ich kann nicht.»

«Wohin kommst du zurück? Zu dieser alptraumhaften Wohnung im Block?»

«Ich . . . ähm . . . komme zu dir zurück.»

Pause.

«Mama, du mußt dein eigenes Leben leben. Und du lebst es. Mit diesem Mann ist es das richtige Leben. Ich habe euch zusammen gesehen. Mach es nicht kaputt.»

«Kaputt ist es schon. Weißt du . . . sie ist gekommen. Nadja.»

«Und du willst ihr Platz machen? Sei nicht so großmütig. Kämpfe um ihn. Oder laß wenigstens zu, daß er um dich kämpft. Lauf nicht davon . . .»

Tränen quollen mir unter den Lidern hervor.

«Sie ist dreiundzwanzig Jahre alt, und man darf sie nicht allein lassen . . . Sascha ist für sie verantwortlich . . .»

«Aber weshalb hast du dich entschieden, ihr dein Leben zu schenken? Solche Präsente zu machen ist keinem erlaubt. Mama! Bist du noch dran?»

«Warte auf dem Flughafen auf mich», sage ich und hänge auf.

Es war gerade gestern gewesen. Wir waren eben aufgewacht, Aleksander stand unter der Dusche, und ich lag noch im Bett. Als es an der Tür klingelte, glaubte ich, das sei die Post. Seit seiner Rückkehr aus Amerika bekam er ja Berge von Briefen.

Vor der Tür stand Nadja. Sie war verblüfft, mich zu sehen.

«Frau Julia . . . Sie wohnen hier? Ich habe im Hotel um Saschas Adresse gebeten, und die haben mir diese hier auf einen Zettel geschrieben . . . Ich hab mich nicht verständlich machen können . . . offenbar haben die nicht kapiert . . .»

«Bitte, kommen Sie doch herein», sagte ich endlich.

«Ich möchte zu Sascha . . . vielleicht haben Sie seine neue Adresse . . .»

«Bitte, kommen Sie herein», wiederholte ich.

Nadja griff nach ihrem Koffer und betrat unsere Wohnung. Unsicher ließ sie den Blick schweifen.

«Wann sind Sie denn angekommen?»

«Ach, ich bin gefahren und gefahren, das zieht sich hin mit dem Zug . . . und angekommen bin ich eben erst. Im Hotel war Sascha nicht. Da hab ich seinen Namen auf ein Blatt Papier geschrieben, und die haben die Adresse hinzugefügt . . . Ein Taxichauffeur hat mich hergefahren. Sie haben schon hier Fuß gefaßt, in diesem Paris . . . Aber ich weiß nicht, was mit Sascha ist, ob er irgendwo hingefahren ist oder das Hotel gewechselt hat . . .»

Plötzlich verstummte sie, denn ganz wie im Theater ging die Badezimmertür auf, und Aleksander kam heraus. Er war nackt.

«Ein Handtuch, Weib!» rief er.

Da erst bemerkte er sie und erstarrte. Wie angewurzelt standen wir alle drei und rührten uns nicht vom Fleck. Zwei Frauen. Eine alte Frau und eine junge Frau und zwischen ihnen ein Mann. So wie ihn der Herrgott geschaffen hatte. In seiner ganzen männlichen Pracht. Breite Schultern, schmale Hüften, lange, muskulöse Beine. Aus den Haaren tropfte Wasser auf den Fußboden, es rann in kleinen Bächen auch über diesen schönen Körper. Wir konnten uns so richtig satt sehen, konnten voll und ganz einschätzen, wieviel eine von uns verlieren, wieviel die andere gewinnen würde.

«Wozu bist du hergekommen?» fragte er, sein Geschlecht mit den Händen bedeckend.

«Ich bin hergekommen, weil du nicht geschrieben hast . . . und du hast schreiben wollen . . .» entgegnete sie mit erschrockener Stimme.

Und so endete der erste Akt dieses Stückes in drei Akten. Aleksander nahm ein Handtuch aus dem Schrank und schloß sich im Bad ein, uns uns selbst überlassend. Nadja schaute mich an. Ihre Augen waren beinahe rund. Grenzenloses Erstaunen malte sich darin.

«Dann wohnt Aleksander Nikolajewitsch ebenfalls hier?»

«Sie trinken doch einen Kaffee?» Ohne ihre Antwort abzuwarten, machte ich mich Richtung Küche auf, sie folgte mir.

Ich beschäftigte mich, drehte mich aber eigentlich im Kreis, und dabei fiel mein Blick wieder und wieder auf das Zeitungsfoto an der Schranktür, das mit der idiotischen Unterschrift. Ich fürchtete, Nadja könne es bemerken. Zum Glück war ich allein abgebildet, und sie konnte kein Französisch. Doch sie brauchte keine Beweise zu sammeln, der Hauptbeweis hatte sich gerade im Bad eingeschlossen.

Ich brühte Kaffee und stellte eine Tasse vor sie hin. Sie saß im Mantel am Tisch. Offenbar war ihr noch nicht aufgegangen, was die ganze Situation bedeutete.

Die Badtür klappte, Aleksander tauchte in der Diele auf, für einen kurzen Augenblick. Er griff nach dem Mantel und teilte uns beim Verlassen der Wohnung mit, daß er gleich eine wichtige Verabredung habe. Er türmte schlichtweg und ließ mich mit der ganzen Geschichte allein.

«Kommt er hierher zurück?» fragte mich Nadja, die Augen eines verschreckten Kindes auf mich gerichtet.

«Aber ja. Sollte er wenigstens.»

Es war abends, als er zurückkam, Nadja saß noch immer in der Küche, und sie hatte den Mantel, trotz meines Zuredens, nicht ablegen wollen. Wir unterhielten uns eigentlich nicht miteinander. Sie sagte nur, falls ich irgendwohin müsse, bitte sehr. Sie würde hier auf Sascha warten. Also verschwand ich, um Einkäufe zu machen, schlug ihr danach vor, daß sie sich doch etwas zum Essen machen sollte, doch sie erwiderte, daß sie keinen Hunger habe. Beide warteten wir auf Aleksander, sie in der Küche, ich in der Stube. Ich versuchte etwas zu lesen. Ich wußte längst, daß ich ihm dieses Verhalten nicht würde verzeihen können. Es schien mir kaum glaublich, daß jene Morgenszene stattgefunden haben sollte. Und daß sie so verlaufen war, wie sie verlaufen war. Er war überrumpelt worden, wußte wohl nicht, wie herauskommen aus dieser Zwickmühle, also hatte er erst einmal Zeit gewinnen wollen. Doch so etwas mochte eine, höchstens zwei Stunden dauern. Und nicht den ganzen Tag. Gegen Abend fing ich sogar an, mir Sorgen zu machen, schließlich war er so hektisch von zu Hause aufgebrochen. Die Angst um ihn, die Unsicherheit, all das verwandelte sich in Aggression, als ich ihn zurückkommen hörte. Ich stürzte aus dem Zimmer, und wir wären beinah zusammengeprallt.

«Großartig!» schrie ich. «Da kann ja ich jetzt gehen!»

Er ließ es nicht zu. Er sperrte ganz einfach die Tür zu und steckte den Schlüssel ein.

«Beruhige dich», sagte er. «Katja kommt sie holen, sie kann bei ihnen übernachten. Und morgen muß sie nach Moskau zurück, ich setze sie ins Flugzeug.»

Nadja stand in der Küchentür.

«Ich werde nicht bei Fremden übernachten», erklärte sie. «Ich bin zu dir gekommen.»

Beide sahen wir sie schweigend an.

«Hier kannst du nicht bleiben», sagte er endlich.

«Warum nicht?»

«Weil ich hier mit Julia wohne. Hast du das noch nicht mitgekriegt?»

«Aber . . . ihr lebt doch nicht zusammen.»

«Genau deshalb sind wir hier, weil wir nämlich zusammenleben!»

Nadja starrte ihn an, als verstünde sie nicht, was er sagte.

«Sascha, aber die ist doch alt!»

Es klopfte, und Sascha sperrte Katja auf.

«Nadjeschda Iwanowna Imjelinskaja, Jekaterina Aleksejewna Rostowa», stellte Aleksander vor.

Er wirkte beherrscht, war aber unnatürlich blaß.

«Fein», konstatierte Katja. «Auf geht's! Wenn wir alle ausgeschlafen haben, können wir besser denken.»

«Ich fahre nirgendwo hin . . .» teilte Nadja mit. «Ich habe mich gerade erst eine Woche lang von einem Zug durchrütteln lassen . . . Ich bin zu Sascha gekommen, und wenn er hier wohnt, bleibe ich hier . . .»

Katja, der Eloquenten, verschlug es diesmal die Sprache. Eine ganze Weile sagte keiner einen Ton.

«Ich habe dich nicht hergebeten, du bist auf dein eigenes Risiko hergekommen», sagte Aleksander endlich. «Hast du dir nie überlegt, daß sich, wenn einer ein halbes Jahr nichts von sich hören läßt, eine Menge in seinem Leben geändert haben wird?»

«Was hätte mir in den Sinn kommen sollen, Saschenka, wo du dich doch mit dem Briefeschreiben so schwertust . . . Selbst Mama sagt, fahr zu ihm . . . ein Mann kann Dummheiten machen, wenn er allein bleibt . . .»

Ich hörte diesem Wortwechsel mit einem Gefühl der absoluten inneren Leere zu, mir war, als hätte man mir Herz, Lunge, Magen entfernt. Totale Leere. Ich hätte mich zurückziehen, verstecken wollen. Doch ich harrte aus, konnte mich nicht von der Stelle rühren.

«Nadjeschda Iwanowna», mischte sich Katja ein, «machen Sie keine Schwierigkeiten, und fahren Sie mit mir. Sie sehen doch, daß Sascha jetzt mit einer anderen Frau zusammen ist. Sie können eine Weile bei uns bleiben, sich von der Reise erholen, mein Mann und ich kümmern uns um Sie, wir machen Ausflüge, zeigen Ihnen die Schlösser an der Loire . . .»

«Ich bin zu Sascha gekommen», wiederholte Nadja stumpf.

«Und das war idiotisch von dir!» explodierte er. «Du glaubst, du hast irgendwelche Rechte auf mich, bloß weil wir eine Zeitlang wie die Karnickel gerammelt haben? Ich liebe eine andere Frau, kapier das endlich!»

«Wen liebst du, Sascha?» fragte sie erschrocken.

Diese Frage brachte ihn aus der Fassung, nur ich allein wußte, woraus sie resultierte. Nadja hatte nicht den Gedanken an sich herangelassen, daß ihn wirklich etwas mit mir verband. Meine Anwesenheit erklärte sie sich damit, daß wir ganz einfach die Wohnung teilten, ähnlich wie wir seinerzeit im Hotel benachbarte Zimmer bewohnt hatten. Und weder das, was Aleksander, noch das, was Katja gesagt hatte, trug dazu bei, ihre Überzeugung zu ändern.

«Ich fahre mit Katja», sagte ich.

«Also fahren wir zusammen», entgegnete er unbeugsam. «Ich bleibe nicht hier.»

Die Situation nahm allmählich groteske Form an, wie in diesem Rätsel vom Fährmann, der einen Wolf, eine Ziege und einen Kohlkopf übersetzen soll. Wen zuerst befördern? Nimmt er den Wolf mit, frißt die Ziege den Kohl, nimmt er den Kohl, frißt der Wolf die Ziege . . .

«Du sagst, Sascha, daß wir nichts miteinander haben.

Und meine Ausschabung vor zwei Jahren? Du wolltest dieses Kind nicht, und so ist es weg . . .»

Eine heiße Welle stieg mir bis in die Kehle, ich schaffte es kaum noch ins Bad. Die Würgekrämpfe rissen mir schier den Magen heraus. Aleksander versuchte zu mir vorzudringen, doch ich ließ ihn nicht herein. Dann meldete sich Katja vor der Tür. Der erlaubte ich hereinzukommen. Ich hatte mich vor Schwäche auf dem Badewannenrand niedergelassen.

«Eine schwierige Situation, aber man darf sich nicht aufregen», begann sie. «Es gibt keinen anderen Ausweg, ihr müßt bis morgen beide hierbleiben. Sascha fährt mit zu uns, einverstanden?»

Stumm nickte ich.

«Und vergessen Sie nicht, er liebt Sie.»

Mit einer Geste bat ich sie zu schweigen. Aleksander kam noch einmal zur Tür.

«Ich komme gleich ganz früh», sagte er.

Ich saß auf dem Wannenrand und wußte nicht, was ich mit mir anfangen sollte. Schließlich konnte ich hier nicht die ganze Nacht verbringen. Ich erhob mich schwer und trat zum Waschbecken. Mein Spiegelbild kam mir wieder einmal völlig fremd vor. So war das immer, wenn mir etwas sehr Gutes oder sehr Schlechtes widerfuhr. Betrifft das wirklich mich, bin ich die Frau, um die es geht? erkundigte sich eine Stimme in mir. Ich war diese Frau, leider, eine Frau, die sich fühlte, als verlöre sie den Boden unter den Füßen. Was nun? Wie hinausgehen zu diesem Mädchen? Was ihr sagen? Irgend etwas mußte ich ihr ja sagen . . .

Ich fand sie, wie schon zuvor, in der Küche am Tisch, ihr Gesicht war feuerrot. Was sich hier ereignet hatte, mußte ein Riesenschock für sie gewesen sein, obschon sie den Eindruck einer Person machte, die nichts so schnell aus dem Gleichgewicht brachte.

«Ziehen Sie bitte den Mantel aus, Nadja», sagte ich in energischem Tonfall. «Wir müssen etwas essen!»

Diesmal gehorchte sie, hängte den Mantel in der Diele auf. Sie trug ein kariertes Kleid mit weißem Spitzenkrägelchen, in dem sie wie ein Schulmädchen aussah.

Ich machte Abendbrot, holte Wurst, Käse, Salat aus dem Kühlschrank.

«Kann ich helfen?» fragte sie.

«Sie können schon mal die Tomaten waschen und schneiden, das Brettchen hängt dort, neben dem Ausguß . . .»

Ich setzte Teewasser auf und goß dann das kochende Wasser über den Tee.

«Vielleicht möchten Sie lieber Kräutertee?» erkundigte ich mich.

«Nein, nein, der reicht.»

«Man schläft danach schlechter . . .»

«Ich kann selbst auf einem Nagelbrett schlafen», antwortete sie.

Das ganztägige Fasten hatte ihr prächtigen Appetit beschert, ich mußte noch ein paarmal Brote schneiden.

«Wir werden zusammen auf einer Liege schlafen müssen», sagte ich. «Sie ist breit, aber . . .»

«Irgendwie finden wir schon Platz», lautete ihre beinah fröhliche Antwort. «Was für ein guter Käse . . . wie heißt er?»

«Brie.»

«Brie», wiederholte sie. «Als ich hier gewohnt hab, da hat Sascha den Käse gekauft, doch mir haben die Sorten nicht geschmeckt, sie haben so faulig gerochen, der hier stinkt nicht . . .»

Ich richtete das Lager her, als Nadja sich waschen ging. Sie brauchte nicht zu sehen, wie ich das Laken wechselte. Sie kam im kniekurzen Nachthemd aus dem Bad. Bestimmt hatte sie im Gedanken an Sascha dieses Hemdchen mitgebracht. Mir schnürte es die Kehle zu. Was für eine Situation!

Danach ging ich ins Bad und hielt mich dort ziemlich lange auf, so lange, daß ich hoffte, sie sei inzwischen längst eingeschlafen. Und ich glaubte, sie schliefe auch, als ich das Licht löschte und unter die Decke schlüpfte, doch da sagte sie: «Wenn es nach Sascha ginge, wäre er mit mir zusammen, doch seine Familie ... die Mutter und Großmutter ... Die wollen eine Prinzessin für ihn ... Und wie ich damals schwanger war, da hat er gesagt, daß er mich heiratet, denn so ist Sascha nun mal, ehrenhaft ... Doch seine Mutter, die ist zu mir gekommen und hat geredet und geredet, daß ich ihm die Karriere kaputtmache ... daß wir nicht zueinander passen ... und das Kleine wird ganz furchtbar unglücklich werden ... Sie hat mir dermaßen in den Ohren gelegen, daß ich schon selbst nicht mehr wußte ... Sie brachte mich zu einer Ärztin, einer Bekannten von ihr, mit Gewalt haben sie mir das Kind aus dem Bauch gerissen ...»

Und er wollte, daß ich mit ihm nach Moskau fahre, dachte ich. Wie würde seine Familie erst über seine jetzige Wahl urteilen!

«Sascha habe ich so komisch kennengelernt, wissen Sie, Frau Julia. Was bei uns jetzt ist, Armut und weiter nichts. So schlimm ist es noch nie gewesen. Als Friseurgehilfin habe ich so wenig verdient, daß es nicht für Gas und Strom reichte, und Mama kriegt Rente ... Die ist noch kleiner als mein Gehalt ... Und da hat mich eben eine Kollegin überredet, zu einer Agentur zu gehen ... in Moskau sind solche Agenturen jetzt in jedem zweiten Haus ... Und was man da verdient!»

«Was denn für eine Agentur?»

«Wissen Sie das nicht? Eine gesellschaftliche ... aber wie auch immer, habe ich mir gedacht. Ehe ich hungere, helfe ich mir und meiner Mutter ... Na, und einmal kriegten wir eine Bestellung für so einen Herrenabend. Und dort war Sascha ... Er fing an, auf mich einzureden, daß man so nicht leben kann, daß so was eine Frau erniedrigt ... Zusammen sind wir von dort fort. Ja, und ich bin zu meiner Friseuse zurück, aber er hat mir Geld gegeben. Hat mir eine winzige Wohnung gekauft, eine ziemliche Ecke weg vom Zentrum, aber die im Zentrum kosten ein Vermögen. Vorher hatte ich näher dran gewohnt, doch Mama und ich haben in einem Zimmer aufeinandergehockt, die Küche war eine Gemeinschaftsküche mit den Nachbarn, wissen Sie, so eine Kolchosenwohnung. Zusammen fünf Familien ... Mama war ja ein bißchen unzufrieden, weil er nicht mit mir zusammenwohnen wollte, doch mir war das damals ganz egal ... Vielleicht hab ich's verkehrt gemacht, vielleicht, wenn wir ein gemeinsames Zuhause gehabt hätten, hätte mich Sascha nicht so hängenlassen ... Zurecht komme ich schon, denn ich habe jetzt ein eigenes Geschäft. Seine Mutter hat mir geholfen, hat mir Geld gegeben ... Es läuft darauf hinaus, daß sie mich bezahlt hat, damit ich ihr Söhnchen in Ruhe lasse, doch er hat mich sowieso mit nach Paris genommen. Zuerst, da hat er nicht gewollt, aber Mama hat mich aufgehetzt, daß ich ihn nicht alleine lassen soll. Da hab ich dann gebettelt und geheult, schließlich hat er mich dann mitgenommen ... Vielleicht kommt ja auch jetzt wieder alles ins Lot, Sascha ist gegen Tränen machtlos ... Aber diesmal hab ich irgendwie nicht weinen können, vielleicht bin ich von der Reise zu sehr erschöpft. Mein Kopf hämmert von diesen Rädern, und die Füße sind vom Sitzen ganz geschwollen, so viele Stunden in ein und derselben Körperhaltung ... Vielleicht hätte man Liegewagen nehmen sollen, aber das kommt teurer ...»

Sie redete immer leiser, schließlich verstummte sie. Ich merkte, daß sie eingeschlafen war; sie schnarchte sogar ein bißchen.

Was aber sollte ich mit all dem anfangen? Vielleicht war sie ja wirklich für Aleksander nicht die richtige Partnerin, und seine Mutter hatte recht, wenn sie ihn um jeden Preis schützen wollte. Hatte nicht auch ich versucht, Ewa von ihrer Heirat abzubringen? So sind Mütter nun einmal! Doch an der jetzigen Situation war ich ganz anders beteiligt, in dieser Situation war ich auf andere Weise parteiisch, obwohl mich Nadja nicht so behandelte. Ihrer Ansicht nach schloß mich der Altersunterschied zwischen ihm und mir automatisch als eventuelle Rivalin aus. Gleichzeitig versuchte sie, mich auf ihre Seite zu ziehen, indem sie mir das Herz ausschüttete. Mir war klar, daß sie das nicht bewußt tat, sondern ein gesunder Instinkt es ihr gebot.

Und was gebot mir mein Instinkt? Nur eines: Du mußt dich zurückziehen! Schließlich hatte ich das von Anfang an gewußt. Doch ich hatte Zeit zu gewinnen versucht, weil ich mich mit Sascha so wohl fühlte. Und ihm erging es offensichtlich ebenso mit mir. Das Pech wollte es, daß unsere Geburtsdaten nicht harmonierten . . .

Es dämmerte bereits, Möbel und Gegenstände begannen aus der Dunkelheit hervorzutreten. Ich erhob mich und versuchte, so leise wie möglich zu sein, um Nadja nicht zu wecken. Ich fing an zu packen.

Orly, siebzehn Uhr zwanzig

Ich stehe in der Schlange zur Paßabfertigung. Vor mir ein gutes Dutzend Personen. Doch die Schlange rückt sehr rasch voran.

Ich weiß nicht, was ich in ein paar Tagen denken, wie ich dann mein Verhältnis mit Aleksander einschätzen werde. Und ob ich je begreifen werde, warum ich mich auf etwas Derartiges eingelassen habe. Ich, die ich sonst stets so vorsichtig war, die nicht gern Entscheidungen traf, Entschlüsse faßte. Und die Entscheidung, mit einem zwanzig Jahre jüngeren Mann zusammenzuleben, war so, als schipperte man in einem kleinen Boot einem Wasserfall entgegen. Ja. Aber dieser junge Mann war Sascha, von der Natur mit allen möglichen Vorzügen bedacht, solchen, die auch ich sehr schätzte. So als wäre mir mit einem Schlag all das vom Schicksal zuteil geworden, was es mir bislang versagt hatte: Liebe, Freundschaft, Einvernehmen, Mitempfinden ... Immerhin hatte Sascha sogar die Versöhnung mit der Tochter zustande gebracht. Wenigstens hatte ich jetzt jemand, zu dem ich zurückkonnte ...

Ich reiche meinen Paß durchs Fensterchen, spüre gleichzeitig, wie mich jemand zurückzerrt. Ich drehe den Kopf. Es ist Sascha.

«Julia, ich bitte dich ...»

Ich reiße meinen Arm los und nehme den Paß entgegen. Ich trete hinter die Barriere, erst jetzt sehe ich in sein Gesicht. Es ist das Gesicht eines Schwerkranken. Eingefallene Wangen, tiefe Schatten unter den Augen, und diese Augen ... Ich bitte den Beamten, mich hinauszulassen. Gehe auf Sascha zu und lehne den Kopf an seine Brust. So stehen wir lange da.

«Ich habe dich in allen Krankenhäusern gesucht.»

«Ich kehre nach Warschau zurück, meine Tochter erwartet mich.»

«Nein, das tut sie nicht. Sie hat mich angerufen und mir gesagt, wo du bist ...»

Moskau, den 7. April 1996

Liebe Ewa,
gestern, «als auf den Patriarchenteichen gerade die heiße Frühlingssonne unterging», ging ich an ihnen spazieren als eine verheiratete Person. Inzwischen dringt das schon zu mir durch. Jedoch noch immer werde ich das Gefühl nicht los, daß ich an einem fremden Leben teilhabe.

Die Frau, die ich jetzt bin, hat so wenig mit mir gemein, daß es mich vielleicht gar nicht mehr gibt. Oder eigentlich umgekehrt, vielleicht bin ich ja sie, die neue. In Paris hatte ich immer den Eindruck, daß ich mit meinem Körper nicht Schritt halte, daß er mir immer voraus ist, daß ich mich irgendwie hinter ihm herschleppe, hier scheint es umgekehrt. Mein Körper kann all die Empfindungen kaum fassen, die sich in meinem Inneren zusammenballen. Er fürchtet sich, meinen Ansprüchen nicht zu genügen. Du siehst also, bis zum Waffenstillstand ist es noch lange hin. Aber er scheint immerhin möglich.
Die Eheschließung ergab sich aus praktischen Gründen. Hier ist Moskau, nicht Paris, und für Sascha als einem Mann mit Position, noch dazu ruhmbekränzt, schickt es sich nicht, mit einer Geliebten, einer Ausländerin, die noch dazu bedeutend älter ist, unter einem Dach zu leben. Dieses Dach haben wir in der Große-Kondratjewski-Gasse, das heißt in einem Stück alten Moskau, unweit des Weißrussischen Bahnhofs. Für gewöhnlich gehe ich zu Fuß zur Twersker Straße, die vorher Gorki-Straße hieß, und wenn ich mit der Metro fahre, steige ich an der Station Puschkinskaja aus. Gleich nebenan sieht man das Puschkin-Denkmal mit McDonald's im Hintergrund. Ein Anblick, der einem einfach nicht in den Kopf will. Weder mir noch Sascha. Und das ist schon ein erstes Argument, das für eine gelungene Ehe spricht. Vorläufig sehen wir uns nur abends, da er den ganzen Tag im Institut verbringt. Genannt wird das: Er organisiert seine Abteilung.
Ich gehe durch Moskau. Über meine beruflichen Pläne kann ich nicht viel sagen. Augenblicklich bin ich von Beruf Ehefrau. Also laufe ich durch Moskau. Dieses Moskau voller Zeichen und Hinweise. Hier das

Theater an der Taganka, hier der Gartenring ... Manchmal begleitet mich Zojka. Am ersten Tag hat sie mich angeknurrt, doch Sascha hat gesagt: «Zojka, ich liebe sie, also mußt du das auch.» Und stell Dir vor, es sieht ganz so aus, als hätte sie verstanden. Sie leckte mir die Hände. Sie war es, die mich als erste akzeptiert hat, wenn auch nicht restlos, was sie mich von Zeit zu Zeit spüren läßt. Genauso übrigens wie Saschas Familie. Ich habe nicht erwartet, daß es anders sein würde. Ich habe sogar Schlimmeres erwartet: völlige Ablehnung. Immerhin ist seine Mutter in meinem Alter. Ich habe mich gefürchtet vor der Begegnung mit ihr, die Nacht davor war eine der schlechtesten in meinem Leben. Sie ist hochmütig, sehr kühl. Und sie sieht alt aus, älter als ich, zu meinem Glück. Umgekehrt wäre es schlimmer. Saschas Vater ist geistesabwesend, Sascha ähnelt ihm. In der Figur, in den Gesichtszügen. Na, und die Großmama, bezaubernd, warmherzig. Sie nahm mich wie ein Familienmitglied auf. Beim Mittagessen paßt sie immer auf, daß ich alles aufesse. Weil ich «irgendwie mickerig» bin. Großmama vergöttert Sascha. Und Sascha hat ihr bestimmt gesagt: «Da ich sie nun einmal liebe, mußt du es auch.» Also bin ich für sie Julotschka.

Was soll ich Dir noch aus meinem Leben schildern? Vielleicht unsere Wohnung, sie ist weiträumig und riecht frisch, weil sie renoviert worden ist. Sascha hat sie gekauft. Alles war hier in beklagenswertem Zustand, jetzt ist es nicht mehr wiederzuerkennen. Paradoxerweise kommt mir die fremde Wohnung wie mein wahres Zuhause vor. In Warschau habe ich es nicht gefunden, aber in Moskau. Ja, hier fühle ich mich wirklich zu Hause! Vielleicht deshalb, weil die Moskauer Straßen mit Menschen gleich mir vollgestopft sind. Sie sind alle vereinzelt, jeder für sich.

Manchmal bleiben sie stehen, sehen sich die Schaufenster an, dann setzen sie den Weg in ihre Einsamkeit fort. Einmal hielt mich ein verdächtiger Typ auf und fragte: *Sakurit imjejesch?* Ich glaubte, daß es ihm eher um mein Portemonnaie und meine Uhr ging, doch er wollte wirklich eine Zigarette.

Und noch eins. Eines Tages wollte ich zu einem Friseur, der mir die Haare etwas kürzen sollte. Als ich den Salon «Nadine» entdeckte, trat ich ein. Er war klein und sah ein wenig pariserisch aus. Ich nahm in einem Sessel Platz, ein Mädchen trat zu mir und band mir den Umhang um. Im Spiegel trafen sich unsere Blicke. Nadja! Wir schauten uns an. «Frau Julia! Was machen Sie denn hier?» Keinerlei Feindseligkeit in der Stimme. «Ich möchte mir die Haare schneiden lassen», erwiderte ich und versuchte zu lächeln. Ihr fällt es leichter, ihr Gesicht ist freundlich, strahlend. «Und wie schneiden wir? Nach der Frisur von der Schauspielerin, die Sascha damals genannt hat?» Sein Name ist also gefallen. Und ich werde immer nervöser. «Ich weiß, daß Sascha geheiratet hat», zwitschert Nadja. «Ich hab ihn im Fernsehen gesehen, er ist jetzt ein großer Herr Professor. Er hat gesagt, daß er dermaßen mit Arbeit überhäuft ist, daß er seine Frau kaum zu sehen kriegt. Aber die Frau von ihm haben sie nicht gezeigt. Vielleicht hat eine Studentin ihn sich geangelt.»

«Und was gibt es bei Ihnen Neues, Nadja?» frage ich. «Ich komme schon irgendwie zurecht», antwortet sie. Dieses «Ich komme schon irgendwie zurecht» verschanzt sich bei mir. Und es wird mich wohl lange nicht loslassen.

Sascha hat gemerkt, daß ich mir die Haare habe schneiden lassen. Er hat mich nach dem Friseur gefragt. Ich habe ihm geantwortet, daß ich irgendwo unterwegs auf einen Salon gestoßen bin. Was hätte ich ihm sonst sagen sollen? Und was ihr? Bestimmt wird sie eines Tages erfahren, wen Sascha geheiratet hat. Und wieder wird sie das nicht begreifen können. Und ich . . . Ich habe das Gefühl, daß, solange sie das nicht versteht, mein Leben mit Sascha nicht endgültig beglaubigt ist. So als fehle auf unserem Trauschein noch ihre Unterschrift . . . Ach ja, und da Du unbedingt wissen willst, ob ich Dir verzeihe, daß Du damals Sascha angerufen hast, kann ich Dir nur antworten: Ja. Ja, ich verzeihe Dir, mehr noch: Ich bin Dir dankbar. Vielleicht ist mein Leben noch nicht restlos ausgeglättet, doch ich fürchte mein Alter längst nicht mehr so sehr, weil ich weiß, daß es Sascha und mich nicht trennen wird.

Ich küsse Dich, grüß Grzegorz und die Kinder
Julia